ギュンターの冬

Juan Manuel Marcos

ファン・マヌエル・マルコス

坂本邦雄 原訳

久保　恵 監訳

悠光堂

訳者のことば

この度、アスンシオン市の「北方総合大学」（Universidad del Norte・ウニノルテ）の総長ファン・マヌエル・マルコス博士より大変光栄にも同博士著作のＳＦ小説 El invierno de Gunter「ギュンターの冬」の和訳を仰せつかった。

しかし、これは翻訳とはいっても単なる「実務翻訳」とは違って文才の素質も強いられる「文芸翻訳」であり、私にとって初めての大役であった。

よく翻訳には原作者と同等のまたはそれ以上の知識や才能が必要だといわれる。この観点からすると、優れて多才なマルコス博士のごとき博学者で、ましてや一九九一年に「北方総合大学」を創設するまでの若い時代の半生は、ほとんど文芸分野に専念して来られた圧倒的な経歴を知れば知るほどに、私には正に本著の翻訳は大変な挑戦であることを改めて思い知らされたのであった。

著者の大学教授としての経験は本書の随所に反映しており、言語のフェスティバルたる構文の多次元性や多くの箇所に見られる有名詩人、思想家、哲学者等々の引例に加えて、翻訳は難しいといわれる詩または韻文、あるいはグアラニー語、英語、フランス語、ラテン語などの表現が多々ありで、これらの多様な文化が織りなす文節は、意訳に頼った場合もあることを読者にはご理解いただきたく思うのである。

なお、日本語話者、読者を念頭において和訳された本書は、言語の壁以上に多文化の壁を乗り越えてなるべくわかり易い翻訳に努めたつもりであるが、もし原文の不十分な訳意や失訳があれば、それらのすべては訳者の責任に帰するものであることを付言しておきたい。

なお、ＳＦ小説の技巧で、パラグアイとの国境に近い、当時マルビーナス戦争で忙しかったレオポルド・ガルティエリ政権下のアルゼンチン国のコリエンテス州首都コリエンテス市が主な舞台になされているが、これはもちろんパラグアイ国アスンシオン市を仮想したもので、時の国家情勢の描写はストロエスネル独裁政権の専制恐怖政治下の世相を表した以外の何物でもない。

ちなみに、マルコス博士は弾圧の危険を冒してまでストロエスネル独裁政権に対し活発に反抗した民主主義精神下で生まれた新世代に属する最後のナレーターなのであって、投獄や長期の国外追放等の苦い経験も味わったのである。

本書「ギュンターの冬」はパラグアイの文芸作品中で初めて英訳された数少ない小説の一つで、その後フランス語、ポルトガル語、中国語および最近はヒンディー語版がインドでの他に三十何ヶ国語あまりにも翻訳・発刊された。

そして、今回は、一九八四年に邦訳されたパラグアイの文豪故アウグスト・ロア・バストスの『汝、人の子よ』(吉田秀太郎訳）に続きこの私の拙訳になる日本語版が久保恵氏の優れた監修の許に晴れて発表の運びになったわけであるが、本書が日本ではいまだ知名度が低いパラグアイに対する知識啓蒙の媒体文献ともなれば、訳者冥利に尽きることはこれに過ぎたるものはない。

最後に、微力の私を信頼し翻訳をお任せくださった著者フアン・マヌエル・マルコス博士に深甚の敬意を申し上げたい。

とともに、この翻訳依頼の仲介の労を執られ、かつ本書のフランス語翻訳者でもあるウニノルテ（UniNorte）の国際関係担当のアラン・サン・サーンス（Dr. Alain Saint Saëns）大学院副学長の私の翻訳作業に対する深いご理解と、同じく文学比較言語学コーディネーターのホセ・アントニオ・アロンソ・ナヴァーロ（Dr. José Antonio Alonso Navarro）副学長のご指導を忘れることはできない。

なお、初めに同大学にこの翻訳のためにご紹介いただいた笠松ユミ（元アスンシオン市役所ＣＰＪ・パラグアイ・日本人造りセンター長、平成二七年度秋、旭日双光章叙勲）へ改めての謝意を表したい。

それに本著出版の実現にコーディネーターとして並々ならぬ献身的なご協力を賜った日本ボリビア協会の杉浦篤専務理事の格段の熱意と、様々な意味においてご指導いただいた日本大使館や日系諸団体に対し心からの御礼を申し上げる次第である。

原訳者　坂本邦雄

於、パラグアイ国アスンシオン市、平成二八年正月吉日

登場人物

フランシスコ・ハビエル・ギュンター……ワシントンに住むパラグアイ人で、世界銀行の総裁
イライザ・アリシア・リンチ……ギュンターの妻。アメリカ人の大学教授
トト・アスアガ……イライザの旧友。アルゼンチン人の大学教授で、オクラホマで教鞭をとる
ソレダー・モントーヤ・サナブリア・ギュンター……ギュンターの姪。詩人・闘士
ベロニカ・サリアー＝キロガ……ソレダーの級友
シモン・カセレス……元チャコ戦争従軍僧でベロニカとソレダーの高校で教える大司教
エバリスト・サリアー＝キロガ……ベロニカの父
グメルシンド・ラライン……サリアー＝キロガの友人。中米人准将
アマポーラ……ギュンターの妹。ソレダーの母
アルベルト……ベロニカの兄
チピ……ベロニカの友達
アティリオ……ソレダーの父の友人
ロベルト・アマドール・スマヤ……捜査官

第一部

第一章

コリエンテス行き[1]の飛行機に乗り込む少し前に、トト・アスアガはオクラホマ州で秋学期ゼミの最後の授業をした。学びの聖堂《カテドラル・オブ・ラーニング》の十三階にあるあまり広くないセミナー室では、無愛想な顔つきをした大学院生たちが瞬きをしていた。降り止もうとしない大雪に嘆かわし気に目をやると、アスアガは、いつものように咳払いをして、授業を始めた。

――南米大陸のあらゆる原始社会におけるように、トゥピ・グアラニー族[2]の宗教生活はシャーマニズムに基づいている。パジェ[3]、つまり医者であるシャーマンは、他のいずれの地域とも同じ役割を果たしていて、その宗教儀式は常に社会的団結を確かにする規範や、文化的な英雄たち（太陽や月など）あるいは神話上の祖先たちが人間に課した生活上の規範に関連する形で行われる。それゆえに、トゥピ・グアラニー族は、ここに至るまでは他の原始種族の社会と何も違ってはいない。しかしながらフランス人、ポルトガル人やスペイン人の旅行者が残した記録[4]には、トゥピ・グアラニー族を他の南米の未開人とは大いに異なる、極めて独特な存在たらしめている違いに関する証言がある。どういうことだろう？　部族間の絶え間ない戦争や彼らの宗教的表現において、ヨーロッパ人は異教の表情と悪魔の妖術しか見てとることができなかった。トゥピ・グアラニー族の不思議な予言はその解釈に多くの間違いをひき起こした。少し前までは、危機の時代における典型的な救世主待望論、つまり怒涛のように迫る西洋文明に対する反応だと考えられていたんだ。けれども、これは白人がアメリカ大陸に到来するはるか以前の、おそらく十五世紀半ば頃にはすでに現れていたことだった。当初、紀行記編者たちはこの現象を理解していなかったが、シャーマンをある不思議な謎の人物、カライたちと混同はしなかった。彼らはパジェの領域に属する医療の仕事には一切関わらなかった。信仰のしもべでもなかった。シャーマンでも司祭でもなかった。それではカライとは一体何者だったんだろう？　彼らが唯一やっていたことは、話すことだった。あらゆるところで話すのが使命であったと言われている。自らの共同体においてだけではなく、あらゆるところにおいてだ。カライは戦乱中の部族の間でも、天下御免で何ら身の危険もなく通行できたのみならず、むしろ熱烈に歓迎された。住民は入り口の道に木の葉っぱや花を絨毯のように敷き詰め、礼を尽くして彼らを迎えさえした。**（あなた本当に興奮してるのね。ぺ**

ニスのサイズでわかるわ、とイライザは言った)。カライは決して敵視されることはなかった。どうしてそのようなことが可能だったんだろう? 原始社会において、個人はその血縁関係と所属する地域社会によって定義される。そのことは一つの系譜と家系のつながりに刻み付けられている。トゥピ・グアラニー族の血統は父系主義で、父方の家系を重んじられていた。しかし、ここにカライの奇妙な演説がある。彼らは自分は父を持たず、神と一人の女の間に生まれた息子だと主張していたんだ。予言者を自己神格化させる誇大妄想の幻影は、今はどうでもいい。重要なのは父親の不在と、父親の拒否だ。父親がいなければ家系も存在しない。この演説は血縁に基づく原住民社会の構造を覆す。ゆえにカライの遊牧性は、特定の共同体とのつながりを持たずに等距離を保つもので、幻想や旅行好きによるものではなかった。彼らはいかなる集団にも属せず、誰の敵でもなかった。誰にも攻撃されず、気違い扱いもされなかった。カライは何を語っていたんだろう? 彼らは演説の向こうをいく演説をした。伝統的な演説の型を破った演説でインディオの群衆を魅了していた。それは神々や神話の祖先が伝承し、課してきた旧来の規範や価値観の枠からはみ出した演説だった。ここに最も大きな謎がある。なぜ古い伝統の断固とした保持、保守に固執する社会が、旧来の規範が律する世の終わりを告げる不思議な人物を受け容れるんだろう? カライの予言という演説は、一つの証明と約束に要約できる。一方では、世の中は極悪に染まっていると絶え間なく断言し、その一方ではよい世界を実現することが可能であると確言する。（**ねえ、何があたしに入ってきたのかわからないわ**、とイライザが言った。**もしあたしがこんなことをするだろうって今朝誰かに言われたんだったら、頭がおかしいんじゃないのって多分答えてたわ**）。〝世界は悪だ！　大地は醜い！〟、とカライは断言していた。〝ここから離れよう！〟と。その絶対的に悲観的な世界の描写は、彼らに耳を傾けていたインディオたちからの全体的な同意があったんだ。演説は病的だとも精神錯乱的なものだとも思われなかった。トゥピ・グアラニー族の社会は、単に様々な勢力のもとで原始社会からの、すなわち変化を拒む社会からの脱却という難局にあった。カライの演説はこの社会の死を証明していた。人口の大幅な増加、通常の人口分散の推移に反する主要村落への人口集中という傾向や権力者の出現は、革新の中で最も致命的なもの、すなわち社会の分裂と不平等という革新が進む要因となった。強い不快感がこれらの部族を不安にさせていたが、カライはその不快感を意識し、それを世の害悪、醜さや虚言の現れとして告げた。彼ら預言者たちは他の誰よりも起きる変化に敏感であり、皆が困惑しながら感じ取っていることを告げる最初の人物だった。したがって、インディオと預言者の間には深い同意、世界を変える必要があるのだという同意があった。（**こっちに来てあたしを犯して**、とイライザは言った。**ああ、ベイビー、早く挿れて。あたしの山の中で動かして。ああ、あたしの箱を犯して。思いっきりねじ込んで**）。カライはどのような対策を示していたんだろう？　悪い土地から離れ、悪なき大地に行くように指導した。この悪なき地は事実、矢が勝手に獲物に向かい、世話をしなくてもトウモロコシが芽吹く場所で、いかなる敵もいない完全な土地だ。ノアの大洪水で人類が最初に滅ぼされる前の、人間と神々の共有の領土だった。神話的過去への回帰だろうか？　カライの断絶を望む過激さは心配のない平和な世界を約束するに留まらなかった。その演説では古い秩序の完全な破壊が述べられていた。その声明は、いかなる既存の規則も、社会の基礎の最たるもの、つまり女性の交換規則すらも許さなかった。今や、女性は主人を持たないのだ！　カライはそう言った。（**犯して、犯して、あたしを犯して**、とイライザは言った。**ああ、トト、あたしを犯して**）。悪なき大地はどこにあったんだろう？　カライの神秘主義は伝統的な限界を越えていた。地上の楽園という神話はほとんどの文化に共通であり、死後の人間のみがそこに行き着ける。だが、カライにとっては悪のない土地は実在する具体的な、今、ここで、つまり、死の試練の前にも手の届く場所だった。神話によると、その地は一般に東に、日の出る方向にあった。それを見つけるために、十五世紀末頃からトゥピ・グアラニー族の大規模な宗教移民が始まった。数多のインディオたちは、村落や耕作地から離れ、断食し、踊り続けながら、再び流浪の民となり、神々の国を探して東へと向かった。大洋の海岸に至り、彼らは最大の障害である海を、その向こうには確かに悪なき大地がある海を見つけた。いくつかの部族は逆に西へ向かってそれを見つけようと考えていた。十万人以上のインディオの移民が十六世紀初期にアマゾン川の河口から出発した。十年後、わずか約三百人になっていた彼らはペルーに着いたが、その頃はすでにスペイン人に征服されていた。その他の者はすべて窮乏、餓えや疲労の犠牲となって途中で死んでしまっていた。カライの予言は集団死の危険を招くものだった。しかし予言は沿海地域のトゥピ族とともに滅亡はしなかった。事実、それはパラグアイのグアラニー族の間で維持されてきた。彼らが最後に悪なき大地を探しに出たのは、一九四七年のことで、数十人のバジャ族のインディオがブラジルのサントス地方へと向かった。移住の流れは最後のグアラニー族の間で終わったものの、その神秘的な特質は彼らのカライに霊感を与え続けている。人々を悪なき土地に導く力を奪われても、カライは内への旅を止めない。それらの旅は、自らの口からいまだ聞くことのできる聖なる歌と歌詞が証言しているような、自らの神話についての熟考へと、そして形而上学的な思索へと彼らを導いている。五世紀前の先祖のように、彼らは世界が悪であると知っていて、その終焉を望んでいる。この世界は火炎と大きな空色のジャガー[6]によって滅ぼされるが、グアラニー族のインディオだけを生き延びさせてくれることになる。その強くも悲壮な誇りが、自らが神の選民であり、遅かれ早かれ神々の許に戻ることになるという確信を彼らに抱かせ続けている。この終末論的な待ち時間の中で、グアラニー族のインディオたちは彼らの王国が到来し、悪なき大地がついに彼らの真の住処となるということを知っているんだ(1)—

＊＊＊＊＊

（1）本文の集成はピエール・クラストル「南米インディアンの伝説と儀式」、『Nicaráuac』(Managua) 第4号、一九八一年、一四九〜一五四ページに基づく（著者注）。

1　アルゼンチン北東部にある、パラグアイに近い町。小説の中で書かれている時代である一九八〇年代の人口は、約二十万人である。歴史的、文化的、言語学的な観点から、パラグアイのイスパノグアラニー社会と重要なつながりを持っている町であり、一八六四〜七〇年の三国同盟戦争［訳注：パラグアイと、アルゼンチン・ブラジル・ウルグアイの三国同盟軍との間で行われた戦争。ラテンアメリカの歴史の中で最も凄惨な武力衝突となった。］においては、軍事行動の対象であった。

2　ヨーロッパ人到来以前およびその後数十年にわたって南米大陸中部・東部を支配していた民族およびその言語。グアラニー語は今日においてもパラグアイの主要言語である。

3　魔術、あるいは魔術を行う者。標準グアラニー語では、payé ではなく paje と書かれる。エレーヌ・クラストルが著作『悪なき大地：トゥピ・グアラニーの予言』の二五ページ以降で述べているように、パジェたちは重要なシャーマンであったが、本作で象徴的に描かれているカライよりも下のシャーマンの階級に属していた。

4 沿岸地帯のトゥピ族地域を旅したアンドレ・テヴェやジャン・ド・レリの記録を参照されよ。しかしながら、内陸のグアラニー族に関する情報を最も多く提供したヨーロッパ人は、モントヤやデル・テチョ、シャルルヴォアやロサーノのような宣教師たちかもしれない。H・クラストルの『悪なき大地：トゥピ・グアラニーの予言』の二ページ、十一ページを参照されよ。

5 地上の楽園（悪なき大地とも呼ばれる）は、トゥピ・グアラニー族の神話の中で賞賛され、先コロンブス期および後コロンブス期の多くの移民によって探された。悪なき大地は、アウグスト・ロア・バストスやミゲランヘル・レネー・フェレルなどの作品のように、現代パラグアイ文学の様々な作品の主題となってきた。

6 悪なき大地の神話とともに、人類を貪る青いジャガー信仰は、グアラニーの終末思想の部分をなしている。

第二章

ひっそりとしたアトランタ空港は、早朝には一層大きく見える。トト・アスアガはB回廊の無数にある搭乗待合室で一人タバコを吹かしていた。レーガン時代の太った観光客のカップルが正面のバーガー・キングでお喋りをしていて、もう日曜日なのでビールは売っていないと言う。一人の赤毛の年寄りが通りかかり、隣のバーの辺りをうろついているが、店を閉める間際ということでドライ・マティーニを出してもらえない。老人は後戻りし、今日が日曜日なのがあたかもアスアガの罪であるかのように、怒りに満ちた眼差しで彼を見ると、ぶつくさ言いながら立ち去る。アスアガはあの素晴らしいヘミングウェイの短編小説「清潔な明るい店」[1]を感動とともに思い出し、マドリードでは日曜日こそ最も酒が飲まれる日だということを思い出す。グロリエタ・デ・ケベードの近くの小さなバルを愛情とともに思い出す、「それが文明だ。ふざけるな」。イースタン航空[2]のライトグレーと調和しているように見えるその青いコートの中に身を縮こまらせ、髪はぼさぼさで髭も剃らず、侘しげにタバコを吸い、皮肉そうな目の間に短い鼻がある男は、誰が見ても六十歳だとは思えないだろう。ある夜、マンハッタンで、イライザは一人のスノッブな女性に、〝道楽趣味で色情狂のサクソン出身の公爵夫人向けの、ぶざまで几帳面なラテン系の愛人にでもなれそうな男〟として彼のことを紹介した。アスアガはオクラホマから南へ飛ばなければいけないときは、常にこのアトランタ空港での長い乗り継ぎ待ちを避けるようにしている。街はどんな様子だろう？

　スカーレット・オハラとカーター大統領とのことはほとんど覚えていなかった。二人とも感じがよかった。街もそうでなければいけないだろう。この大きな空港には何度も来たことがあるのに、アトランタ市を一度も訪れたことはない。今回は、大雪と多くの便の遅延にもかかわらず、運よくこの飛行機の座席を取れた。マイアミでパラグアイ航空[3]の便に乗り換えなければならない。

―ワインを少しいかがですか？―

穏やかなエンジンの音でうとうとしていたアスアガは、気怠げに目を開けた。ファーストクラスの会話が、スチュワーデスたちの喋っているグアラニー語のさざめきが、彼女たちの親切な慎み深い声が、遠いこだまのように消える。コップを受け取る。

―ありがとう、カリン―

一口啜る。ウンドラーガ[4]のワインはほどよく冷えている。唇でコップの縁にそっと触れる。薄眼を開ける。明け方のかすかな光は、思い出のように機窓より青く入り込んでくる……。七番街五十二丁目にあるシェラトンホテルの屋内プールのトランポリンで飛び跳ねるイライザ。申し訳程度に体を隠すビキニ、ボッティチェッリが描いたようなたわわな乳房、チョコレート色に日焼けした肌。あの黄金色の思いがけない夏。

―学会に参加するの。そう、招待されたのよ……。全部払ってくれなきゃここにいられないわ、夫は無一文の詩人だから。イライザよ、でもライザって呼んでね―

飛び跳ねている。生温かいプール。

―あたしと寝たいんでしょう？―

サングラスを外した彼女のキス。セックスの後にシャワーを浴びているイライザ。

―それじゃあ、本を書いているのね。ああ、グッゲンハイム[5]の奨学金ね。日焼けした丸い乳房にかかるシャワー。オレンジ色のタオル―

―お願い、擦って……、ああ、いいわ、ねえ、もっと強く！―

硬くなったセックスに置かれた彼女の手。

―お別れをさせて―

学会発表へと急ぐ。クロージングの宴会でのイライザ。彼女の酔った笑い声。完璧で大騒ぎを引き起こす歯並び。憤慨する年配の教授たち。

―我慢できなかったの、本当よ！　もったいぶった儀式の最中に真面目な顔でいられないわ。ヴィレッジ[6]に行きましょう。乾杯しなきゃ！　あたしったら、どこからこんな喘息持ちのいやなやつを引っ張り出してきたのかしら。あなた、全然笑わないのね！―

ラザニア越しの世界貿易センターの眺め。二杯のマティーニ。乾杯。

―さあ、このお財布ね。奥さんの写真、見せてちょうだい。あら、なんて太ってるの。まあ、なんて可愛らしい娘さんたち……。あたしが建築家になりたかったって知ってる？―

人気のない浜辺にいるイライザ。ニュージャージの静かな黄昏。

―だめ、あたしに聞かないで。結婚したくないの。これで話は終わり！―

打ち寄せる泡の中を裸足で歩く。寒さと悦びに震える。身を震わせて泣く。

―どうして男っていうのは結局プロポーズをしなくちゃいけないの？―

一口啜る。青い空の色をした半透明の瞳。黒い肌、エメラルド色の眼差し、カーニバル、図書館。涙ながらの笑顔。海……。ベッドでタバコを吸うイライザ。男の匂い。

―なあ、歳はいくつだ？　本当か！　デカダンの女優のようにサバを読むなよ。本当にそんなに？―

顔を赤らめる。

―下品な人ね！　ねえ、ちょうだい……―

一吹きのタバコの煙。

―このあなたのタバコ、きつくて臭いわ！―

ラガーディア空港で、別の学会発表に向かうイライザ。口紅。

―さあ、この手鏡を近づけてちょうだい、違うわ、もっと上よ。もうあたしにキスしないでよ―

誘惑。悪事。

―バカ！―

再び手鏡と口紅。

ダラスでの別の学会発表の帰りのイライザ。タクシー。

―全く、疲れきっちゃったわ。ずっとスペイン語で喋らされたの……。でも、ペンアベニュー[7]の魚介料理は素晴らしかったわ……―

彼の手。

―じっとしてられないの？　ちょっと待って……―

バックミラーの中のドライバーの眼。

―なんて恥ずかしいの！―

……**乗客の皆様、もうじき**……

女らしいイライザ。一緒の二人。

毛むくじゃらの胸にある、アフリカのカールした毛。秋の赤道にある渦巻き毛[8]。

―あなたに言わなきゃいけないことがあるの……―

震える肉厚の唇。

……**当機はアスンシオン国際空港に着陸します**……

―バカ！　そんなことじゃないわ、あたしが自分のやってることがわからないとでも？―

むだ毛を剃っていない顎の下の、濡れたエメラルド色のきつい眼差し。

―だから妊娠してないって言ってるのよ、女の子を養子にしたの……。そのことを話させてくれない？―

……**シートベルトをお締めください**……

自宅の玄関にいるイライザ。色付きの風船を握り、ドアのノッカーに置かれた、トトの緊張した拳。

―シーッ！　そっと開けてね！　あたしの家、気に入った？　ああ、今の主人はお金持ちだから。シーッ！　こっちに来るわ！―

黒人の少女と白人のベビーシッター。

―四歳よ―

微笑み。

―ミーガン、この人はママのお友達よ。ほら、握手して、そうよ、いい子ね―

悪意のないへま。緑色の風船かな、それとも青色のかな？

……**また次のご旅行でご一緒できますよう、お待ち致しております**……

当惑。緑色の風船かな、それとも青色のかな？　沈黙。身動きしない少女。

……**現地の気温は摂氏三十八度です**……

――緑色の風船かな、それとも……？――

――どっちでもいいってば！　眼が見えないのがわからない？――

……**コリエンテス行きの便は、六番ゲートからの出発です**……

1　アメリカ人のアーネスト・ヘミングウェイ（一八九九〜一九六一）は、この短編小説を一九三三年に発表した。スペイン語が話されている町にあるらしいカフェにいる一人の老人の孤独と痛みが描かれている。それゆえにアスアガは短編小説からマドリードを連想する。そしておわかりのように、主人公である老人の状況はアスアガの状況をはっきりとさせている。

2　この小説の中の時代に繁盛していた、アメリカ合衆国の航空会社。一九九一年になくなった。

3　現存しない航空会社。

4　チリのワイン。

5　一九二五年に設立されたグッゲンハイム財団のこと。様々な国の学者や芸術家たちが自由な条件のもとで自らの仕事を行うことができるように、権威ある奨学金を出している。

6　マンハッタンにあるボヘミアン地区、グリーンウィッチ・ヴィレッジのこと。

7　ペンシルヴァニア通り。ワシントン中心部にある大通り。

8　複雑なエロチックなイメージである。「赤道」は腰にあることを、「渦巻き毛」は恥毛の縮れを、「秋」はトトの年齢を意味する。

第三章

——宗教について、あるいは少し死について、父親が癌で亡くなった日から気になり始めました——　イライザは言った。　——でも、コリエンテスの大司教様にお会いできるなんて、夢にも思いませんでした——

大司教は微笑むと、イライザにもう一杯紅茶を注いだ。湯気がたったカップを彼女に渡した。書き物机の上では痩せ細ったキリストの像が、そのアルミ製の両腕を必死に広げていた。ドイツ系の姓を持つ若い司祭が、銀製の紅茶ポットを彼らに出してくれていた。カセレス大司教は、自分のものを使うと言った。それは随分と古い安物の磁器製で、チャコ戦争[1]の従軍僧だったときにキャンプのテントで初めて使ったものだった。

——あなたはプロテスタントの家庭の出身ですか？——　大司教は実に優しげに尋ねた。

——貧しい聖公会[2]の家庭です。白人の金持ちの宗派です。なので少々恥ずかしい思いをしていました——

——あなたは色黒ですが、緑色の目をお持ちです。私は非常によい聖公会のクリスチャンを知っていますよ―

―そうですか？　あたしは知りません。友達の宗教は何でしょう？　あたしは決して尋ねません。もう半世紀前からお勤めに、ミサに行っていません―　イライザは赤くなった。

―見掛けよりも年を取っているんです―

―あなた方はアメリカ合衆国の英国国教信者なのです。聖公会の牧師はたくさんいます。国境で働いています。密入国者の背中を拭いてやっているのです[3]―

―面白いお話ですね。あたしたちは南部に住んだことはありません。友達は一人おります。トトという名前です。もしかすると、会いに来てくれるかもしれません。とにかく、お話を聞いて嬉しく思いました―

―あなたはまだ聖公会信者ですか？―

―いいえ、もうそうではありません。教会で結婚しませんでした。いずれの宗派の教会でも、と言いたかったんです。パンチョはパラグアイ人ですが、プロテスタントです―

―そいつは、かつてのドイツ人[4]ですな。つまり、信仰を実践していない―

―でも、パンチョの妹のアマポーラは、敬虔なクリスチャンだと思います―

―知っていますよ―

―今日お伺いしたのはパンチョのではなく、あたしの考えです。猊下は大変影響力を持っておられるとお聞きしたので—

—あなたが望んでおられるほどではありませんよ、ギュンター夫人— 大司教は悲しげに微笑んだ。

—要するに、高校でその英語の授業をしたいのです。少女たちをもっと近くから知りたいのです。あたしが執筆している本のために—

—もちろん、不可能な話ではありませんよ。お茶をもう少しいかがですか？—

—いいえ、結構です—

—お父さんがお亡くなりになってもうどのくらいになりますか？—

—ええ、もう大分昔のことになります。あたしたちがブカレストに行く前です—

—お父さんのそばにいてあげられましたか？—

—少しは。父はピッツバーグに住んでいました。我が家からあまり遠くありません。短い癌で、一年ももちませんでした。何度か会いました。でも、最期の日にはそばにいませんでした—

—では、なぜあなたは死のことが気になったと仰るのですか？—

—初めての死につつある最も身近な肉親だったからです。わかりません……いつかは自分にも同じことが起きるだろうと考えたのです—

―そのことはあなたの人生を変えましたか？―

―そんなには。もしかすると、より悲しいものにしたかもしれません。ときどき考えるのです……こんなにたくさんの競争、急ぎの仕事、教育の階段、出版物、デッドラインだらけの人生は無意味だって！　デッドラインとは何のことかご存じですか？―

―階段ではなく、序列と言いますよ―

―だって、あたしを向上させるのです！―

―……？―

―逆上させる、と申したかったのです―

―あなたはとても満ち足りていなければなりません、健康で、お綺麗で、立派な教育を受けておられ、これらの支出を賄うご主人すらおられるのですから―

―もちろんですが、人はときとして行き先がわからないものではありませんか？―

―お子さんをお持ちですか？―

―どうやら―　イライザはつぶやいた。　―私は子供に恵まれそうにないのです―

―養女をお迎えになっていませんでしたか？―

彼女は沈黙を貫いた。

カセレス大司教は立ち上がると、入り江の見える大窓の方へ何歩か歩いた。彼は背が高く、浅黒い肌をして、白髪頭で大きな手をした、八十歳近くになる、晩年の農夫のように衰え知らずの活力に満ちた、がっしりとした肩をした無愛想な農夫のような男で、日焼けした指には大きなルビーの指輪を嵌めていた。イライザは座ったまま、コートの中に身を竦めていた。大司教は白髭の間から彼女を見ていた。

―私も死が怖いということを、ご存じですか？―

ときとしてイライザは、自分の人生の境遇のいくつかはあまりにも小説じみていると感じていた。今のような、この落ち着きのない退屈さ、このウナムーノ的会話。

―あなたがですか、猊下？　もちろん天国に行かれるでしょうに！―

―それはわかりません。とにかく、そう早くは行きたくはありません―

―いい人生ですものね？―

―そうとは限りません。死ぬのが恐ろしいのです。あなたのように―

―人というものは―　イライザは手袋であくびを覆い隠した。　―癌の治し方を知らないのに、神とは何者なのかを知ろうとするのです―

―もしかすると、私はバカげたことを言っているのかもしれません―

―バカげたことを仰ってはおられません。父は死を恐れていて、敬虔なクリスチャンでした。猊下が仰るように、熱心な実践を重んじる信者でしょう？　聖公会の信者は天国に行くのでしょうか？――

――もちろんです――

――結局のところ、問題は時間でしょう……偉大な文学的主題です！　あたしが文学を教えているのをご存じですか？――

――新聞で読みました――

――あたしの著作を一冊差し上げましょう。アントニオ・マチャード[6]の作品における時間について扱っています――

――それはどうもありがとうございます――

――今度はあたしがバカげたことを言う番です――

――いや、バカげたことだとは思いませんよ。マチャードは真の詩人です――

――なぜ彼の詩を口語的だと思う人がいるのかが、わかりません。詩をお読みになりますか？

――

――そうですね、福音書は詩文です――

――あたしが言いたいのはもっと……世俗的な詩のことです――

――もちろんです。ネルーダ[7]が亡くなったときは、あそこの向かいで私が追悼のミサを行いました。アジェンデの名付け親だった、チリ国領事に頼まれてです。ネルーダは無神論者だったようです—

—あたしは知りません。多分そうだったのではと想像しますが。実際、この権力に惚れ込むことができるなら、誰が無神論者になれるのでしょう?—

—その通りです。心の奥底では、誰も無神論者ではないのです—

—あたしは無神論者ではありません—

—もちろんですよ。ご主人のギュンターはどうですか?—

—彼は経済学者です—

—姪御さんのソレダー・サナブリアは?—

—わかりません。でも、彼女はカトリック系の高校で勉強していますよね? 政府に共産主義者呼ばわりされていることは知っていますが、母親は大変熱心なカトリック教信者です。きっと彼女も敬虔なカトリック教信者です—

—ヤンキー《グリンゴ》の単純思考の素敵なことだ。姪御さんと彼女のクラスメートのベロニカ・サリアーは、レーガンの特使として派遣されたアレクサンダー・ヘイグ将軍[8]の来訪に抗議する目的で、六月の学生抗議運動を組織しました。学生たちは、マルビーナス戦争[9]でレーガンが英国を支援しているのが気にいらないのです—

—存じております、でもあたしが言っているのは、カルデナル神父[10]流のカトリックということです。カルデナルの詩をお読みになりましたか？―

―ええ―

―お好きですか？―

―かなり。私のお気に入りだとは言えませんがね―

―猊下、今度はお茶をもう一杯いただきますわ―

引きつけられるように、カセレス大司教は、書き物机の後ろの書棚に近づくと、一冊の水色の合成皮革張りの分厚い本を取り出した。何ページかめくり、目次を見て、それから元の位置に戻した。

―わかりません、一編の詩を探していたのです……―　彼は言った。　―あなたに読んで差し上げるための詩を。しばしお待ちを、見つけられないのです―

―どの詩ですか？―

―ファン・ラモン・ヒメネス[11]の〝最後の旅〟という詩です―

―でも、あんた―　イライザは笑った。　―いえ、猊下、それだったら私は暗記しています―

よりリラックスした様子で、彼も笑った。

―では、猊下は小鳥が歌い続けていることが不安になる[12]というわけですね―　イライザはそう言いながら、自分で紅茶を注いだ。

—放射能のせいで小鳥が歌い続けないよりもひどい— 大司教はつぶやいた。 —おわかりでしょう。ですが、あなたは一度も恋をしたことがないのですか?—

イライザの頬が赤くなった。

—それは……もちろんです、ギュンターに恋し続けています—

—今はもう彼を洗礼名でお呼びにならならないのですね?—

—パンチョと呼ぼうがギュンターと呼ぼうが同じです—

—大分浮気をしましたか?—

—でも、猊下— 彼女は唐突にスペインじみた媚態で肩を動かして答えた。 —そういったことは決して尋ねないものですわ……。司祭様っていうのは少し啓示的ですのね……—

—私の口の中の剣は諸刃だと聖ヨハネが言ったとか言わなかったとか。祭日の際に尋ねたことがあるのです—

イライザは呆然として彼を見た。

—猊下は少しおバカさんだとお聞きしましたよ!—

カセレスは彼女に向かって右手を伸ばした。

—ギュンター夫人、おはようございますと私は言いましょう、ああ、もうこんにちはと言うべき時刻ですね―　イライザは立ち上がり、二人は古くからの友人のように、杉の浮き彫り造りの大扉まで歩いた。　―マザー・トロックスにお会いなさい。明日には授業を始められますよ―

―ところで、猊下は一度も恋をなされたことはないのですか？―

コリエンテス教会の長は、彼女を優しく玄関へと押しやった。

―もちろんですとも。日々恋をしていますよ―

1　パラグアイとボリビア間で一九三二～一九三五年にかけて起きた戦争。チャコと呼ばれる、半ば不毛で人の住んでいない地域の大部分をかけて両国が争った。パラグアイが勝利し、国土の西半分の領有を確認した。

2　アメリカ合衆国のプロテスタントの一派で、アングリカン・コミュニオンと結びつけて考えられる。

3　アメリカ合衆国では、メキシコ人の不法移民はしばしば軽蔑的にウェットバック（濡れた背中）と呼ばれるが、これは彼らがメキシコとテキサス州の間を流れるリオ・ブラーボ川（リオ・グランデ）を泳いで越境するからである。

4　パラグアイにはドイツ系住民が多く、その多くはプロテスタントである。

5　死への欲求は、実存主義派哲学者やスペインの文学者ミゲル・デ・ウナムーノの作品における中心的テーマである。

6 スペインの詩人(一八七五〜一九三九)。彼の時間に関する考察は実存主義と関連しており、見事な詩法の中で表現されていた。

7 チリの詩人、パブロ・ネルーダのこと(一九〇四〜一九七三)。一九七一年にノーベル文学賞を受賞した。マルクス主義的信条をもって政治活動を行い、サルバドール・アジェンデ政権支持者だった。一九七三年、アジェンデを倒したクーデターからさほどたたずに死んだ。

8 アメリカ合衆国の将軍、外交官、政治家であったアレクサンダー・M・ヘイグ・ジュニア(一九二四〜二〇一〇)のこと。ニクソン大統領の首席補佐官および、レーガン大統領の国務長官を務めた。一九八二年、マルヴィーナス危機の取り決めを行うためにアルゼンチンを四月に二度訪問した後、七月五日に退職した。その際にブエノスアイレスを訪問したが、コリエンテスに滞在したというのは著者の創作である。

9 アルゼンチンとイギリスの間で一九八二年に起きた、マルビーナス戦争(英語ではフォークランド戦争)のことで、小説の中での主要な出来事を時系列に配置するための糸となっている。

10 一九二五年生まれのエルネスト・カルデナルのこと。サンディニスタ政権に仕えたニカラグア人の聖職者。詩人でもあり、その作品のテーマは社会的連帯である。

11 スペインの詩人(一八八一〜一九五八)で、ノーベル文学賞を一九五六年に受賞した。彼の美しい詩「最後の旅」(一九一一年)は、死の隠喩のようである。

12 「最後の旅」の中の聯への言及。

第四章

大司教との話を終えた後、イライザはコートの襟を立て、広場で標的を探し、大聖堂の前でベンチに座ると、マドリードのことを思い出した。彼女のすぐそばでは、スペイン人の隊長[1]がその石の剣を、四百年以上も前にその町をエル・ドラード[2]への道の途中に建設するように彼を導いたキマイラに、いまだ突きつけていた。**きみの詩が、朝の力強い風の中にこぼれる未来であらんことを**（ポール・ヴェルレーヌ[3]）。その軽やかなアクアマリン色の光の中、朝のほがらかな透き通る光の中を、蝶とランプが軽やかに、露と太陽、生命と空気を祝う。甘松香《カンショウコウ》の星を散りばめたような陶酔に浸り、彼女はその前夜にバイオリン弾きのキリギリスに、潤んだ瞳の辛抱しきれない音楽に、秘かな叙情短詩になりたいものだと思う。アーモンドの木、松の木、早い時間のサファイア色、鳩の鳴き声、そよ風、きらめき、通り過ぎる一匹のムカデが、彼女を眩惑し、その血の中でもがく。そこで音楽に溢れる軽やかな正午のように、彼女は恋に落ちて風に向かって跳ぶ。その手は、広大な光の川と緑の香りだ！　その唇は、たわわに実る言葉だ！　カスティーリャ人とバスク人は、ピサロの鉱山[4]を発見することができなかった。彼らはさらに南に、二つの顔と二色の肌、二つの魂、二つの言語を持つこの民族を作り上げたのだが、彼女の夫は両親がバイエルン出身であるため、新世界のメソポタミアで生まれたということ以外では、決して自分をこの民族と同一視することはないだろう。イライザが一九五〇年代にギュンターと知り会ったとき、彼女はあの金髪のペダンチックな経済学者がコノの息子だと想像すらしなかっただろう。外国出身ではないかと疑いはした。というのも、彼の英語はまるで目に見えない強情な文法の女教師の前で、ずっとニューイングランド訛りを真似しているかのように完璧に聞こえたからだ。当時ギュンターは三十七歳、彼女は三十歳だった。メリーランド大学での彼女の学長の家で、一人の背の高い痩せた男が、好戦的な優しさのこもった眼差しを彼女の方へ投げ掛けながら、プロイセン人のようにセロリの茎に二級品のチーズを添えたものを噛んでいた。彼女を落ち着かなくさせていた。このドイツ人は、自分がワシントンの公務員の中で引く手数多の独身者と思い込んでいるが、口が臭い上にベッドではこの上なく退屈な男なのだろうと考えた。その巨体が自分の上で、セロリの臭いがする舌を自分の口に挿入しようとしているのを想像できなかった。もっと若かった頃に、彼女は考えたくもないような結婚に失敗していた。離婚は—彼女は確信していた—キャリアを大いに助けてくれた。自分の仕事—スペイン語の指導助手—に満足しており、学長の元級友である虚栄心の強い経済学者たちも含め、誰に対しても怖じ気づくことはなかった。しかし、アイルランド人の目と輝かしいほどの機知を持ったこのたまらない色黒女は、結婚をいやがっており、それがギュンターの人生で唯一の情愛を燃やすことになる。彼女のボッティチェッリの乳房と賑やかな笑い声は、彼を夢中にした。効果的かつ抵抗し難い方法で彼女に言い寄った。彼女が無分別でアカ―彼女が座っていた広場のベンチのような赤《アカ》、それはコリエンテスの厳格な軍人たちがその色を持つ公的なものの中で唯一認めていたものだった[6]―だということも甘受した。彼らはパリで、結婚してから最初の六月を過ごした。それ以外の月は、オーガズムと化学的に純粋なあくび、お互いの寛容、双方の仕事での昇進、イライザの幾度かの流産、スイス製の時計のように精確に組立てられた生活の間で変動した。スイスの比喩では、イライザは時計が好きだった。学長のセロリのチーズ添えを思い出させたからだ。ギュンターはゲルマン料理という大砲の射程内といえる玉ねぎもかじっていた。毎日何ガロンものビールを飲んでいた（五十歳の誕生日を迎えるとウイスキーに替えたが）、起きがけの乗馬運動のおかげで、腹が出ずにいた―イライザは彼のことを、唐辛子をかけた人参の整形外科医[7]のように見ていた。彼女は自分のサルトル的地獄の辺境の中で、マドリードのことを考える習慣を身につけていた。彼女はピッツバーグ大学の自分の研究室でアントニオ・マチャードの詩を研究しながら想像したように、秋や、古い鐘楼、炎を上げるモンクロアの地平線、ポプラの黄金色、葉を散らしたヤマナラシを思い出していた。

イベリア航空（一番安かった）の飛行機の中で望んだように。マドリードで、彼女はなぜアントニオ・マチャードのスミレ色の芸術[8]がスペイン内戦とともにこんなにも変わってしまったのかを悟った。まさしくこれらの黄金色の韻文詩がアルゲリェスにある彼の下宿屋の夕暮れという剣を、死の切り傷とともに永遠に分断されたスペインを鋳造したのだ。災難なことに、イライザは残酷なマドリードに住むことになったが、もう別の場所もなかった。フランコは、スペインからよい映画、自由、ヨーロッパ、世俗の本屋、外国の演劇を排除してしまっていた。大学は治安警備隊と修道院に取って代わられた。だが、イライザは人々が、独裁政権が決して屈服させることのできなかったあの純粋な物質が好きだった。チュロス売りの女、郵便配達夫、酒場の主人、門番、市場の女たちはＮＯ－ＤＯ社[9]を暴き、〝死の渓谷の戦死者〟を引き抜き、全員がウォルト・ホイットマン[10]だった。イライザは自分の資質と第二言語を明確にした。マチャードを論文のテーマに選ぶと、大司教に言及していた、今は古典となり、三ヶ国語に翻訳されたあの本を執筆し始めた。子宮的執念に取り憑かれたが、それは詩的でもあった。スペインの若い男たちのあれはもっと長くて、太くて、力強いのよ！　彼女は当時の駆け出しの詩人のほとんどと寝た。その後、結婚してからも、その何人かとの情事を繰り返した。ギュンターにはこう言った。「それで、私ったらほんの若い男の子だと思って川に連れて行ったんだけど[11]、彼に力があったのよ」。どんちゃん騒ぎのワインに、デオドラントも使わない若い学生たち。ときにはギュンターをからかい、興奮させるために、イライザは彼の耳元で囁いたものだ。「だってあたし、今まで一度も王様みたいにいい男にあたったことがないんだもの」。ギュンターはフランコ独裁政権の効果を賞賛していたので大笑いし、そうやって彼らは銀婚式に至ろうとしていた。ギュンターは、スペイン人はみんなバカ者だと教えられた。彼の両親は、文盲の農民で、バイエルンからジャングルへ移住して来たのだが、インディオの言葉は覚えても、カスティーリャ語はだめだった。[12]ギュンターは首都にあるドイツ人学校の奨学金を得た。早くから裕福な家庭の子供と付きあうようになったが、彼らはフランス人の家庭教師を雇っていた。だが、彼は学校のすぐ近くにある、北の大国の〝歯磨き粉領事館〟で行われていた、英語とニューディール政策に関する無料講座を真剣に受講した。そうして、一九三九年には優秀な成績で中等教育を終えていた。わずか三ヶ月前に、変わり者の将軍がパラグアイの大統領に選ばれた。[13]チャコ戦争の戦勝司令官、質素な習慣で農民の両親を持ち、ヨーロッパで教育を受けた、国民に向かって武器を用いない将軍、親仏派のファシズム嫌い、**歴史はアルトス[14]で始まる、[15]上空で炎に包まれた元帥は水の矢のように緑の大地に上る、あちらで壊れた翼のもとに立っているのではなく、その慎み深さのせいで生死を告げる声を上げることができないのだ。戦争に勝つためには、わめき立てるような態度をとる必要はない。祖国を愛し懸命であるだけで十分である。そうして彼はアルトスに入り、国民よりもはるか上空で生き、**

フランス語やグアラニー語、鉄の言葉で会話する。戦いの休息を求め星のように飛ぶ彼が見られた。その眠らぬ様は清浄な星のようだ。彼ほど不屈の態度や、空色の鷹のような洞察力を持った者はいなかった。彼ほど清貧なものはいなかった。戦いは続き、歴史はアルトスで始まる、そして今日は九月七日、[16] 永遠に彼は強固な友情の基礎を作り上げていた。あの北の国出身の彼らの一人が、彼にパラグアイの若者向けの奨学金を約束していた。ギュンターは、ハーバード大学に行くことになっていた。だが、その年は彼の両親は反対した。息子が一人しかいなかったのだ。アマポーラは僻村に残っていたが、良縁に恵まれそうもなかった。しかし大統領は飛行機事故で死に、右翼軍人がその後を継いだ。ギュンター家は枢軸派だったが、パンチョをヘロデ王の逆鱗から救うために当時はイェール大学[17]の申し出に譲歩した。ギュンターにとって、イェール大学での生活は辛いものであった。チャペル通りを曲がり、ダンカン・ホテルの下にあるニューヘーブンの二世紀前からある旧ハイデルベルグの地下街を歩いては、ハマグリの詰め物やピルスナー・ウルケルのビールを眺めたものだ―ヒスパニック系学生の奨学金では、すべて手が届かないものだった。優等で卒業し修士号を得て、その十年間の終わりには博士号を得た。彼の両親は四〇年代に一年の差をおいて、癌で亡くなった。ギュンターは貯金を使って父親の埋葬に参列したが、母親が死んだときには金がなかった。いい官僚の仕事を手に入れた。アマポーラを彼女がサナブリアと結婚してからも助けた。ソレダーの洗礼親になった。アイゼンハワー政権下で、安定した経済的信用とアメリカ合衆国のパスポートも獲得し、一九五八年には、ボブ・ホープ[18]とテニスをやってこそはいなかったが、イェール大学のかつての学友たち―たとえばイライザの大学の学長―とはやっていた。なんと長い歳月が経ったものか！　そして、イライザは再びマドリードを夢見た。なぜギュンターは、スペイン人がバカだと考えていたのだろう？　彼らが偉大なる歴史的努力をしたのは確かで―オーウェル[19]のせいではないにしても―、そうして最初の親米派アルゼンチン人のサルミエント[20]がやってきた。サルミエントはイギリスは文明の母で野蛮人はトラの母だと叫び、亡命してオレンジの木[21]の上で死んだ。控え目で働き者のギュンターの両親はアマポーラに厳しい家庭教育を行ったが、長男にはカイザーの威厳を教えた。イライザは最初、そのことを疑わなかった。しかし今は、残念ながら、痩せていて、活発で、ジェーン・フォンダのようであっても、五十五歳という年齢が重くのしかかっていた。彼女は前を、この熱帯の地獄の中で真冬[22]の方を見やる方が好きだった。なぜギュンターは、スペイン人がバカだと考えていたのだろう？　彼女は憤慨していた。彼女はアルゲリェス[23]の居酒屋や、小さな学生向けレストランを、小さなしわがれた沈黙の時間に突然やって来る淡い光の流れ星のようなあの生活を、虚ろな目とぼんやりとした灰、そして記憶の狭間の秘密のように震え、通り過ぎていくあれらのことを思い出していた。彼女は朝や正午から、白いページのようにこんこんと水がわき出すのが好きで、夜に赤い花びらのように燃え上がるこの暗く陰鬱な謎や、悪天候へと向かう魂の小さな石炭、シエスタの最中に遠くの貨物車のように聞こえる遠吠え、これらの古いものの中にある、別の世界の、音を立てる帆柱や火事のような別の世界の街角は嫌いだった。そのヘラクレイトス[24]の日々の中に彼女は足を伸ばしていき、外に出て歩き、郷愁の坂を上る。他の人は、そのときに秋が始まると言うかもしれないが、彼女は秋が以前から訪れていて、結局のところ明日は明日の風が吹くのだということを知っている。誰かが妊娠している彼女に、あのテキストを書き取らせていた。その一方で彼女の目は奥のカレッジ[25]の松と風景を、あるいはニンニクがあっても国はなく、だが人の川、つまり時間がある風景を、主人は決して口にしなかったであろうメルルーサのフライを見ていたが、突然彼女は幽霊のそばで二十年を無駄に過ごしてしまったと感じていた。彼と過ごすウィークエンドの気が滅入ることと言ったら！　たとえば思い出す、夜は星をちりばめたようで、アマディスの脂が乗ったシーフードは青く震えており、美しくも悪趣味な占文書で飾られた居酒屋、壁に貼られた騎兵隊の引き延ばされたページ、アンドレス・メリャード通り、そしてもっとはっきりと思い出すのはトッパーという居酒屋で、フェルナンド・エル・カトリコ通りをガリレオ通りで曲がったところにあり、バルデペーニャス一杯が一ドルもせず、ジェマ―一歳半で、青い目をしていた―に微笑みかけたら二杯目はタダだった。彼女はホセ・ルイス氏と、名を忘れたがこの世で一番インゲン豆を上手く揚げる女との間の娘だった。もちろん、誰もがマドリードにパスポートを持ってやって来るというわけではなかっただろう。イライザはそれとはわからない移民という寄生虫を思い出していた。彼らはアメリカから吐き出され、三賢王の日に自分の靴の中に、暴君から決して奪い取ることのできなかったものを見つけた反フランコ主義者たちによるフランコ主義者の恨みを、その煙でできた上腕に彫りつけられたが、今はその暴君のように、世界の除け者たちを拒絶していた。広場では日が暮れる。冬が彼女の眼を横切り、再び枯れた松の木の叫びに捉えられる。通行人が一人、あっという間に姿を消す。あのレインコートを、痛ましく冷たいタバコを、カスティーリャの空から遠くの海を見やるその視線を、わびしく理解した人がいた。彼以外には誰も立ち止まらない。マドリードではいつも雪が降るというわけではなく、それがすべてだ。その男は最後の抱擁がいつだったかも、飛行機の色も、切迫した表情が正確にどのようだったかも覚えていない。彼らがあちらでは両手を広げて、あの日と同じ眼差しで待っているのだということは知っている。灰色の砂の中に忘れられた、タバコの吸殻。たくさん歩いたこの靴は、家への長い道に彼を連れて行くだろう。だが彼はその場に残り、広場で震えている。この冬も何も選ばなかった。その家も、この町も、その風も。結局のところ—彼は考える—日が暮れるときに、測ることができない距離ほど、遠くて悲しいものはないのだ。イライザは言ったものだ。あたしたちはバカ者で、グアラニー語みたいに「である（ser）」動詞がないの。疑いの余地なく、サルミエントのせいよ、と。ギュンターは疎外された人間だが、ソレダーの伯父だ。ワシントンの家での彼女のことを、イライザはぼんやりと思い出していた。セゴビア出身の男、コカンボに教えてもらったように、彼女に子羊を料理してやった。少女は指をしゃぶっていた。食後、ギュンターは彼女に皿を洗うように言いつけた。エルサルバドル人のメイドはもう寝ていたからだ。イライザは彼女のことが好きだったが、それはひょっとすると奇妙な、そして間違いなく郷愁的な、思想面での友情によるものだったのかもしれない。ただこのように考えていた。左翼の人間から世界で最も悲しくて美しい町でアリオレ[26]を楽しむことを奪う権利なんて、誰にもないのだ、と。そしてソレダーは明け方に、いつかマドリードに立ち寄るつもりで、イライザが住んだ正確な場所を知って、その家の前でポーズを取り、門番のアンヘル・オンタナルと話し、同じワインを飲みたいと言って、イライザを永遠に魅了してしまった。イライザは冷めた子羊の上で、ばかみたいに泣き出した。アントニオ[27]は、その時間と興奮した鞘のくせに、ちくしょう、正しかったんだわ。**ここでは奇妙な悲しさのこだまが生まれ、魂という青白い建造物は私の血の中で震える**（レネー・ダヴァロス[28]、メナール版[29]）。果てしない午後の淡い灰色の中では、密やかな隙間と人気のない大聖堂が、ライラックの香しい断末魔と、オーク材の秘められた廃墟を散らす。切迫した律動的な太陽の庇護のもと、眠気の中、そよ風も魔除けも納屋もなく、彼女は身を隠したバッタのように、広大で慎重な輪の中にとどまっている。この差し出された停戦という湿った重圧の中で、身動きやシルエット、こだま、猛暑、茶色のアルファベット、公園の数えきれないほどの燠《おき》が、彼女を辱める。退屈、無気力、習慣。遠い昔の日時計の中で、日々はゆっくりと不吉に、彼女を圧倒する。レティーロ公園の計り知れない孤独の中で、彼女は半ば茫然自失して、かつてのままの希望の報いを受けるのだ。

1　アスンシオンの創設者、フアン・デ・サラサールの像のこと。
2　スペイン人たちが、南北アメリカ大陸、特にボリビアやペルーにあると考えて探し求めていた、神話的な都市。
3　フランスの詩人（一八四四〜一八九六）。引用部分は「詩法」（一八七四年執筆、一八八四年出版）という詩の一部を変更したもののようだ。ここで見られるように、著者は歴史あるいは文学の人物から引用する際、それらに対してこの小説のコンテクストに応じて変更を加えている。
4　カスティーリャ人とバスク人は、パラグアイへの最初の植民者だった。金銀を探してやってきたが、ペルーに上陸したピサロとは異なり、見つけることができなかった。
5　コノスル（南アメリカの南端部）の息子。しかしながらここでは「コノ（円錐）」と「コニョ（女性器）」の類似性を用いた、著者の卑猥な目配せが見える。
6　赤は共産主義者のシンボルであるので、軍隊のアンチ共産主義に対するコミカルな言及。
7　唐辛子のつんとくる味、人参の男根的な側面、イライザが頼るバイブレーターのメカニズムを組みあわせた多面的な性的イメージ。

8　紫色は質素と関連付けられており、マチャードのよく知られた窮地への言及。また社会主義的な傾向のあった詩人のビオレッタ・パラにも言及している。

9　NO－DOは政府支持の情報ドキュメンタリー短編映画であり、フランコ独裁時代の映画には義務的に写し出された。

10　ウォルト・ホイットマンはアメリカ合衆国の詩人（一八一九〜一八九二）であり、民主主義的かつ平等主義的な作品のトーンで著名。

11　スペインの詩人、フェデリコ・ガルシア・ロルカ（一八九八〜一九三六）の詩「不貞なる人妻」の最初の詩行へのコミカルな言及。

12　ドイツ出身のパラグアイの住民のありふれた状況。

13　ホセ・フェリックス・エスティガリビア（一八八八〜一九四〇）は、チャコ戦争の全体に勝利した。一九三九年にはパラグアイの大統領選挙に勝利した。彼は真正急進自由党だった。

14　これは詩「歴史はアルトスで始まる」であり、著者の詩集『詩歌集』の句読点を変えただけのものである。

15　大統領を引き受けた一年後、エスティガリビアが飛行機の墜落で死んだパラグアイの場所。

16　一九四〇年、エスティガリビアの死亡の日。

17　推測するに、パラグアイに残ることによって、新約聖書中のヘロデ王の犠牲者のように、パンチョは政治的な弾圧の対象になっていた。

18　アメリカ合衆国の著名なコメディアン、ボブ・ホープ（一九〇三〜二〇〇三）とテニスをすることは、社会的な成功の極みを象徴していた。

19 ジョージ・オーウェル（一九〇三～一九五〇）はイギリスの作家。彼のスペイン市民戦争についての反ファシスト的著作である『カタロニア賛歌』（一九三八）は、イギリスの大衆の戦争に対する意見を強力に形作った。

20 ドミンゴ・サルミエント（一八一一～一八八八）は、作家でアルゼンチンの大統領だった。『文明化と野蛮――ファン・ファクンド・キローガの人生』（一八四五）で知られ、彼はアメリカ合衆国やイギリスを国の繁栄を促進するためのモデルとして見ていた。

21 つまり、サルミエントにとってイギリスは文明化の源泉であり、一方で野蛮はラテンアメリカを象徴する動物であるトラの出処なのだった。

22 これらの言葉には時間と空間の同時性についての複雑な遊びが見える。小説の全編にわたった、北と南（空間）と夏と冬（時間）の軸を用いたゲームである。イライザはコリエンテス（南）に十二月（南半球の夏）におり、しかし彼女はスペイン（北）の同月（北半球の冬）を考えている。私たちに思い起こさせるのは、バフチンの概念であるクロノトポスである。文学作品の中の時間と場所の特異性は連結されているが、しかしこの場合では柔軟で複雑なクロノトポスであり、居住する世界と人間の本質的な一体性を強調するものである。

23 この一節は著者の詩集『詩歌集』の詩、「ヘラクレイトスの日々」である。

24 古代ギリシャの哲学者ヘラクレイトス（紀元前五三五～紀元前四七五頃）の著作では変化の問題と宇宙の秩序が扱われ、そのことはロゴス概念の基礎となる論文に見える。ロゴスとは、火や火災のように頻繁に姿を見せるもので、この世界を成す法の一部となる普遍的な要素である。この章でイライザはその「ヘラクレイトスの日々」を見つめ、彼女の人生を統べてきた変化と法則について考えている。

25 イライザが教授職を持つ、アメリカのメリーランド大学のこと。

26 「アリオリ」または「アヒアアセイテ」（ニンニクと油のソースを指す）と闘牛における「オレ」を組みあわせた言葉遊び。

27 アントニオ・マチャードのこと。

28 パラグアイの詩人（一九四五〜一九六八）。若くしてオートバイの事故で死去した。

29 複雑な言及。一、アルゼンチンの作家、ホルヘ・ルイス・ボルヘス（一八九九〜一九八六）の著名な短編小説「ドン・キホーテの著者、ピエール・メナール」のフィクショナルな『ドン・キホーテ』の版。二、現代のフランス人詩人、レネー・メナールに対する言及。引用されたフレーズはこれだが、しかし著者は故意にパラグアイの詩人のレネー・ダヴァロスに対しても言及を重ねている。二人のレネーと二人のメナール、フランスやパラグアイ、アルゼンチンとスペインの文学が並列され、それらのすべての著者のイメージは最後には一人の著者となるのである。

第五章

よろい戸を半ば開けておいても、暑さは続く。筋骨たくましいシルエットが、その厚くごつごつした壁の真ん中で直立している。一人きりで、その大男は檻の中に入れられたジャガーのように動揺する。夜の通りを行く車のヘッドライトの素早い光が、その銀色の髭に叫び声のように映る。息を詰まらせた彼は、夢遊病者のように、司教の個室で、シャツを汗ばんだベッドの上に放る。苛立った様子で、天井の扇風機のスイッチを入れる。

—この忌々しい装置のせいで、喉が痛くなるんだ……—

空気が軽くなる。もうじき夜が明ける。

—このクソったれが《アニャ・ラコ・ペグアレー》[1]、ぶち込んでやろうか— と彼は喉の奥で罵る。明かりをつける。湿った高い天井では、粗末な蛍光灯が二本瞬いている。ガタガタになった巨大な木の本棚が、壁一面を覆っている。書、陶器、レコード、雑誌、歯磨き粉、デオドラント、電気カミソリ、粘度でできた動物、聖人像。聖母マリアの像から汚れた下着がぶら下がっている。別の壁には子供の水彩画、画鋲で留められた女性の版画、ゲルニカの複製画。ジェーン・フォンダの二枚のポスター。一枚は裸の全身像で、もう一枚はハノイで擦り切れたベレー帽を被っている顔写真だ。その二枚の間には、受難日の粗野な釘で留められた、ニス塗りの木でできたロザリオ。白髭の巨人は書き物机に座る。手書きの原稿、コップ、ほとんど空のフンダドール[2]のビンが一本、キーホルダー二つ、デジタル時計、櫛、鉛筆、ノート、赤インクで殴り書きされた試験用紙、メッキのされていないブロンズ製の十字架、電気式パーコレーター。毛むくじゃらの汚い手がコーヒーを温める。謎めいた半開きの眼が、冷ややかな十字架を注意深く観察する。痩せて失神したキリストが、執務室にあるものと同じように、その拷問にかけられた両腕を彼に向けて開いている。

〝不死とはこの夜のようなもののはずだ〟と、半世紀前に彼は困惑と郷愁の間で考えており[3]、その一方でチャコ戦争のぼんやりとした響きが、孤独な爆発音や遠くの一斉射撃の音が、そのさまよえる忠実な方言という咳をしていた。休戦。志願した予備の衛兵。記憶あるいは夢へと向かう、一続きのトンネル。遠方の銃声に包囲された金属性の密かな地獄の辺境、オオマムシが噴くいくつもの火花、その跡で燃え上がる悲しみに沈んだ植物、小灌木の茂みの悲痛な屈辱。彼は動かない。時間の存在しない岩のように、砂漠での前夜祭のときの遅れた賛美歌（あるいは日暮れの悲鳴）のように、気難しげに立ち止まっている。雷か人の斧によって横倒しにされ、蔦と沈黙という厳しい気候によって腐敗し、緑色の簡単な哀歌のように、家庭に、大地に、種へと戻ってしまったかのような木の幹のごとき無防備さで、じっとしている。誰も起き上がれと命じなかった。法衣が彼を混乱から守ってくれればよかったのだが。だが、彼はそこにいる。赤い額に垂れた小麦色の髪。ハリケーンのような髭に覆われた頬。彼は先頭に立っている。炎のごとき指導者、強靭だが重傷を負った農民たちのあの長い行列という激しい怒り、その底にある情熱、廉潔な眼差し。ランプはない。言葉もない。水もない。彼は瞑想する。黄昏の中で、独りの司祭。隅っこの陰に、釘付けになっている。様々な本を読み、聖書を解読した彼が、今は物陰でつけ狙われている。ルソー、イプセン[4]、聖アグスティン[5]、ラーラ[6]からはほど遠いところで。本来の説教師の言葉を激励の演説に換えて。指輪は引き金に。すり切れた簡素な制服に着替え、移動しながら。ヤギの中を、シマウマの中を、コブラの中を。狙撃兵の中を。反逆心も歓喜もなく檻に入れられ、再び立ち上がる幹、命を投げ出しても愛するという、祖国を作り上げるのだという野生の勇気。ほとんど手探りに、北西を探る。溶けた空はまぶたを閉じ、鉄と灰のざわめきに飾られて、煙の中にいるジャズ歌手のように、あの暗い虚無の中に隠れている。彼は司祭服のほころびたポケットから、最後の葉巻を急ぐことなく取り出す。ゆっくりと火をつける。誰に対してでもないが敵意のある独白の中に留まっていた彼は、あのもろいが説得力のある燃焼行為であるタバコという、孤独な習慣を取り戻し、平穏の中で意見を述べる。あの休憩という指導者の目は白熱し、運と忘却の入り口で目配せをする。傷口の後ろには（ご存じのように）、普段の休息という夜の魔法が、ヤシの実によって和らげられる渇き以外の女性を伴うことなく、横たわっている。参謀本部の指令は、いつもの通り的確である。彼らはそれをあてにした。その責任のもとに、その咳にそって、その破れ目の中を前進する。そして、その信念（計り知れないものという忠節）は、あの血を流す大量のぼろ切れの中に、生彩を欠いたメスティーソの分隊の中に、沈黙した国民の中に蘇る。彼らは信念とともに行進し、信念の方へと向かうのである。それは決定的な合言葉である。罪でない唯一のことは、殺すことである。彼は血を失う。もう片方の頬に、至近距離から口づけをされたのだ。この穴以外の遺産を残したくはない。ある衛生隊の士官（若い医者）は、戦闘の心理的衝撃はときとして苦痛を屈服させ、自らの力を超えた強さを兵士に与えることがあると彼に告白したことがある。茂みの中の蛇、手足を失った者、佐官や天使、もしかすると彼を激励するのは神話の活力なのかもしれない。勝利とは、戦略家たちの致命的な地図であり、死ぬ場所であり、平和と出会う場所なのだ、と彼は驚きも諦めもなく、聖母マリアのように想像した。

―なにか読んだ方がよさそうだ―

彼はゆっくりと本棚に近寄る。

―シャール[7]にするか、それともパヴェーゼ[8]か？―

彼は義勇兵の孤独さで微笑む。紫色の合成皮革で製本された小さい聖書のしわを伸ばす。レコードをかける。ワーグナー風のオーケストラが大音量で鳴る。びっくりして、音量を下げる。本を手にして椅子に戻る。本を開く。**もし人がまだ婚約しない処女を誘って、これと寝たならば、彼は必ずこれに花嫁料を払って、妻としなければならない。もしその父がこれをその人に与えることをかたく拒むならば、彼は処女の花嫁料にあたるほどの金を払わなければならない**[9]……。読み物から眼を離さないまま、彼の指はテーブルの上を探りながら進み、ボトルにぶつかる。数口飲む。ゲップをする。レコードプレーヤーが遠くで鳴っている。眠気を催す扇風機の羽根がもたらす濃い風の下で、鋼のような毛深い体はまだ汗をかいている。開いたままの本をテーブルの上に置く。頭を後ろへ傾け、力強い両腕を疲れた様子で広げ、そのゆっくりと回るプロペラとそれが描くゆるやかな円を見つめる。彼の額は、長い白髪の中に二本の深い溝を開けている。濃い髭が彼を火照らせる。彼は微笑み、眠気に身を任せる。電話のベルが彼を驚かす。椅子から飛び上がる。

〝こんな時間に誰だ？〟

ベルの音は埋もれたように、弱く鳴っている。〝一体俺は、どこに電話を置いた？〟書類を押しのけ、本棚を見やり、引き出しを開け、戸棚を揺さぶる。部屋の隅に跪き、ケーブルを見つけたので、慌てふためいてそれを辿る。ベッドをひっくり返し、重い長枕を持ち上げる。

—もしもし！　ああ、カセレスだ—　彼はベッドに座る。—もちろんだとも、おまえ《チャミーゴ》[10]だから俺だと言っているだろう、いや、風邪だ、喉が痛むんだ—　咳払いをし、唾を飲み込む。　—……予想していたところだ、今すぐ出るよ……ああ、わかっているとも—

荒々しく電話を切る。まさにそのとき、ドアをノックする音がする。

—カセレス大司教様？—　老女の小さな声が歌う。ドアを開ける。はげ頭の、ほとんど小人のような尼僧が、頭巾を振るわせている。　—マルセリン神父が、今朝魂をお引き渡しになるところです―　彼女はほとんど喜んでいるかのように歌う。

―もう医者から聞いた！―　髭面の男は吼え、彼女の鼻先でドアを閉める。稲妻のような早さで着替える。その鉄のような手が聖書を掴む。彼は一瞬、その開いたページを見やるが、すぐに閉じ、非の打ちどころのない黒い上着のポケットにしまう。地獄の天使に追われるかのように道路を走りながら、先ほど読んだ紫色の小冊子の一文を、寒気とともに思い出す。**魔法使の女は、これを生かしておいてはならない**[11]。

朝方の早い時間、アルゼンチンの国旗とバチカン市国の旗が、黒いベンツの輝く側面でざわめくようにはためいている。

御言葉への旅程、すなわちあの暗号のような典礼は、俗世に身を置いていた頃から、多音節語と二重母音の間で、神学校での怒濤のような徹夜の日々まで、かくも長引いた。彼は秘密の挑戦（声に出しはしたが）を、文法の躓きを、辞書の貧弱さを、インクの染みの純潔さを思い出し、そしてようやく印刷された間違いだらけのラテン語への服従を、あのインクの臭いがする形容詞を、活版印刷工が入れ忘れた、欠けてはならないあのコンマを、教会の前での牧歌的な花火を、教区教会にいる猫の背を思い出す。（何も古くならず、かつ何も現在のものではないという、終わりがなく、骨片や破片に満ちたときである）夜には、唯一できることと言えば、書かれていない手がかりの読解であり、それは孤独と煙の間での、月がない中で、酢の下で行われる、読み書きのできない人間がやる入れ墨のようである。結局のところ、彼はすでに年老いており、ローマは日中の隠喩であり、夕暮れどきにあてになるのは、あのタバコと、シェリーへの懐かしさ、シャガールが用いた青緑色への愛（カセーレスはいつも白襟を身につけていた）のみであるが、今となっては、緑色の猛烈な攻撃が密林を引っ掻き、戦争が陰鬱なミミズのように彼を締め付けていた。彼は魂の中へと延びたその古い幹に腰掛け、疲れた様子で、あのごく短いタバコの残りが、遣る瀬もなく指の間で燃え尽きていくのを観察していた。その疲れきった胸は広大な夜の空気へと、広く開かれていた。彼らは悲嘆と乾きに悩まされており、夢は傷を閉じてはくれず、行軍でばらばらになった部隊を立て直してくれもしなかっただろう。どうしたら国民に朝を迎えさせてやれるのか？　朝は何次第だったのだろうか？　俺は嵐の中で、軍隊を整列させるつもりだ。必要とあらば、死を銃殺してやる。いつもの者たちが、やって来たらんことを。クアティー軍曹、レアル・ペロー、ロマン中尉、ロメロ、リオス。[12]かつての兵士たちよ、この戦いは今のものだ！　当時の戦車よ、この渇きはいつものものだ！　リヴァロラ[13]が、雷鳴に乗って来たらんことを！　そしてファリーニャ[14]が、秘められた血の川を渡って来たらんことを！　タラベラ[15]がその茨のアルファベットを、永久の法典を、容赦ない毒針を、そして（在り方もしくはさけられない寓話である）死あるいは詩をもたらさんことを。永遠の者たちが、再び死にやって来たらんことを！　コインブラ[16]の肉弾汽船が、バードの剣[17]の一撃が、ウマイタ[18]の砲撃戦を、そしてラモーナ・マルティネス[19]が時間を遡らんことを！　アンドラホスやカジョスのような煮込み料理が、マチェテが、トルコ式長剣[20]が、亡霊[21]が、「我が女王」[22]の歌が、夏が、怒りが、腸チフスが、サソリが、梅毒が、口づけが、追憶が、魔術師が、歌い手たちが、アルパが、グアラニア音楽[23]が、コレア[24]が、そして言葉が、再び守備を引き受けんことを！　記憶が、集合的なクレーターが陰と亡霊を照らし、志願兵や旅団、背嚢兵、忘れ去られた傷を負った無機物の歩兵隊、ポンベーロ[25]という戦争の黙示録、復讐の女神たちという骨の折れる反復、潜在意識と多重な恐怖というハンカチが耐え忍ぶ場所である聖体の霧、勇気という盾、存在するのだという意志、生命の城壁。アンテケラ[26]はリマの牢獄で詩を書いた。あるいは、かまどについて思いを巡らす彼の影なのか？　彼は（我々が歴史、あるいは十三日の火曜日と呼ぶものである）運命の険しい文字を手直しし、自由という血塊を赤線で強調し、彼の辺境的な静脈は時間の周辺部を拒み、彼の埃だらけの毛穴は専制権力に反対票を投じ、吟遊詩人、独裁権力、電信機、疥癬のためのお守りを割りあて、どの通りや衛星に自分の名字が大量につけられるのだろうかと推測する、その棍棒の反響は、その棍棒の錐《きり》は、檻に入れられた鼻眼鏡のソネット、終わりの始まりだ。マンゴレ[27]はジョン・ウィリアムズ[28]のギターの弦をぴんと張り、旅をしてはメヌエットやマズルカ、マドリガルを即興で歌い、湿った密林から湧き出るかのように、リュートのキーとその川の流れのごとき悲しみを調律しては、ミツバチの無限の郷愁や猿の騒々しい正確さ、月桂樹の香しき確信の韻律を奏でる。この詩と音楽という大砲とともに、海から追放された、とるに足らない犠牲者たちというこの考古学、これらの単なる仕事とともに、俺はおまえのもとへと向かう、危機に瀕した古き祖国よ、仲間よ、俺は渇きと疲労、睡魔を閲兵し、夜には質素な人々に火がつく。

そうして、従軍僧はタバコの火を消した。

1　グアラニー語の俗な表現。「魔女のおまんこの子！」。
2　スペインのコニャック。
3　このチャコ戦争の記憶の中でカセレスは、著者自身によると、イェレンダグエの戦いにおける勝利の際にパラグアイの部隊を指揮した歴史的な人物であるエウヘニオ・アレハンドロ・ガライ大佐が戦いの直前に言った著名な台詞に触発されている。「おまえたちはもう死ぬことはないだろう、息子たちよ。イェレンダグエでともに死ぬために、二時間ちょっと耐えて欲しい」。
4　ヘンリック・イプセン（一八二八〜一九〇六）、ノルウェーの劇作家。近代演劇の祖としても知られ、『人形の家』などが代表作。
5　聖アウグスティヌス。聖人の一人で、キリスト教のより教条的な神学者。
6　マリアーノ・ホセ・デ・ラーラ（一八〇九〜一八三七）、ロマン主義的なスペインのジャーナリストでエッセイスト。

7 ルネ・シャール（一九〇七〜一九八八）、フランスの詩人。

8 チェーザレ・パヴェーゼ（一九〇七〜一九五〇）、イタリアの小説家で詩人。イギリスやアメリカ文学の翻訳者でもあった。

9 『出エジプト記』二十二章、十六〜十七節。

10 直訳すると「我が友」、イスパノグアラニー的な表現で、親しい相手に対する一般的な表現。

11 『出エジプト記』二十二章、十八節。

12 この彼の沈思の中では、チャコ戦争と他の時代の出来事が混ぜあっている。なぜならここに登場する人物は、パラグアイがブラジルやアルゼンチンやウルグアイと不均衡な戦いを行った三国同盟戦争（一八六四〜一八七〇）のものだからである。

13 ヴァロイス・リヴァロラ（一八四〇頃〜一八六八）は三国同盟戦争の英雄。騎馬隊の武勲で著名。イトロロ、アヴァイ、ロマス・ヴァレンチナスの戦いの非の打ちどころのない武功の後、クリスマスの日に死んだ。

14 ホセ・マリア・ファリーニャ中尉（一八三六〜一九一七）、パラグアイのパラナ川の武装艇の司令官。

15 ナタリシオ・タラベラ（一八三九〜一八六七）、パラグアイのジャーナリストで詩人。三国同盟戦争中は、「カビチュイ」という新聞を率いてブラジル勢力に対する激しい風刺を行った。彼自身は戦争の不健康な情勢から引き起こされた肺炎によって死亡した。

16 ブラジルのマットグロッソ州の都市のこと。三国同盟戦争のごく初期にパラグアイの部隊によって短い間占領された。

17 ホセ・マティアス・バド大佐（?〜一八六八）、三国同盟戦争時のパラグアイの英雄。ブラジル人に捕えられ、薬品を用いて死を選んだ。

18 三国同盟戦争中、パラグアイ川を支配していたパラグアイの砦。パラグアイ人による操作によって何年もの間、侵入者の勢力の前進を妨げた。

19 ラモーナ・マルティネス（一八五二頃〜?）、三国同盟戦争のパラグアイのヒロイン。十五歳のときにイタ＝イヴァテの塹壕の兵士たちを煽動し、彼らのそばで戦争に参加した。

20 銃剣に似ているがより小さい。ライフルにぴったりと嵌り、腰に付けられた。

21 グアラニー語で、草原を走り回る亡霊のことを指し、一人で歩く歩行者を襲う。夜に白く透き通った一群として現れる。

22 チャコ戦争の際のパラグアイの部隊の間の流行曲。

23 パラグアイの作曲家、ホセ・アスンシオン・フローレス（一九〇四〜一九七二）によって作られた歌のジャンル。

24 フリオ・コレア（一八九〇〜一九五三）、パラグアイの劇作家。グアラニー語での作品がある。グアラニー語の劇場の使用を大きく発展させた。

25 パラグアイのフォークロア中の人物。一人で道を歩く少女や処女を犯す化け物や悪魔の類に属する。

26 ホセ・デ・アンテケラ・イ・カストロ（一六八九〜一七三一）、弁護士で政治的リーダー。植民地の統治者との軋轢の間にいたアスンシオンの市民蜂起者たちを弁護した。占領された際には、独立戦争に参加したと見なされている。ボリビアでの逮捕の後、リマで投獄され、処刑された。

27 十六世紀のグアラニーの首長として知られた名前であり、パラグアイのギタリストで作曲家のアグスティン・バリオス（一八八五〜一九四四）の別名として知られる。十六世紀のカシーケのマンゴレは、ルイ・ディアス・グスマン（一五五八／六〇〜一六二九）の極めて興味深いクロニカの中心人物である。

28 ジョン・クリストファー・ウィリアムズ（一九四一〜）はオーストラリア出身のギタリストで、七〇年代にアグスティン・バリオスの作品を演奏し、作品に対する注目を取り戻した。

第六章

十一月の焼け付くような日差しが彼女たちを取り囲んでいる。胸に抱えた学校の教科書の重さに疲れ果て、ゆっくりと歩く。

—ヘーゲルについての宿題を終わらせるのに、どれぐらいかかると思う？—　ソレダーが尋ねる。白い石灰岩の歩道が反射し、目をくらませる。

—二時間もかからないと思うわ—　乗馬とヨットの帆走で鍛えられた骨格をした、ベロニカが答えた。

オレンジの木の陰では、遊び仲間の子供たちが、E.T.に扮した一人の男の子と、宇宙服の中で茹だっているもう一人の男の子の周りで騒いでいる。—あなたのところにおやつを食べに行くから、そのときに済ませましょう—

—この太陽ときたら！—　ベロニカは息を切らせる。熱い髪の毛を手の平で撫でつける。

ソレダーは彼女の右の薬指に光る指輪に見とれている。

—お母さんのお守りよ。今朝の試験のためにくれたの。ちょっと頭がおかしいわよね。いつか家に連れてってあげるから、そのときに会えるわよ。兄のアルベルトにもね。実のところをいうと、お父さんはあたしが貧乏な女の子と付きあうのがいやなの―

―綺麗な指輪ね―　ソレダーは溜め息をつく。

かつては白かったが、今となっては苔と蔦に覆われている小さな家に着く。ドストエフスキーの本を読んで疲れたような、敷居につながれた犬の年老いた目が、郷愁を帯びた様子で通りを見張っている。ソレダーは五時に待っているとベロニカに言うと、中庭の鉄の戸を開けて、廊下の階段の軋む音を聞き流す。

枇杷の木がまばらに影を落としているその狭い道を、ベロニカは同じ調子で歩き続ける。家畜を乗せたトラックや埃っぽいバスが行き交う大通りに出る。近くの空港に向かう一機の小型飛行機を無視する。向こうには、広大な私有の公園に庇われるようにして、何軒かのさらに広く簡素な家が見える。ベロニカはそのうちの一つを横切る。細工を施されたヒマラヤスギ製の重い扉の鴨居からは、ヤドリギの枯れ枝がぶら下がっている。彼女がその扉を後ろ手に閉めると、磨りガラスが病気じみたようにチリンと鳴る。くすんだ青銅のコンソールテーブルの上に、本を投げる。蜘蛛の巣が張ったシャンデリアの下に広がる、古い床のペルシャ絨毯に彼女の足音は消される。石膏じみた白いアラバスター製の立派な階段の下で立ち止まる。金色の胸毛がわずかに生えたたくましい胸板の少年が、バッタのように降りて来る。

―隣のプールにちょっと入ってくる―　と叫んで彼女とすれ違う。ベロニカは上にあがる。少年は自分の部屋の扉を開けたままにしており、彼女はスポーツペナントやポルノのポスター、乱れたベッド、開きっぱなしの洋服ダンス、タバコの吸殻で焦げた絨毯の上に散らばっているレコードを覗き見る。自分の部屋まで行くと、鍵を掛け、ベッドに倒れ込む。その指がナイトスタンドの上にあるクロックラジオを探り、ジャズに選局する。ブラウスのボタンを外し、モカシンとスカートを脱ぎ捨てる。裸になってバスルームへと歩き、シャワーの栓を開ける。そのとき、ヒマラヤスギ製の扉がチリンと鳴る音と、彼女の兄を呼ぶ父親の声を聞く。ターコイズ色のガウンを肩に羽織り、豪華な階段の手すりから、その緑色の手すりから若い肉体と髪の毛を覗かせる。

―さっき出かけていくのを見たわ―　彼に叫ぶ。　―どこにかは知らない―

下ではエバリスト・サリアー＝キロガが顔を赤くして唸っている。

ベロニカはバスルームに戻ると、シャワーの下でクリトリスを指の腹で擦る。彼女の瑪瑙色の瞳が、戸の裏に閉じ込められた猫のように取付けられた拡大鏡を横切る。

その後、昼食を取りに階下へ降りる。執事が打ち出し細工が施された革の椅子を勧める。席につき、炎のように暑いコリエンテスの秋にはあまりにも不向きなそのスルビ鯰[1]を一切れ取ると、エバリスト氏が隣のユダヤ人と泳いできたアルベルトを咎めるのを聞く。

―新しい看護婦さんはなんていう名前なの？―　ベロニカは尋ねる。

―癪に触るでたらめをやらかしよって……、わしが死んだらおまえたちはどうなるんだ？
―

―新しい看護婦さんはなんていう名前なの？―　湿っぽい食堂の薄暗さに息を詰まらせながら、ベロニカは執拗に尋ねる。

―ビオレタだ―　と老人が遮る。　―でもまだ何もわかってない。牧場の革なめし工場からよこされたばかりだ。おまえの母親は、かわいそうなやつ、あの『皇帝のスミレたち』から取って、カルメン・セヴィージャ[2]という洗礼名をつけたんだ。おまえが食事を持っていってやれるかね？―

―はい、お父様―

アルベルトはアロス・コン・レチェを食べ終えて、こそこそと立ち上がる。

―街では徴兵書を見せるようにと言われているんだ―　彼にエバリスト氏が言う。　―憲兵相手にはふざけられないぞ。唯一必要なのは、おまえをマルビーナス戦争へ遣ることだ―

1　コノスルの流れの豊かな川で食べられている大きな魚。
2　スペインの女優（一九三〇〜）。前述の映画に登場する。

第七章

ベロニカは母親を起こすために二階へ上がった。

—お母様？—　半ば開いた部屋の戸口で声をかける。暗がりの中では、せいぜい漠然とした物影しか判別できない。分厚いカーテンが一つしかない窓を隠している。ベロニカは棚板の角、大きな燭台、ゴムのような本や飾り壷を手探る。片隅で電気のスイッチが緑色の光を明滅させている。ベロニカはその方へと進み、揺り椅子につまずき、やっとたどり着く。部屋はぼんやりした明るさに満ちる。彼女の母親は樺の木製の高い頭板がついたベッドで眠っている。

—私よりも綺麗だわ—　ベロニカはつぶやく。女は長い昏睡から目覚めたかのようで、眠たげな手で顔を擦ると、伸びをしていかにも心地よさそうに身を捻る。ベロニカはいくつかの小さなおならを聞く。

—食事を持って来るわ、もう昼過ぎだから—

—お願いするわ—　低い途切れ途切れの声が優しげに聞こえる。ベロニカは彼女が上体を起こすのを手伝い、その横に座る。彼女の母親のネグリジェからは、いまだ堂々とした乳房が透けて見える。彼女の母親はその大きな青い目で、催眠術にかかったようにベロニカを見つめる。〝全くの誹謗だ〟と、エバリスト氏はかつて彼女に言ったことがある。〝こんな青い目をしていて、ユダヤ人の血を引いているはずがない〟と。そしてベロニカは、ストライサンド[1]を、そしてデミル[2]の映画に出てくるモーゼやイエス・キリスト、その他の登場人物を彼に示したのだった。

―お父様は新しい看護婦を雇ったけれど、まだ必要な経験がないの……―

ベロニカは太腿の上に熱い手を感じる。女はもつれた長い髪の間から微笑みかける。ベロニカは彼女の塩辛い額にキスをする。彼女の母親は喘息で咳き込む。

その午後、ベロニカはおやつの時間に遅れることなくソレダーの家に着いた。潅木や古い錆び付いたブランコが強い夏の風を受けゆるやかに軋む裏庭のゴミを避けて近道したのだ。ベロニカは修道女の制服から、白いショートパンツと、へそまで届かないほど短い、鮮やかな色のぴったりとしたジャージに着替えていた。うだるような暑さの中、二人はノートや教科書を見直し、カードにまとめた。**ヘーゲルは思想を、不動にして不変の始原的本質としてではなく、恒常的な発展における知識の過程として検討した……。**太陽に向かって開いた窓から覗く樹木の緑、午後の明るく自由な平穏、無限に遠い階下の中庭。『精神現象学』の第一部で、**彼は意識と物体との関係について分析し、その本質は精神的かつ論理的であるがゆえに認識可能であると結論付けている……。**

―吸いたい？―　ベロニカが言った。　―持ってるわよ―

ソレダーはそれに応じた。

ベロニカは戸の鍵を閉めた。湿気と煙が、彼女たちの乳首を熟した葡萄のように見せていた。二人はソファーに身を投げ出し、散らかった机の上に足を伸ばしていた。激しく吸っては吐き出す煙の螺旋が、あの炎のような空気の中に留まっており、**感覚の認識は我々の認識能力の上で動く物体と直接的な関係を保っている……。**興奮した二人は、皮膚の上の生温かい液体と、投げやりにページをめくる熱い手、そして燃え上がるように熱い一本の指が、赤い布に囚われたその二つの直立した丸い小石の間に、何気ない様子で鉛筆を斜めに滑らせるのを感じていた。

―Tシャツを脱ぎましょうよ―　とベロニカは言った。　―ひどい暑さだわ―

困惑した様子を見せながら、ソレダーはTシャツを脱ぎ捨てた。そして混血の大きな乳房をベロニカの目の前で露わにすると、涼し気な溜め息を吐いた。**思考の弁証法および概念の相関性というヘーゲル学派は、ヘーゲル自身の教義に反して、実際の発展の過程の内容と原理が、**

知識の独立性とともに存在していると示唆しており、小鳥の甲高いさえずりや、すぐ近くの白熱した汗の香り、柳の上の夕焼けという素朴な美しさに包まれていることを知るということの独立性とともに存在していると示唆している。

―価値のない本《ボレ》[3]よ―　とイライザは言う。　―『リンチ夫人と友人[4]―ひとりのアイルランド女性冒険家とパラグアイを滅ぼした暴君の真実の物語[5]』。著者はパラグアイをけなせばけなすほどこの国を……、トト、スペイン語で称揚《エクストール》するってどう言うの？―

―知らんよ―

―賛美《グローリファイ》する、称揚《エクストール》する……―

―ああ、称揚《エナルテセール》するとかそんな感じだ……―

―そう、そんな感じよ。リンチ一族が彼女の生い立ちを蔑めば蔑むほどに、よきアイルランド人としてイギリスから逃げ出させれば逃げ出させるほど、パリでロペスと知りあう前の彼女を尻軽女として描けば描くほど、彼女を偉大にしているのよ―

―だがなあ……、そう熱くなるなよ……何のためにそんなことを全部、本の中に入れたいんだ？　人っていうのは過去のことには関心がないんだ。自分たちに起こっていることについてしか読みたがらないんだよ―

―……―

――リンチ夫人がきみと同じ名前だということの何が重要なんだ？　リンチという苗字の人間は掃いて捨てるほどいる。チェの苗字だってリンチだ。エルネスト・ゲバラ・リンチとね――

――そうよ、トト、アイルランド系の方で……リンチ夫人は私の親戚で、チェ・ゲバラもそうなのよ――

――からかうのはよせ――

――私の親戚だったかも――

――血縁関係を気に掛けるヤンキーは、きみが初めてだ――

――……リンカーンの悪趣味への対抗だけれどね――

――むかし、カサブランカのうるさいガリシア人で、ゲバラという苗字の女が、まだチェ・ゲバラが大臣だった頃に手紙を出した。どんな返事をしたか知ってるか？〝正直なところ、私の家族がスペインのどこの出身であるかはよくわかりません。当然のことながら、随分前に私の先祖は無一文でそこから発ちました。そんな風に言うのは、不便なので今はもうやめていますが〟。そして、こんな風に終わっていた、〝私たちが血縁者だとは思いませんが、あなたがこの世界で不正が起きるたびに憤りに震えることができるなら、私たちは同志であり、それが最も重要なことなのです〟と――

—間違いなく私の親戚だわ—

—クソったれのアイルランド人どもが！—

大理石の階段の上からベロニカは、二輪馬車への郷愁と容赦ない外国為替の不正取引の一覧がその血の中で恥じ入っている、瘦身で猫背の若者を見た。

—調子はどう、チピ？— 彼女はこの上ない偽善の笑顔で挨拶し、腕を伸ばした。

—やあ— 彼は鼻声だった。

—お座り— ベロニカは命令した。チピは緑色のビロードの肘掛け椅子[6]の端に恐る恐る座った。

—化粧《メーキャップ》がとても似合ってるよ。オリビア[7]みたいだ—

—オリビアはあんたの男ね。あたしがソレの家から帰って来たら、アルベルトのバカがシャワーを浴びに入って、パラナ河の主みたいな素っ頓狂な大声で歌って、時間にはお構いなしよ—

—それはすごいね！— チピは口をどもらせた。

—あんたはカラスの行水でしょうけど—

—うん……— チピは顔を赤らめた。

―どっちみち、洗うような筋肉はないわね。最初にどこを石鹸で洗うの？―

―ううん……―　チピは甲高い声でぶつぶつ言った。　―それはちょっとプライベートなことだよ……―　彼は唾液に見放され、引きつった舌に断末魔にも近い渇きを感じた。神経質に瞬きをした。今にも泣き出しそうだった。ベロニカは刺繍された肘掛け椅子の肘掛けに座った。

―あたしのカボシャールの香水、好き？―　そっけなく尋ねると、胸を彼の鼻先に寄せた。チピは、彼女がブラジャーを着けていないことと、鼻につんとくる湿った匂いに気がついた。彼は汗をかき、激しい呼吸に裏切られ、蒼白な顔は滑稽に痙攣していた。

―好き？　好き？―　ベロニカは唸りながら、石のような手でチピの後頭部を掴み、その生贄の頭を、香水をつけた自分の胸に沈めた。

〝ベロニカとアルベルトがよからぬことをしている間に、エバリストはグメルシンド・ララインとかいう太った中米人の准将とチェスをして夜を過ごしていたわ〟とイライザは言う。ナイトは結局、そこにあった。初手から一手一手を綿密に検討してあった。

―動かしますか、先生？―　普段の習慣からくる軍人並みの礼儀正しさで、エバリストは准将の方へと耳を傾けた。

―今考えているところだ―

急ぐことはない。何分間か戦略を考えれば、この一局は勝ちだろう。働き者の象牙の駒たちはあたかも彼を皮肉気に観戦しているようだ。准将は重い腰を上げた。カルダン[9]の大柄チェックの緑色のシャツのボタンの間からは、毛むくじゃらの息が詰まりそうな腹が覗いていた。バーの方へゆっくりと歩いた。グラン・マルニエ[10]を選んだ。彼は細いグラスを手にし、豪華な応接間を静かに移動しながら、チェス盤を凝視している敵手の赤くなった眼をそれとなく盗み見した。王手に詰めたと確信していた。自分が勝ったことのある唯一の戦いである、無益な代数学を楽しんでいた。サリアー＝キロガは意を決めかねており、精神科医が嫌悪感を堪えていた、魔術をかけられたかのようなあの寝室での夫婦の耳障りな悲鳴によって混濁させられた、そのもつれた思考で、不安気に決め手を探していた。過去の効果的な規範が緩んでしまったという陰鬱な確信に襲われていた。ベロニカは一人で外出する。どうやって反対すればいいのだ？　そしてアルベルトときたら……、威厳も勇気も受け継がず、人種や苗字を区別することも覚えず、どこの出とも知れない若者たちに囲まれ、悪い生活だと疑いもせず、極めて男らしからぬあの長髪で、荷積み人夫の言葉遣いを真似て、場末の音楽を口笛で吹き、避暑のための別荘で世話をさせるために遣ったあの十二歳の健康な家政婦とすら付きあうことなく、安っぽい軽薄な女どもの写真を部屋の壁じゅうに貼っている……この調子だと、同性愛者になってしまうだろう！　去年の夏にハーバード大学にやったのは、なんと無駄な投資だったことか！

—戦っている者はまだ死んではいませんな— 准将は勝ち誇ったような笑みを浮かべ、花模様の肘掛け椅子に体重をかけた。

—早々と勝利を宣言すべきではありませんぞ— サリアー＝キロガはつぶやくと、ナイトを動かした。准将は絶望的な目つきで飛び上がった。この疲れた闘鶏たちは、いまだに互いに敬語を使って話していた。

〝ラインは戦争での傷跡ではなく、金を蓄えていたのよ〟と、悲しみと怒りが半々になった、キスでもしてやりたいようなあの笑顔で、イライザは笑った。〝奥さんを亡くしてから、慎ましやかな名義人たちと、たくさんの売春宿を牛耳っていたの……でも、浪費はしなくってね、お酒を飲んでチェスをする方が好きだったわ。とにかく、サリアーと何か通ずるところがあったのよ。〟

1　バーブラ・ストライサンド（一九四二～）、アメリカ合衆国の女優、歌手。この小説ではユダヤ系の出自である事実を指して使われている。

2　セシル・B・デミル（一八八一～一九五九）はアメリカ合衆国の映画監督。聖書をテーマにした歴史映画で知られる。代表作に『十戒』など。

3 グアラニー語の表現。

4 アリン・ブロッキーの伝記。一九七五年に出版。エリサ・リンチ（一八三五〜一八八六）は、三国同盟戦争以前とその間、パラグアイの大統領のフランシスコ・ソラノ・ロペス（一八二七〜一八七〇）の愛人でコンパニオンだった。アイルランド出身で、一八五三年にパリでロペスに知りあった。その感情と性格——操作的なエゴイストか強大な英雄か——は多くの論争を産んでいる。

5 どのように三国同盟戦争時代のロペスを評価するかについての議論は、その当初から現在まで続いており、大義を持った英雄として描くものもあれば、一方では不必要な大惨事を産んだ誇大妄想の扇動者として描くものもある。国境の議論についていえば、パラグアイと他の近隣の三つの国の対立は最終的にパラグアイの挫折と人口の多くを失わせることに至ったのである。

6 フリオ・コルタサルの「続いている公園」に対するオマージュを込めた言及。

7 オリビア・ニュートン・ジョン（一九四八〜）、イギリス・オーストラリアの七〇年代・八〇年代に世界的人気を誇った歌手。

8 実際には何もしていないのに意図的に有罪宣告を受けた人間を指す口語表現。

9 ピエール・カルダン。高級な男性の衣服のブランド。

10 リキュール。

第八章

――映画館では物を食べるもんじゃないわよ、行儀が悪い――　ベロニカが言う。

――食べてないよ、噛んでるんだよ――

――わかったよ――　チピはチューインガムを自分の座席の下にくっ付ける。

――汚らしいわね……――

――それも煩わしいわ――

――映画が気に入らないの？――

――そうね、つまらないわ――

――外に出たいの？――

――いいえ、外は暑いから、エアコンの世話になっていましょう。あたしたち、入場料を払ったんだから――

――僕が払ったんだよ――

――あんたはそれくらいのことにしか役に立たないんだから――　チピは唾を飲み込む。

―あんたは意気地なしよ―

―ねえ、ベロニカ―　彼はベロニカの手を取るが、素早く引っ込められる。　―喋り過ぎだよ。他のお客さんの顰蹙《ひんしゅく》を買うよ―

―お客さんのことなんか、どうでもいいわ―

―僕のためだと思ってよ―

―あんたのことなんか、どうでもいいわ―

チピはスクリーンを見つめ、彼女を無視しようとする。

―哀れなチピ！―　ベロニカの眼が火花を散らす。　―あんたが童貞ってことに、首を賭けてもいいわ―

彼は弱々しく咳払いをする。身動きもせず、その眼は青白くぎらついた顔の中で正面を見据え、痙攣する喉は息を詰まらせて唾を飲み込む。

―あんたが部屋にしまってる『インタビュー』、なんで見せてくれないの？　私が知らないと思ってるの？　みんな丸見えだって本当？　何でもやってるって本当？―

チピのガラスのような眼が瞬き、涙が溢れる。

―何時に見るの？　ドアに鍵をかけなきゃいけないわよね？　だって、そのときにお母さんが入って来たら、困るわよね？―

チピは啜り泣く。

―マスかき野郎！―

近くの席の客たちが、苛立った迷惑げな様子や嘲るような好奇心とともに、彼らに視線を向け始める。

―意気地なしのマスかき野郎！―

うわずったしゃっくりの合間に、チピは〝トイレに行く〟許可を求める。

―あんたなんかクソ食らえよ！―

ベロニカは、カーペットが敷かれた暗い通路で彼がつまずき、ハンカチを取り出すのを見る。

〝ダシール・ハメット[1]は、**自分には独自のスタイルがあると気づいたときが終わりの始まりだ**[2]、って言ったわね〟と、イライザは言う。〝問題は、アメリカ合衆国であたしたちは偶然に英語を話していて、ラテンアメリカであなたたちはスペイン語を話す運命にあるってことなのよ〟。

―ねえ、入らないの？―　木製の門の前にいる女たちの一人が猫撫で声を出す。赤みがかった破廉恥なライトのせいで彼女たちは醜い。〝息が臭いんだ〟と、アルベルトは夜の孤独なハンドルを握り、つぶやく。〝息が臭いに決まってる〟

―怖がらないで、お兄さん。ちょっと車を降りなさいよ―

―話がしたいんだ！―　盛りがついたカラスのような大笑いが彼のところまで聞こえる。

彼の親友たちは一緒に来るのを断った。〝一度は試すもんだよ〟と、彼は熱弁を振るった。〝もう行ったことがあるよ〟と、一人が嘘をついた。〝今度は、おまえの番だ〟。〝淋病にでもなったら、親父に殺される〟と、別の一人が白状した。〝一度は試すもんだよ〟と、アルベルトはぶつくさと繰り返す。

車から降りてドアに鍵をかけ、通りを横切る。脂ぎったような光沢の唇や底知れない炭のような黒い眼差し、安物の整髪料、痩せた首、噛み跡のある爪、細い皺のある顔に近づくにつれ、脚がわずかに震える。女たちの二人に腕を掴まれる。振り払って中へ入る。中庭に面した軒下では、黄ばんだカレンダーがかかっている壁際に寄せかけられた鉄製のベンチに座って、カップルたちが互いに弄りあっている。中では、薄明かりの下、二人の禿げた男たちが籐製のバーカウンターに自分のグラスを置いている。奥のドアから入る月光が、レンガの床に枇杷の木のよじれた長い影を落としていた。

―随分と寂しそうじゃないの！―　後ろで声がする。小人のように小さな女が、母性的に金歯を見せる。嫌悪感を抱き、彼女を押しやる。別の女が、隅っこにいた相手の男を連れ出し、パリート・オルテガ・イ・ガセット[3]の擦り切れたレコードにあわせて、絶望的に二人きりであるかのように踊っている。アルベルトは彼らを避けると、バーで一杯のビールを頼む。脂ぎった手が暗闇から缶ビールを一本差し出す。アルベルトは唾を吐く。ビールは生ぬるい。カウンターの上に高額の紙幣を一枚置く。

—これで女の子はみんな?—

—いい子たちは仕事中ですよ、お兄さん。少々お待ちを—

吐き気をこらえながら、酸っぱい口をハンカチで拭う。枇杷の木がある中庭から入ってくる弱々しい風が、湿気をわずかに和らげる。部屋の一つから、太った男がシャツのボタンを留めながら出てくる。その後ろからは、短い髪の若い女が洗面器を手に顔を覗かせる。

—マルシアーナ、お願いだから、ちょっとお水を持ってきて—

一人の女が立ち上がると、洗面器を持って行く。再びドアが閉まる。

太った男はカウンターで支払いを済ませる。アルベルトはその男の汗の臭いと安物のポマード、雫を垂らす口髭、にやけたおどけ顔、まだ荒い呼吸に気がつく。アルベルトにはわからないメスティーソの言葉で挨拶し、戸口まで見送る女たちの尻を撫でると、道端のタンゴの曲を口笛で吹きながら、ゆっくりと去って行く。

—おい、あの子は空いた?—

―はい、だんな。服を着たら部屋から出てくるはずですよ―

マルシアーナがきれいな水を持って戻ってくると、ドアをノックする。ドアが開く。

―どうもありがとう、ちょっと新しいシーツを持ってきて―

アルベルトは、映画でマーロン・ブランドがしていたようにカウンターに背をもたせかける。横では、あの禿げた二人の男たちが、静かにタバコを吸っている。しばらくすると、あの若い女が短い髪を神経質に指で梳かしながら出てくる。アルベルトは近寄る。

―座らない？―　彼女が言う。ベンチで彼に両腕を回すと、首にキスをする。〝息が臭くない〟と、アルベルトは思い、歯がわずかにカチカチ鳴るのを感じる。

―お名前は何ていうの？―

―アルベルト。きみは？―

―マレーナよ―

―マリア・エレーナか、マグダレーナの？―

―いいえ、ただのマレーナよ―

―何歳？―

彼女はアルベルトのシャツのボタンを外し、胸にキスをする。

―そんなに質問ばかりしないでよ。中へ入る？―

―うん。で、何歳？―

―十七歳―　マレーナは彼の唇の上で囁く。アルベルトは驚いた。

―僕の妹と同い歳だ！―

彼女は初めてアルベルトの眼をまっすぐに見ると、微笑みながら彼の腹を愛撫し続ける。

―実はね、マレーナは私の名前ではないのよ。学費を稼ぐためにここに来てるの。

アルベルトは彼女の舌ともつれあった舌で喋ろうとする。　―そうか、じゃあ悪い病気を移さないんだったら、もっと頻繁に来れるよ―

―私は月、水、金曜日にいるわ―　と、彼女が言う。

―わかる？―　チピは言った。彼の手はハンドルの上で緊張し、眼はヘッドライトの光に照らされたアスファルトの路面を注視していた。

―何ですって？―

―僕が泣いたってわかる？―

ベロニカは彼を見た。

―いいえ、わからないわよ。もっとゆっくり運転して―

―百キロも出してないよ―

彼は足をアクセルから少し離した。速度計の針は左へ振れた。

ベロニカは柔らかい本革のシートの上で手足を伸ばし、開いた窓から入る風で髪の毛が乱れるに任せた。

—まさかもう家まで送って行くってわけ?—

—じゃあ、どこに連れて行って欲しいの?—

ベロニカは骨ばった彼の顔を盗み見た。

—川へ行くわよ!— ベロニカは突然叫んだ。

—どうかしてるよ!—

—川へ泳ぎに行くわよ!—

—ベロニカ、ほんとにどうかしてるよ! 僕、水着も持って来てないのに!—

—あたしもよ、バカ! ほら、川へ行くわよ!—

—身分証を見せろって言われたら、どうするの?—

—連れてってくれないんだったら、ここで降りて一人で帰るわよ—

—で、どうやって泳ぐつもりなの? 裸で?—

—あたしのやりたいようにして泳ぐわ。行くわよ!—

—ベロニカ、別の日にしようよ……、それに、僕はお腹が空いたよ—

―停めて―

―何だって？―

―ここで停めて―

―無茶言うなよ！―

―ここで降りるって言ってんのよ！―

―ハンドルを放せよ！―

―停めてよ、バカ！―

―ベロニカ、ぶつかっちゃうよ！―

―構わないわ！―

チピはブレーキをかけ、路肩に駐車した。ベロニカの目はかつてないほど黒く、きらめいていた。少年には、彼女が一層綺麗に思われた。

―今回限り、そうしてあげるよ―

―それはよかったわ。エンジンかけて、行くわよ―

―でも、きみも僕の言うことを聞かなきゃだめだよ―

―まさか、あたしを犯すんじゃないわよね？―

チピの顔が赤くなった。

──……キスして欲しいんだ……──

──金を積まれてもしないわよ！　あんた、あまりにも醜男なんだもの──

──ベロニカ……、一度だけ……──

ベロニカは一瞬、彼を見た。目を閉じた。

──いいわ、早くしなさいよ、バカ！──

チピはそっと上体を傾けると、震える唇をベロニカのそれにあわせた。ベロニカはそれを振り払った。

──いいわね！　さあ、川へ行くわよ──

車は動き出し、スピードを上げた。何分かの沈黙の後、彼らは洞窟の縁に着いた。

──ここから左に入って──

車は道路から逸れて急勾配の道に入ると、石や灌木にぶつかった。

──ベロニカ、ここは随分ひどいよ──

──意気地のないこと言わないで──

──本当だよ！　車の塗装に傷がついちゃうよ！──

──もうすぐ着くわよ、水の涼しさを感じないの？　何て素敵なのかしら！──　彼女は嬉しそうに体をくねらせた。彼らは木々の間に車を停めた。

―ライトを消して―

チピは従った。彼女は車を降りると、乳白色の空に向かって腕を伸ばした。

―来なさい、川に入るわよ―

―ベロニカ、本当に何も持ってきてないんだよ―

―靴を脱いで。あたしの靴は砂まみれよ、ほら、車にしまって―

靴を彼のほうへと投げた。車のドア越しに、彼はベロニカがワンピースを脱ぐのを見た。自分が抑えきれないほど興奮しているのを感じた。

―入らないの？―

―まだいいよ―

ベロニカは肩をすくめた。広大な静けさの中を流れる暗い川の方へ走り、足を流れに浸すと、身を震わせた。

―冷たいわ―　と、叫んだ。大きく息を吸うと、潜った。　―来なさいよ、バカ！　すごく冷たいわよ！―

彼女は穏やかな波の中で嬉しげに叫び、脱げそうになるタンガを押さえながら、竜巻のように騒がしく潜ったり浮かんだりしていた。驚き戸惑いながらもチピは裸になると、アザミや野草の棘を踏んで滑稽に飛び跳ねながら、水際へと走った。冷たさに震えながら、腰まで水に入った。

―一気に入りなさいよ！―

チピは水に潜り、凍りつくように冷たい活力に肺が満たされるのを感じると、出した頭を振って、水を滴らせた。

―すごいや！― 笑いながら呻いた。

―ほらね？― ベロニカの手が彼を引っ張った。 ―来なさい、もっと深い方へ行くわよ―

―危なくないの？―

―ああ、こっちはもっと冷たいわ、いい気持ち。ねえ、どう？ 動きなさいよ！―

―ベロニカ、もう足が届かないよ―

―まあ、怖いこと！ 心配しないのよ、かわい子ちゃん《スウィートハート》。ママが口から口へ、人口呼吸をしてあげますからね。おわかり？―

暗い中で水を飲み込み、チピは赤くなった。春の薄い朝日が差し始めるまでの長い間、二人は互いに体には触れることなく戯れた。

―さてと、あたしは上がるわ― 突然ベロニカは言った。チピは彼女が川の流れから飛び出し、岸辺で身を捻るのを見た。彼がまだ川の中で数歩歩いたが、ベロニカの声に止められた。　―待って、見ないで―

彼女はゆっくりと、身につけていた唯一の服を脱いだ。チピの目は、夜明けの薄明かりの中で歓喜に沸いた。ベロニカは体をくねらせては回り、太腿を撫で、両胸を寄せていた。水の下で、チピは激しい勃起を感じた。彼は真っ赤になった。

―上がらないの？―

―うん……すぐに上がるよ、実は……パンツが脱げちゃって、探しているんだ―

―まあ、恥ずかしがり屋ね。あたしだったら、そのままパンツなしで帰るわ。体は拭くけど―

―ちょっと待ってよ―

ベロニカは裸で体をくねらせ続けながら、彼に下腹部を見せつけていた。

―何てこった―　チピは歯をカチカチ鳴らし、さらに強い勃起を覚えながらつぶやいた。

―勃っちゃったのね―　体を動かすのを止めずに、ベロニカが唐突に言った。

―何だって？―

―勃っちゃったのね！―　ベロニカが叫んだ。チピはまた真っ赤になった。　―構わないわ―

―何だって？―

―構わないって言ってるのよ。来なさいよ、見たいわ。触って欲しい？―

チピは震え出した。腰まで水に浸かったまま、一歩岸の方へ進んだ。

―だめよ！―　ベロニカが叫んだ。　―それじゃだめよ。パンツをこっちへ投げて―

―何だって？―

パンツをこっちへ投げて！　裸で上がってくる方が素敵だわ―

―ベロニカ、きみはどうかしてるよ―　チピの喉は呻く雄鶏のような声を立てた。

―投げてくれたら、撫でてあげる―

チピは木の葉のように震えていた。

―ちょっと待ってよ―　彼は口ごもった。水中でパンツを脱ぐと、岸の方へ放り投げた。

ベロニカはそれを拾った。チピは彼女がまだ体をくねらせながら車の方へ歩いて行き、崖の上から姿を消すのを見た。

―何てこった……―　チピは震えが止まらないまま、繰り返した。苦労して、水から上がった。突然、エンジンの音を聞いた。飛び跳ねながら、アザミに足の裏を引っ掻かれ、陰嚢をよろめかせ、木のところまで息を切らして辿り着いた。彼は絶望した様子で、鳩が鳴く明け方[4]の薄い光の中で、遠くに消えゆくあのオレンジ色の冷たい光を見た。

1　ダシール・ハメット（一八九四～一九六一）は、アメリカ合衆国の探偵小説家。四〇年代と五〇年代の間の「赤狩り」の熱狂の中で短い間逮捕された。

2　ジャーナリストのジェームズ・クーパーによるハメットのインタビュー、「やせた男のための困窮の年月」からの引用。

3　六〇年代のアルゼンチンのポップ歌手、パリート・オルテガ（一九四一～）と、よく知られた哲学者のホセ・オルテガ・イ・ガゼー（一八八三～一九五五）の名前を冗談めかして組みあわせている。

4　ホルへ・ルイス・ボルへスの詩、「疲れた歩行者には何が？」で夜明けを意味するイメージ。同詩では、日暮れを「鳥の黄昏」と呼んでいる。これは彼が最後に創作した詩の一つである。

第九章

硫黄が燃やしてあった。燭台の裂けたように分かれた腕に灯された七本の蝋燭が、濃くて吐き気を催させるような臭いを放っていた。青みがかった光が、円卓の上で篩にかけられたような皺や、血のような色をした擦り切れたマントの中の褐色のハゲタカ、不気味に揺れて音を出す房飾り、ゴムのように滑りやすい両生類のごとき灰色の塊を醜く照らし出していた。

充満した湿気が不気味に唸るように鳴る中では、男とも女ともつかない一つの黄色い顔が姿を消しつつあり、性悪な短刀の一瞬の輝きといかがわしい大笑いが、夜の冷たい反響となっていた。

―私は自分が何者なのか忘れてしまった―　亡霊のような人々の中の一人である、瀕死の女腹話術師が呻いた。　―大パナンビー[1]に会いに行く、私は眼が見えないが、ヒバリのさえずりや自分の肌の露、足下の砂利を聞くことができる―

ある女は全員が手をつなぎあっているレース布の上で吐き、腐ったような吐瀉物を彼女たちが回覧しているノートに撒き散らした。

―なぜこんな時間に尋ねて来る？　ああ、おまえの内気な白熱する激しさが欲しい……―

老女は呻き、ぐったりと倒れた。他の女たちは彼女を無視し、ゲップし続けた。彼女らは、さらに硫黄を燃やした。咳をしていた。ワンダーウーマンの輪郭《カットアウト》が刺青された筋っぽい手が、自筆の筋張った文字の上で痙攣した。

―彼らよ！　もうここにいるわ！　私にはその激しい鼻息が聞こえる、彼らは雲を嵐の牙で打ち負かしながらやって来る！　誰も助からないわ！　最後の天変地異、第二の再建よ！

―

新たな悪臭がねばついた静けさの中で広がった。誰かが脱糞していたのだ。興奮した歓声が眠気の中で尾を引いた。蝋燭が、官能的に揺れ動く彼女をいやらしく舐めまわしていた。彼女はあえぎ、その酔った舌は渇いた溶岩のような口の中を旋回していた。ふくらんだ胸から太腿の柔らかな狭い道を通って、性器が悪臭を放つ熱い口まで滑る、燃え上がった渦巻きのようなその手の中では、汗がきらめいていた。

―私の体は翡翠でできているのよ―　彼女は興奮した泣き声の間で囁いた。―苔や象牙でできているのよ、ジャスミンと雹にとって、ハンセン病患者と未成年にとって、金属と真水にとって、去勢された男とタランチュラにとって、私は純潔な女豹のように美しいのよ―

野性的な渋面をした彼女は感情を激しく高ぶらせ、手榴弾の破片のような虹色の声は、その胸から出ているとは思えなかった。

―サボテンの花で、私に唾を吐きかけて！―

老女たちは悪臭を放つ薄明かりの中で、互いに顔を見あわせた。何人かが立ち上がった。フォークを持ってきた。そして、最初はためらって彼女を刺したが、その後激しく突き刺し、ネズミのようにひそひそと話した。彼女は微笑みながら血を流し、その張りのある体は銀色の絹製のネグリジェの切れ端の間で露わになり、踊っているかのように捩れていた。

―ああ……、私はドラゴンが必要なのよ―

彼女は蝋燭へと近づけられ、両手を炎の上に置かれた。焦げた肉の臭いがし始めた。

―私はツバメ……―　彼女はか細い声で歌った。　―私に痛みや寒さ、悲しみを与えるものは何もないわ、飲みましょう！　聖杯[2]はどこにあるの？―

老女のうちの一人がおまるを差し出した。彼女は突然、それを口にした。

―今度はあなたたちが飲みなさい、私のしもべたち……フリジア帽[3]を！―

焼け爛れた手で、悪臭を放つ容器を頭に乗せた。黄色味がかった濃い液体がしたたり落ちる中、彼女は大声で笑っていた。老女たちの奇形の瘤のごとき姿が、黒いウサギのように擦れあった。突然彼女は黙り込んだ。激しい息遣いしか聞こえなかった。女は勢いよく蝋燭を吹き消した。立ち上がった。血の塊で汚れたその乳房の中では、夜明けの空気が息づいていた。

階下では、玄関口のベルが薄闇をガラスのごとく微塵に砕いた。ベロニカは重い杉の木製のドアの掛け金に手を置いたままで、髪は濡れており、服はまだ肌に張り付いていたが、上の母親の部屋からただよってくる微かな硫黄の匂いを嗅ぎ、戦慄を覚えた。そして、突然、悪夢の叫びが家中に響いた。

―私の火口には、宇宙の形をしたサソリがいるのだよ！―

―雪辱戦の機会をいただけないのですか？―

―准将殿、またの日にしましょう。もう夜が明けている―

―もう一杯いかがですか？―

―いや、本当に結構です―

―先生、家庭の問題は各自家内で解決すべきとは存じておりますが、悩みごとがおありのようですな……、この私にお手伝いできることがあればいいのですが。私たちはもう随分古くからお互いに気の置けない間柄ではありませんか―

サリアー＝キロガは無言で瞬きをする。近くにあるグラン・マルニエの匂いに眠たげに包まれるのを感じる。太った准将は軽々しさなく、彼のいまだすらりとした肩、ふさふさした白い頬髭、冴えない色の薄い唇、挑戦的な鼻、決然とした顎を見つめる。その灰色の瞳は変わった様子はないが、一度で買ったアギラール社全集が並ぶ本棚のどこともつかぬ一隅をさまよっている。

―冥福を祈っていますが、妻は私を置いていきました―　准将は食い下がる。―独りになってしまいましたが、致し方ありません……ですが、妻帯者の友人のこともわかっています。なんと言うか……自然に手助けしてやりたくなるのです―

―私も独りだよ―　サリアーはやっと言う。―父はゼラニウムの栽培に凝っていて、話もしてくれません。あなたはご存じですかな？―

―大佐ですか？　もちろんですとも。至聖の紳士であるアレハンドリーノ氏は、祖国の英雄です。今おいくつでしょうかね？―

―永遠に生きるでしょうな……。どうしてベロニカとは話があうのかわかりません。この前の六月の、ヘイグ将軍に抗議するためのあの恥ずべき街頭デモにおいては、彼女を応援すらしたのです。想像してもご覧なさい！　良家の娘が治安警察に警棒で殴られる様を！　そそのかされているのです！―

―共産主義者たちは止まるところを知りませんな―

―そして彼女を煽る私の父ときたら！　信じられますか？　それに、アルベルトとも大いに気があうのです……こいつの方は、多少は落ち着いていますがね。さらに極め付けときたら、マルセリン神父の病気ですよ……ご存じですかな？　彼は私の聴罪師で、数少なくなりつつある尊敬すべき本当の司祭なのです―

―少々リベラルだと聞いていますが。まあ、中傷に過ぎないのでしょう―

―私の妻が……正気を失ったときに、と言いましょうか、息子のアルベルトの精神教育をマルセリン神父に頼み込んだのです。ですが、気の毒に彼もまた病気になってしまいました。もう長くはないとのことです。私と同じで……心臓が―

―しかしながら、あなたは雄牛みたいにお元気ではありませんか！―

—結局のところ……マルセリン神父なしで、今やあの学校がどうなるのかわかりませんよ。あのパラグアイ人の大司教、カセレスで！—

—髭面の老人だと聞いています。なかなか共産主義者《ボリシェヴィキ》らしいようですな……。バスク系インディオだと—

—年を食っているが、そうは見えません。私の父と同じく、チャコ戦争の元戦闘員です—

—共産主義者のようですな—

—マルセリンは気の毒に……。ラテン語に堪能でギリシア語ときたら母語並み、それに聖人のような人です。いつも本当に落ち着きがなく、神経質で。私は彼に言うんです、神父様、あなたは心臓を大事になさっていない、と……。すると、医者嫌いな彼はこう言うんです、心配しないでください、親愛なるエバリストよ、私には大天使ガブリエルのご加護がありますから、と。神父は大天使ガブリエルの熱心な信者です、ご存じですか？—

—ええ、聖母マリアに受胎告知をした天使ですね。我々もクラブでいつもお祈りしていますよ—

1　グアラニー語の表現。「蝶」を意味し、グアラニー語の著名な詩、マヌエル・オルティス・ゲレーロ（一八九七〜一九三三）の「光る蝶」に言及している。この言及はグアラニーの農民の汎神論的な精神を示しているが、皮肉な響きも目立つ。

2　中世の伝統によれば、十字架にかけられる前のイエス・キリストが最後の晩餐の際に飲んだ聖杯のこと。後には失われた。アーサー王伝説の中では、何度も実体的にも神秘的な意味でも探索の主題として出現する。

3　円筒の形をしたふちなし帽で、フランス革命の象徴となり、後には民主的な思想の象徴となった。パラグアイの国旗にはこの帽子が描かれている。

第十章

シモン・カセレス大司教は神経質に腕時計を見遣った。三時間遅れだ！　四杯の空になったコーヒーのカップが、コリエンテス市の小さな空港の雑然としたレストランの孤独なテーブルの上に散らばっていた。読む物もなく、退屈だった。小さな紫色の合成皮革の聖書は、ベンツの中に置いてきてしまった。彼は時速百五十キロで逆風の中を、赤みがかった朝日の激しいきらめきの中に入っていたのだ。今、その光がレストランのベージュ色の分厚いカーテンを明るくしながら、透けて入ってきていた。ようやくスピーカーが、アスンシオン発のアルゼンチン航空のジェット旅客機が遅れて到着した旨を告げた。大司教は数枚の紙幣をテーブルに置き、髭面の火山のように立ち上がった。たくさんの子供たちがいるテラスで、彼はその汚れた手をかざした。遠い地平線の雲の中からは、しわがれた唸りが聞こえてきた。人々の安堵の叫びがボーイング７０７の到着を迎えた。金属製の重いドアが、最初の疲れた乗客たちをタラップから吐き出した。そのすぐ後に、だらしなく折り畳まれていたために皺になった、トト・アスアガの眠気を催すような青いコートが、スーツケースを引きずりながら税関から出てきた。カセレスは彼の上に身を傾けると、強く抱きしめた。

―あなたはロベルト・アスアガ博士に違いない―　彼にそう言った。皺の寄ったコートを着た男は、当惑しながら頷いた。白髪の巨人はスーツケースを羽であるかのように掴んだ。彼らは無言で真っ黒なセダンのところまで歩いた。

―暑いでしょう、コートをお脱ぎなさい―

彼らは出発した。アスアガはタバコに火を点けた。

―あなたも学校で教えておられるのですか？―　開いた窓から煙を一息吐いた。

―いいえ―　カセレスはごく平然と言った。　―私は大司教です―

アスアガは愕然として彼を見た。

―それで……いかがですか？―　しばらくしてから尋ねた。

―何がですか？―

―あなたの噂のことです、確かそのように呼ばれていますね？―

大司祭は考え込んだ。

われらの財産は戦争とともに破産状態にありますが、私はその残りを祖国のために捧げようと決意している、[1]とフランシスコ・ソラーノ・ロペスは書いた。

―……いくつかの問題があると思います。特に六月の学生デモ以降は。政府による干渉を避けるため、学校の責任を引き受けなければなりませんでした。そう簡単な大司教区ではありません。どこもそうですが―

ベンツは高速道路を飛ぶように走った。アスアガは落ち着かなさげに座席で体を動かし、タバコの吸殻を激しくはためくバチカンの小旗に向かって投げ捨てると、窓を半分まで閉めた。

―ところで、どうしてコリエンテスの大司教が直々に私を空港まで迎えに来られたのですか？―

カセレスは微笑んだ。

―ギュンター夫人に頼まれたのです。彼女はミシオネス[2]にいます。コロニアル・バロックに関する調査をしているのです。明後日は帰ってくると思います。今日は飛行機の便がなかったのでね―

―修道女学校で英語を教えているのだと思っていました。この前もらった手紙ではそう言っていたので―

―そうです。そうすることで、よりコリエンテスの人々の気質がわかるだろうと申していました。しかし、授業はすでに終わりました。今は急いで本を書いていますよ―

―イライザはいつも急いでいますよ―

―アメリカ合衆国では有名な教授のようですね。少なくとも、かなり著名な教授だと。パラグアイ人と結婚しているからだというわけではありませんよ―

―いや、本当です。正しい形容詞です。彼女はその専門分野では最も有名なんです―

―それを知って嬉しいです―　カセレスは急カーブを時速百キロで曲がった。

―ではあなたはパラグアイ人ですか……ご専門は？―

―私はイエズス会士です―

もしブラジルがパラグアイを一度たりとも併呑するようなことになれば、同時代諸国の政治的

均衡は差し迫った危機に陥るであろう、[3] とフランシスコ・ソラーノ・ロペスは書いた。

アスアガは、ふざけているのかと尋ねるかのように大司教を見つめた。カセレスは再び微笑んだ。

―失礼しました。ギュンター夫人と知りあった日に、彼女に言われたジョークでした。彼女は学校で英語を教えさせてくれと言って、私の執務室にやってきました。彼女の夫の宗教は何かと尋ねたら、経済学者だと言ったのです―

―バカバカしい、ギュンターは新教徒です。彼のことをご存じですか？―

―いいえ―

―それはよかったですね。とにかく、わざわざ空港までお出迎えいただき、本当に感謝しております―

―どういたしまして、アスアガさん。実際のところは、イエズス会の神父に終油の秘跡を行うために、こっちの方面に来なければならなかったのです。今朝早くに亡くなりました。もう重態だったので、この近くの療養所に入れていました。こっちの方が、空気が綺麗なのです。それに、医者たちはすでにあらゆる面会を禁止していました。北東にある橋が見えますか？　あちらの方です―

―バスク系フランス人ではなかったですか？―

――ええ。マルセリン神父です。学校で教えていました――

――イライザから話を聞きました。非常に教養のある人物だったが、大変な反動派でもあったと――

パラグアイとの同盟はアルゼンチンの自由の伝統の一つであると言える、[4] とファン・バウティスタ・アルベルディは書いた。

――問題は、修道女学校は少々エリート主義でして、マルセリン神父は最も有力な家庭のみなさんと仲よくなったのです――

――サリアー＝キロガ一家のような―― アスアガは言った。カセレスは動揺しなかった。

――どうやら情報に明るいようですね―― 彼は感情を表面に出さない声で言った。

――いやいや、サリアー＝キロガ氏の奥さんのことをイライザが話したのですよ。幻覚症なんでしょう?――

――ええ――

――イライザは教え子である娘のベロニカを通じて、彼女とは偶然知りあいになったんです。奥さんが自らをパラグアイの独裁者ソラーノ・ロペスの愛人だった前世紀のアイルランド人娼婦、マダム・リンチだと思い込んでいるということを発見したイライザは、魅了されたようです―

―アイルランド人でしたが、娼婦ではありませんでした―　カセレスはきっぱりとした声で言った。

―まあとにかく、イライザも同じ名前で、イライザ・リンチといいます。なんという偶然の一致でしょう？　ライザはうっとりしています―

―彼女の両親は、多少はパラグアイの歴史を知っていましたか？―

―まさか。親父はヤギよりも頭のおかしいアイルランド人で、母親は無学な黒人でした―

カセレスはハンドルに意識を集中させているようだった。彼らは高い生垣に囲まれた高級邸宅が両側に建ち並ぶ大通りに入った。埃っぽく騒々しい渋滞のせいで、彼らは信号ごとに止まり、がたのきたバスの有害な黒い排気ガスに悩まされた。カセレスは窓を閉めて冷房を入れた。

―猊下はどこの出身ですか？―　アスアガは尋ねた。

―アスンシオンです。両親はパンプローナです―

―ああ、マルセリン神父と同じバスクですね―

―いいえ、ナバーロです―

―私の両親もあちらの出身です―　アスアガはそう言い、座席でくつろいだ。　―サンタンデールです。チャスコムス[5]に雑貨店を持っていました。ほとんど手紙のやり取りはしていませんでした。私は大学の専門課程はすべて合衆国でやりました。帰省すると、大変な騒ぎでした。父はドン・ペペ[6]を冷やしてくれました。小さい頃からドン・ペペを飲ませてくれていたんですよ――

――……――

――そして、ホタルイカを揚げてくれたものです。イカはお好きですか？――

――ええ、ドノスティア風が好きです。ただし、トマトなしで――

戦争はあらゆるところにその悪しき軍旗を連れ回し、[7]秘密の策略や外交的勧めは不快な利害という不幸な結果をもたらす同盟のはじまりとなった……。ラテンアメリカの輝かしい革命を補完することには、かつての帝国主義的野望[8]を抑制するために将来役立つはずであった唯一の強力な分子、ソラーノ・ロペスのパラグアイを破滅させるということは必ずしも含まれていなかった……。ミトレ将軍[9]は当時、自分がラテンアメリカよりもヨーロッパと結ばれていると信じていた。今日に至っては、自分が祖国よりもブラジルと結ばれていると信じ込んでいるとは、なんと奇妙なことなのだろうか、とホセ・エルナンデス[10]は書いた。

――シェリー酒はお好きですか、猊下？――

—ティオ・ペペは美味しいですが、普段はコニャックの方を好みます……、それとボルヘスが言うように、コーヒーの味を—

—ああ、コニャックも好きです。たとえば、エル・フンダドールが—

—ご両親はスペインへお戻りになりましたか?—

—はい、もう年を取ってからでしたが、フランコが死んだときに。ですが、本当のところはスペインよりもチャスコムスの方を恋しがっていると気づき、アルゼンチンに帰ってきました。まあ、私の独身の妹はマドリードに残りましたがね—

—それで、どのようにしてギュンター夫人と知りあったのですか?—

—ああ、もう大昔だ！　ニューヨーク大学の教授の学会があったときです。彼女はピッツバーグ出身ですが、ワシントンに住んでいます。教授職の申し出がいたるところからありましたが、メリーランドで教えています。と申しますのは、ギュンターは銀行の総裁でそこから動けないからです。彼女は私の親友です。たまに学会で会います—

—ギュンター夫人は、娘が一人いると言っていました—

—養女です。彼女と同じ、黒人との混血《ムラータ》です—

—眼が見えないとか—

—はい、ほとんど見えていません。ただし過保護にはされていません。いたって普通です。

今は十四歳で恋人もいます―

―お父さんと一緒ですか?―

―いいえ、ギュンターはいつも時間がないのです。ピッツバーグに、おばあさんと一緒にいます―

―サリアー＝キロガの娘のベロニカは、ギュンター夫人のことが随分と好きになり、その子を手術して目が見えるようにしてやるために医学を勉強するつもりだと彼女に言いました―

―なんてバカげた話だ― アスアガは言った。

あなたは我々をパラグアイと戦うために招集する。[11] **絶対にできません、将軍。あの国民は我々の友です。ブエノスアイレス《ポルテーニョ》の人間やブラジル人と戦うために招集してください。用意はできています。やつらが我々の敵です。我々の耳には、今でもパイサンドゥ**[12]**の砲声が聞こえいます。エントレリオス**[13]**の人々の真の思いに関しては自信があります、**とリカルド・ロペス・ホルダン[14]は書いた。

―アスアガさん、あなたも文学を教えているのですか?―

―はい。ただし、私は真剣に教えています。イライザは、本当は小説家になりたかったんです。私はこう言ってやるんです。おまえは伝記作家やナレーターにはなれないだろう、バフチン[15]にもだ。わかるか？　プルタルコスみたいなのには、おまえが自分自身に一人で立ち向かうまではなれないんだよ―

―かくも現実主義的で、かくも人間の孤独近いこの鍛錬、すなわち小説が、英語ではフィクションと呼ばれるとは実に奇妙なことです―

―あなた方司祭は、孤独のことをよくご存じでいらっしゃる―

―神学者は、です―

―たまに熱々のフライドポテトをオクラホマでかじるんです、ラバリエ[16]通りです……。特に、雪が降っているときにね―

―それで、彼女は一体何を書きたかったのですか？―

―リンチ夫人の物語ですよ。たとえば、リンチとロペスがロンドン[17]にいて、そこでジョージ・エリオット[18]が彼をマルクスに紹介するという短編小説を書いて、その後でボツにしました。ロペスは、マルクスの一八四四年の手稿[19]を読んでいたのです―

―しかし、まだ出版されてはいませんでした―

―まあ神父、少し想像をたくましくしてくださいよ。問題はマルクスが彼らを劇場に招待した後で、劇場の近くだと思いますが、とても熱くて脂っこい、鶏のスープをおごるんです。ロペスはスープを非常に気に入っていました。十二月の寒さの中で、皿から立ち上る湯気の間から、マルクスは突然視線を上げるとリンチ夫人に言うんです、〝あんたにはパラグアイ人の子供さんができるんだから、知っておかなきゃならんよ。将来、ラテンアメリカ全土は社会主義になるだろうってことを〟、と言ったのです。ロペスはライザによればサンシモン主義者[20]だったそうですが、いやな顔をします。そこで、マルクスは彼を安心させて、こんな風に、ほら、肩を叩いて言うんです。〝心配するな、いずれにせよ、ストロエスネル[21]以上にひどいものはありっこないんだから〟と―

外国で借款を求めること[22]は、パラグアイ財政の伝統に反している、とフランシスコ・ソラーノ・ロペスは書いた。

―彼女の短編小説が理解できません―　カセレスは言った。

―お聞きくださいよ。別の日にリンチ夫人と頭のおかしいパラグアイ人はオペラを観に行くんですが、パリのかコロン劇場かはわからない。そして、ロペスは言います〝おまえは信じていないかもしれないが、第一級のブエノスアイレスっ子《ポルテーニョ》はたくさんいて、これからもいるだろうし、その名に値しないフランス人はたくさんいたし、今もいる。私はブエノスアイレスをパリと呼ぶのと同じ権利でもって、パリをブエノスアイレスと呼ぶだろう〟と。そして彼らは街に、本屋や劇場、上等な焼き肉の匂いと最高の南半球のワインの匂いがする通りに入ります。彼らは盛装してオペラに行きます。マルグリット・ゴーティエ[23]が死に瀕していると、ロペスは彼女の方に身を傾けて言います、〝イライザ、私は実際のところ、音楽のことは全くわからないが、ここに座って、このクソ野郎どもがおまえの美貌に見入り、私を妬むのが好きだ〟と―

―それは素敵ですね―　カセレスはそう言って、ベンツを大司教館の駐車場の方へと進めた。

―たくさんあります。リンチ夫人は戦争の後、パリでテレレ[24]に郷愁を感じました。この冷たいパラグアイの茶は、ずっと後のチャコ戦争の時代に発明されたのですがね。彼女はまた、文学は何の役に立つのかと自問し、スターン[25]やジョイス[26]もアイルランド人だということを思い出します。ロペス[27]は小さい頃から、パラグアイに政治亡命していたウルグアイ人の愛国者、老アルティガスと連邦主義について語り、彼がマテを淹れるインディオの女の尻を触るのを見たりします―

―すみませんが―　カセレスはエンジンを止めながら言った。　―ここに駐車します。今夜は私のところに泊まっていただいて構いません。スーツケースは車に置いたままで結構です。今取りにやらせますから―

―ああ、どうもありがとうございます―　アスアガは、ぼんやりしているか戸惑っているように見えた。彼らは車から降りると、輝く太陽の下を邸宅の方へ歩いた。

—その物語はトゥイの知識人のようですね— 礼儀正しく会話を続けながら、カセレスは言った。 —ですが、大変気に入っています。純粋な心を表しています—

—なんの知識人ですと?—

—トゥイのです。フランクフルト学派とアメリカ合衆国の財団の金を求めて堕落する知識人たちについて書かれた、中国を舞台にしたブレヒト[28]の小説文学です。一人の金持ちの老人が死にます。世界の苦しみを嘆き哀れむ彼は、貧困の原因を究明する研究所を創設するための大金を遺すのですが、もちろん、その金こそが元凶なのです—

アメリカ合衆国がパラグアイに対して何を求めているかを知るのには、もうさほど時間はかからないだろう[29]。私は友好的で名誉ある合意のための最高の用意をあなたに確約することができる。また、あの巨人が我々を横柄に扱うつもりだと感じていると言うこともできる。なぜなら、自らの理想を正義とするあの国が入り込んでいるゆえに、いかなる合意も困難となるからだ。アメリカ人《ヤンキー》たちは従来の自らの体制に忠実であり、理性と正義よりも先に、自らの力を感じるために大砲に物を言わせるのだ、とフランシスコ・ソラーノ・ロペスは書いた。

—ええ、覚えています— とアスアガは言った。 —ただし、ブレヒトはその小説を書き終えませんでした—

—アメリカ人は最も救済するのが難しい国民です。楽園に住んでいる特権者だと思い込んでいるからです。ああ、こんにちは、マザー・トロックス、こちらがロベルト・アスアガ先生です。遥々オクラホマからお着きになったばかりです―

老女はアスアガと握手し、部屋の用意はもうできており、タオルはクローゼットの中にあると伝えた。その後、マルセリン神父の埋葬は午後の四時だと大司教に告げた。

―俺のは来月だ―　アスアガはぼそぼそとつぶやいたが、誰の相手にもされなかった。

カセレスは、小柄な老マザーの後ろを悲しげな青いコートが足を引きずりながら遠ざかるのを見て、彼らが黄色いエレベーターの奥に姿を消すのを見守った。突然、車の中の聖書のことを思い出した。もう大分疲れていたが、ベンツまで歩きながら、マルセリンが終油の秘跡の塗油を受け、息を引き取るときに彼の耳元でつぶやいた言葉を思い出していた。**魔法使の女は、これを生かしておいてはならない。**偶然にも、その日の早朝に読んだのと同じ文だった。考えごとをしたまま、機械的に車のドアを開けて紫色の合皮の本を取り出し、夢遊病者のように『出エジプト記』にあるその文を探した。すぐに電撃のようなものを感じた。ぞっとした彼は、そのページがジャガーの牙のようなもので破かれ、血と残忍さの生々しい跡が残されているのを見た。

イライザ・アリシア・リンチ夫人は図書館に入った。中国人のような目をした若い司書の男がか

いがいしく微笑みかけている机に近寄った。彼女は二本の録音テープを借りた。秋のパリの朝景色をあらわにする大窓の前に座った。まずはフランス語のテープを聞いた。誰かが地中海の見事な海岸にある、白い石でできた遺跡[30]について述べていた。イライザはアルジェリアに思いを馳せた。美が存在し、屈辱を与えられた人々が存在するのならば、と声は言っているように思われた。人間あるいは作家としての私の欠点がなんであろうと、私は常に自分が両者に対して誠実であったと思いたいものだ。再生が終わると、夫人はテープを換えた。いつものように「春」から始めたくはなかった。「秋」の方が対称的で、もったいぶっていないように思われた[31]。西洋の自惚れがアポロの破廉恥さでもって血染めにした農民の国から追放された彼女は、パラグアイやアイルランドで永久に眠る、酔いや夢のごとく不敗の村人たちにとっては、薄暗い光の世紀から遠くで、今はよき愛のごとき神話的なイタリア人が作り出したディオニュソスの踊りを楽しんでいた。人気のない図書館の中で、彼女の明るい目には、朝の清らかで広い青色が溢れた。彼女は向かいの広場に、木々の悲しげな枝の間からそびえ立つポールを見た。四季を共和国の威厳でもって取り仕切るあの滑らかなフランス国旗のはためきを見たとき、何かが彼女の心の中で震えた。その三色旗は彼女のものだった、同じ赤、白、青だったが、フランシスコの手に委ねられて死んだパラグアイの三色旗とは違っていた！　彼女は使い古したハンドバッグの中から神経質にハンカチを探すと、水色から赤みを帯びた色へと揺れ動く頑固な誇りに燃え上がった瞳で、東洋系の司書を恥じ入るように盗み見た。夫人は自分がその旗を我が物のように感じているのは、それが普遍的かつ儚くあって欲しいと望んでいるからだということを理解していた。彼女は希望とは、頑固な沈黙、圧力下での恩赦、〝不運〟や〝宿命〟ではなく拷問や戦場を生き延びるという英雄的行為でなければ一体何なのかと自問した。人々の中には、沖合で孤独や鮫と一人で闘う老いた漁師といったような、軽蔑よりも賞賛に値するものの方が多いということを見出す人がいるだろう。冬の風が震える牙とともに入ってくる中で、彼女の魂はそのような確信に満ちていた。一つの祖国と一枚の旗を取り戻させてくれたあの亡命の終わりには、楽観も予言もないあの待ち時間や、クリスマスの宝くじもなければ、サンタクロースやクリスマスキャロル、椰子の花もないあの夢、そしてパラグアイ人の息子たちが一時的あるいは一生根を下ろし、いつの日か彼女が星を見上げることになるあの大陸に、彼女は再び気持ちを強く揺さぶられた。希望とは愛や神、死をも超えるもので、図書館のあの小さな椅子やアレグロの音律、冷淡な朝の中を炎の挑戦のごとく伝うあの空の涙と血であるということを理解していた。彼女は目を閉じ、歯を食いしばってつぶやいた。我々は勝つ[32]。録音テープを腕に抱えて立ち上がろうとしたとき、遠くからスペイン語を話せないあのベトナム人[33]の若者が茫然と彼女を見ているのに気づいた。そこで夫人は果敢に微笑みかけると、彼の言葉で言った。〝どうしてそんな風に私を見ているの？　こだまでも聞いたの？〟

1　フランシスコ・ソラーノ・ロペスが息子エミリオに一八六九年に書いた手紙からの引用。
2　アルゼンチン北端の県で、パラグアイ南東に接する。植民地時代にはイエズス会の宣教師たちに建てられた様々な廃墟がある。
3　フアン・I・アルガニャによって公刊されたフランシスコ・ソラーノ・ロペスの書簡からの引用。
4　アルゼンチンの政治家、フアン・バウティスタ・アルベルディ（一八一〇〜一八八四）の一八六五年の小冊子からの引用。彼はブエノスアイレスを国の首都とするのを確たるものとするのを弁護していたが、アルベルディは国内の権利の支持者となり、ポルテーニョ的な政治指導者であるサルミエントやミトレに対立する立場であった。
5　アルゼンチンのブエノスアイレス郊外にある村。
6　シェリー酒の名前。
7　ホセ・フェルナンデスの記事、『発展の敵』（一八六九）からの引用。
8　イギリスは戦争の際に、南アメリカでの商業と政治的な影響を拡大する期待を込めて、三国同盟に味方していた疑いがある。そのような疑いは現在でも歴史家の間で論争の的となり続けている。
9　バルトロメ・ミトレ（一八二一〜一九〇六）、三国同盟戦争時のアルゼンチンの勢力の総司令官。
10　ホセ・エルナンデス（一八三四〜一八八六）は作家。アルゼンチンの叙事詩の『マルティン・フィエロ』で知られ、ミトレとサルミエントに対する熱狂的な批判者だった。彼は内アルゼンチンの重要性を弁護し、同時代の市民の衝突のときには兵士として戦った。
11　リカルド・ロペス・ホルダンによってウルキーサ将軍に宛てて書かれた手紙の有名なフレーズ。彼は三国同盟戦争のときにパラグアイに対して戦うための徴兵を望んでいた。

12 一八六四年の十二月にブラジルの部隊がウルグアイのコロラド党員とともに占拠したウルグアイの場所。ブラジルの行動の原因にかかわらず、明らかにパイサンドゥの占拠はパラグアイと他の同盟国との間の直接的な戦争状態への転落を急がせた。

13 アルゼンチンのコリエンテス州の南の州。パラナとウルグアイという二つの川の間にある。アルゼンチンでありながら、戦争中は多くのコリエンテスとエントレリオスの人口の多くはパラグアイ側に付くことを好んでいた。

14 リカルド・ロペス・ホルダン（一八二二〜一八八九）は政治家でアルゼンチンとウルグアイの軍人。ポルテーニョ（ブエノスアイレス中心の）支配に対する州の自治の擁護者だった。

15 ミハイル・バフチン（一八九五〜一九七五）は、ロシアの文学理論家。ナラティブ的なテキストで声の複数性（ポリフォニー）を強調した。前述した「クロノトポス」という概念も彼のものである。

16 ブエノスアイレスのラバリェ通り。商業や観光のために多くの人が集まる。

17 幾つかの文献は二人が一八五四年にロンドンで面会したとしている。

18 ジョージ・エリオット（一八一九〜一八八〇）、イギリスの小説家、マリー・アン・クロスの別名。

19 一八四四年のカール・マルクスの『経済学・哲学草稿』は、約九十年後まで出版されることがなかった。それにもかかわらず、マルクス思想の変転の中では重要な転機とされる。

20 フランスの思想家、アンリ・ド・サン＝シモン（一七六〇〜一八二五）の思想を指し、彼の社会主義はキリスト教的な要素を含むために多くのマルクス主義の思想とは食い違う。

21 この小説の中では、テキストの背景を成す抑圧的な体制を行い、著者にとっての個人的な苦しみの原因となった独裁者に対する唯一の言及である。公式の検閲者がこの小説の言及を許すのは稀なことだが、初めてアスンシオンでこの小説が出版された一九八七年には、ストロエスネルが失脚する二年前だった。著者は八七年の編集者がこのフレーズを含めることによる残忍な復讐を受けることを気に留めていたが、この本のとても賑やかな言及によってか弾圧はなかった。おそらくストロエスネルはコロラド党内部の問題を心配しており、もう文化的な事柄には注意を向けていなかった。

22　ソラーノ・ロペスが戦前の時代に外務省のホセ・ベルヘスに対して書いたフレーズ。フアン・I・アルガニャによって公刊されたフランシスコ・ソラーノ・ロペスの書簡からの引用。

23　マルグリット・ゴーティエは、フランスのアレクサンドル・デュマ・フィスの『椿姫』（一八四八）のヒロイン。デュマ・フィスは彼女をすでに死去した恋人であるマリー・デュプレシをモデルにしていた。彼は後に小説を同タイトルの劇として作成した（一八五三）。それを基にしてイタリアのジュゼッペ・ヴェルディがオペラ『椿姫』を作成した。しかしながらそこでは、名前はヴィオレッタ・ヴァレリーに変更されている。

24　マテ茶の葉から作られるパラグアイの冷たい飲み物。

25　ローレンス・スターン（一七一三〜一七六八）、イギリス・アイルランドの小説家。小説『トリストラム・シャンディ』で知られる。

26　ジェイムズ・ジョイス（一八八二〜一九四一）、アイルランドの小説家。代表作に『ユリシーズ』、『フィネガンズ・ウェイク』など。

27　ホセ・ヘルヴァシオ・アルティガス（一七六四〜一八五〇）、ウルグアイ独立の名士。

28　ベルトルト・ブレヒト（一八九八〜一九五六）、ドイツの作家。その劇作でよく知られているが、多くのジャンルに作品を残している。『トゥイの小説』は彼が三〇年代に試みた未完の小説であり、資本主義のシステムの中で発表された思想が身売りされることに着目している。社会的な変革につながらない知的な事柄を自己撞着的に積み上げていく知識人を主として批判した。タイトルはドイツ語の「インテレクトゥアル」の並び替えであり、しばしばブレヒト自身はフランクフルト学派、特にアドルノを「トゥイ」と呼んでいた。

29 フアン・I・アルガニャによって公刊されたフランシスコ・ソラーノ・ロペスの書簡からの引用。

30 イライザが聴いているテープは、フランスの小説家アルベール・カミュのエッセイ、「夏」（一九五四）の一部分についての講義である。カミュはアルジェリアでの少年時代、特にティパサにあるローマの廃墟について思い出している。

31 ヴィヴァルディの『四季』（一七二五）への言及。

32 六〇年代から八〇年代の政治運動のスローガン。英語圏では"We shall overcome"が相当し、アフロ・アメリカンの政治権利運動の賛歌として採用された。

33 ベトナムが旧フランス植民地であったため、パリの図書館のベトナム人学生を思い描くのはたやすい。国籍に言及すると、この光景はまた六〇年代から七〇年代の社会政治的理由を含んでいる。ベトナム戦争に対する運動である。

第二部

第一章

女生徒たちがフロベール講堂にいるときに、小柄で年老いた、背の曲がった修道女の校長に続いて、カセレスとアスアガ、一人のブルジョア風の服装をした新米修道士、そして大きな机を背負った守衛が入ってきた。うたた寝していた者は目を覚まし、全員があたかも勉強しているところを驚かされたかのように立ち上がると、到着したばかりのアスアガを珍しげに眺めた。彼は修道女と司祭の間にいて、黙ってタバコに火を点けた。校長は威厳のある身振りで着席を命じ、咳払いをすると、教室全体に向けて重々しい声で告げた。

—マルセリン神父の……逝去は当校を悲しみに沈めました。故人が教師として、聖職者として尽くされた後を補うのは非常に難しいことでしょう。特にあなたたちは、献身的な先生がいなくなったことを深く悔やんでいることでしょう—

講堂の奥の片隅にいたベロニカは、運動場の自由な緑の木々に開かれた大窓の近くで、皮肉なしかめ面を隠した。彼女は身じろぎもせずほとんど目立たなかった。村の聖歌隊の先唄者のような、額の上で前髪をまっすぐに切った髪型をしており、尊大で物思いにふけっている様子だった。その身を包んでいる金色のボタンがついた青いコーデュロイの長上着は、見るからに窮屈そうだった。なぜなら肩幅が広く、胸が豊かだったからである。胴回りは細く、袖口からは、夏の乗馬で日焼けして鍛えられた騎手の手が覗いていた。サスペンダーでしっかり吊られている灰色がかったズボンからは、青い靴下に包まれた足が出ていたが、鋲打ちされた、きちんと磨かれていない野暮ったい靴を履いていた。固く握ったこぶしの中には、友達のソレダーがノートに書いて、机の下から渡してくれた詩をくしゃくしゃにして隠していた。**なぜときはこの秋の色をしているのだろうか？**[1] **誰が辛く長々と痛ましいこの日というトランプで占いをしたのだろうか？ いくつの言葉とキスと断末魔の苦しみがわたしの唇を待っているのかはわからない。だが、それらとともにわたしは歌う。ここに暴君に反対し、ブドウの果実と潔白さ、そして命に味方する、いまだ発されていないわたしの声がある。このいつもの言葉が。この言葉を使え。振りかざすのだ。**

―あなたたちの心配はよくわかります― 修道院長は続けた。―大司教から、今日あなたたちがマルセリン神父の担当科目だった哲学の試験を受けなければならないと知らされていますね……みなさんは試験問題を早く知りたいと思っていることでしょう……。しかしながら、みなさんが集まる本年度最後のこの機会に、英語の先生であるイライザ・リンチ・デ・ギュンター博士のよいご友人を紹介したいと思います。ここにおられる紳士はロベルト・アスアガ博士で、遥々アメリカのオクラホマから先生を訪ねて、お着きになったばかりです。この前の六月に警察から逃げ回ったように、みっともない真似をしないよう期待していますよ！

―　クスクス笑う声が聞こえた。修道院長はその方を厳しく睨んだ。

―アスアガ博士は、ご親切にもカセレス大司教と一緒に、あなたたちの試験の採点をなさってくださいます。その後で、年末の演劇上演のお手伝いをしていただけるかもしれません。席について、解答を始めなさい！―

彼女は熱弁を締めくくろうと口を開けたが、イベリア半島の去勢された豚どものSの発音を真似た生徒たちの合唱に遮られた。

各人に各人のものを、そして神は万人のために！

修道女は、一同の笑いの中で顔を赤らめて眼を伏せると、純白の修道服の彼女を護衛する二つの高い黒い塔のような二人の男の肩を、はにかみながら叩いて、退出した。アスアガは賑やかな拍手が終わるのを辛抱強く待つと、タバコの吸殻を八角形のタイルで入念に踏み潰した。

—ええと—　憂いを帯びた目を上げた。　—先ほどマザー……—

—トロックスです—　カセレスがこっそり教えた。

—マザー・トロックスが仰った通り、私はほとんど偶然にここを通りかかった者だ……私には、実際のところ、中等教育のための経験も教育学的な能力もあまりない。間違いなく、中等教育は大学教育よりももっと難しい……—　少し咳をした。タバコのせいだ。　—ええと、どのみち……演説をするつもりはないんだ。カセレス大司教と私は、さして難しい試験問題ではないと思っている。一晩かかって準備した—

生徒たちは脅えて声を上げた。アスアガは退屈げに微笑んだ。

—なに、そんなに恐れることはない。私の考えでは、大して複雑でもなく、易しい問題だ。質問はあるかな？—

生徒たちは黙ったままだった。

—よろしい。いずれにせよ、試験問題と答案用紙を受け取ったら、何かわからない箇所があるか見なさい。喜んで質問に答えるから—

カセレスは、スーパーの袋から分厚いコピーの束を取り出すと、机ごとに配り始めた。

—最初に自分の名前を書きなさい—　一人一人に小声で言った。

—神父様、裏切らないでください—　何人かが甘えた声を出すと、髭面の苛立った老人に、トポ・ギジオ[2]のように目配せをした。アスアガは無関心に、タバコに火をつけた。窓の外を眺めた。テニスコートと運動場があった。セブン・シスターズ[3]風の少女たちがラケットを手に、尻も露わに飛び跳ねていた。熱いが乾燥した午後だった。澄み切った空には、雲一つなかった。アスアガは煙を旨そうに吸い込んだ。実際のところは、香水をつけた自信がない様子である少女たちのことを心配していた。カセレスが近づいてきた。

―配り終えました―　彼は言った。

―説明が必要なことがあるかどうかを聞きませんか？―

―そうしましょう―　司教は先ほど修道女がしたように、イエズス会士の咳払いをした。生徒たちはこそこそと眼を上げた。　―先生は今質問をしてはどうかと仰っています―

何人もの手が上がった。大男は、泰然自若として机から机へと回った。アスアガは退屈した様子で、その仕立てのよい上着と無限に長いズボンと、カルダンの灰色のロゴが入った黒のネクタイが、金髪の間を移動して行くのを見ていた。彼には声が、遠くの単調なざわめきのように聞こえてきた。気乗りもせずに、少女たちの顔つきやそのわざとらしい動作、多様な体格、悩んでいる顔、一人であるいは共犯者の内緒の助けで何とかしのごうとする目に見えない努力を観察し始めた。カセレスは、必ずしも聡明ではない質問の数々に圧倒されつつも、禁欲的な熱心さで答えていた。アスアガは彼を手伝うことにした。一人の大きな黒い眼をした美しい金髪の少女が手を上げていた。

―何かな―　アスアガは言った。

―ええっと……―

―話してください。私も答えられるから、そうして大司教を少しは楽にして差し上げよう……―

起立したベロニカは、少々戸惑っているようだった。

―質問を忘れてしまったのかな？―　アスアガは皮肉な声で言った。ベロニカは、ペドロ・デ・メンドーサ[4]のカラベラ船で波を切って進んだサリアー＝キロガ家の挑戦的な顎を上げた。その声は、四世紀前から力に満ちていた。　―いいえ……、いつ実習課題を提出しなければいけないのかを、知りたかったのです―

―何だね？―

―ペーパーのことです。私たちはマルセリン神父が出したペーパーを準備したんです―

―ああ、そうか……。それで、課題は何だったのかな？―

―ヘーゲルについてです―　全員が一斉に答えた。

―ほう、それは興味深い―　アスアガは言った。　―答案と一緒に出してもらおう―

―ありがとうございます、先生―　ベロニカは言った。彼女は席に着いた。アスアガは、物珍しげに彼女を見続けた。試験用紙に魅せられたようなきつい目や、素早く答えを書き込む指先を盗み見た。コリエンテスの教会の長は、やっとアスアガに近づいた。

―座りませんか?―　大男が言った。アスアガは大人しく受け入れた。彼らは体重で軋む、木製の重い教壇に上がった。連邦時代のよく磨かれた書き物机の後ろには、快適なナイロン製の安楽椅子があった。カセレスは机の上に座ると、大きなルビーの指輪をはめた手で安楽椅子を指し示してアスアガに譲った。女生徒たちは一生懸命に書いているか、ふくよかな唇にボールペンを挟んで視線を彷徨わせていた。どこかの隅では、ヒソヒソと話しあう声が聞こえた。

―自力でやりなさい―　大司教は小言を言った。その側ではアスアガが退屈げに古ぼけた安楽椅子に肘をつき、茹だるような暑さに疲れ切って汗をかいていた。彼はコーデュロイの上着を脱いで椅子の背に掛けた。ネクタイを緩めた。一人の少女が手を上げた。アスアガは近寄るようにと合図した。彼女は机の間を縫って進んだ。**彼女には彼女の悩みがある。**[5]**十四歳の彼女にとっての学校とは長い廊下、階段、イトスギ、ココヤシ、ホウオウボク、シュロ、マツ、日あたりのよい敷居、黄ばんだ本のページの間に忘れられた一輪の花のように古びた優しさ、ある悲しい秘密なのだ。彼女には彼女の悩みがある。しかし、冬の風が顔を鞭打ち、厳しげな青い朝のふりをした牧神の手と嫉妬深い修道女たちの視線をかわした色魔の指で、マフラーを剥ぎ**

取る。彼女には彼女の悩みがある。十四歳にとっての人生とは、深刻なものである。それゆえに、彼女は窓の遠くを眺める。その目は歴史の授業を諦め、アレクサンドロス大王は今やあの流れゆく雲である。十四度目の冬、空はいまだ変わっていない。

―先生― 女生徒は教壇まで来ると、よこしまなしかめ面をして猫撫で声を出した。―わからない問題が一つあるんです……― アスアガに問題用紙を見せた。問題はこうだった。キケロの『ホルテンシウス』はある高名な思想家の哲学的誕生に貢献した。その名前は？（a）ヒューム。（b）聖アウグスティヌス。（c）聖アンセルムス。（d）聖トマス・アクィナス。

アスアガは微笑んだ。彼女をあたかも遠くにいるかのように、あの茂みの日が暮れるように、他の長い脚の間から見るのはよいものだ。[6] 彼女は小麦色の長い髪を背中に垂らしており、見事なバストに見とれている。あの薔薇色の少女もまた、裸になって鏡の中で彼女を発見する。恥ずかしげに視線を交わす。彼女は部屋のドアに鍵を掛けた。人は彼女がノートや地図帳、教科書を復習すると考えるだろう。おとなしく机に向かい、目をこすりながら清純に読み物をしていると想像するだろう。彼女が窓から入ってくる夜のように、売春婦としてあそこにいるということを知らない。そしてあのぐるになった鏡に映る月の中の月光は町角の街灯だ。そして星々は列をなす客、彼らは小雨の中で順番を待ち、一ヶ月分の給料をはたいて、ようやく彼女を抱くのである。人生とはそのようなものであるのは、明らかなことだ。しかし、明日は月曜日だ。そして、月曜日は

十四歳にとっては、いやなものなのである。

—大司教に尋ねてみてはどうかな?— アスアガは言った。 —私はキリスト教哲学にはあまり……通じていないので—

—聖アグスティンです— カセレスの低い声がそっけなく聞こえた。

—ありがとうございます、大司教様— 彼女は媚び諂った声で言うと、アスアガを眩しそうに見た。 —先生、ありがとうございます—

桃のような尻を動かしながら、彼女は自分の席に戻った。そこから上下の唇をゆっくりと舌で湿らせながら、彼らに再び微笑んだ。悲しげなアスアガのしかめっ面は、彼女をがっかりさせたようだった。

—あの子は何という名前ですか?— アスアガは聞いた。カセレスはマルセリンの古びたファイルの中にある彼女のフルネームを指し示した。

—ソレダー・モントーヤ・サナブリア・ギュンター—

彼女は徹夜した。[7] 開いた本の上で眠っていた。今朝歯を磨いたとき、その腫れて充血した目は鏡を悲しめた。彼女は髪を少し整えた。食欲のないまま朝食を取った。バスを待っているとき、居眠りしそうになりながら、定理を思い出そうと努めた。だが、全くだめだった。それゆえに、何時間も眠らなかったにもかかわらず、彼女の手はこっそりと、覚悟を決めて、机の中を進む。彼女

の指は伸ばされ、教科書を探りあて、ノートを開く。しかし、彼女の眼は仮説や平行四辺形について考えているかのように、穏やかに窓の外へと向けられている。教師は疑いもせず、彼女を見る。彼女はその技術を熟知している。ノートはそれなりに記憶の代わりとなり、彼女は試験に解答していく。だが、見かけほど簡単ではない。こんな風にカンニングするということは、ゼロ点あるいは笑い者になる危険を犯しながら、学校という難しい仕事の中で習得した技術である。しかし、夜にひたすら読み物をしながら、彼女は朝には定理を覚えているということを誓っただろう。

—ソレダー・モントーヤ?— アスアガは眉を顰めて繰り返した。 —ロルカのあの詩に出て来る?—

—そうです。ですが、モントーヤは彼女のミドルネームで苗字ではありません。彼女の父親はもう亡くなりましたが、ロマンチックな理髪師でした。イライザの義理の姪にあたります。六月にヘイグが来たときには、大規模な学生の暴動を組織しました。詩を書いて、トロッキーを読んでいます。**あいつはピラグエだ。**[89] **あそこに突っ立って、いつ牛乳配達人が来るか、隣人が尋ねて来るか、あるいは我々が月を見るかを書き留めることだけが仕事だ。誰かがあいつをあそこの角に立たせて、字が読めると見せかけるために新聞を逆さに読むことを教えたんだ! おまえたちがあの角を通るときに、あいつが時間を教えてきたり挨拶してきたりしないよう、今怒りを込めて指差してやる。(一番陰気な息をしている、煙のように曇った目をしたやつだ。)哀**

れな男だということは知っている。だが、やつのような人間はたくさんいて、そいつら全員で世界を住めないものにした。私はやつら梅毒ネズミの人種を呪っている、やつにバイオリンを決して貸さないと誓おう。

—トロッキーを？—　アスアガは皮肉げに言った。—それは奇妙だ—

—そうなんですよ、先日はセロ・コラでのロペス元帥の死[10]を記念するために書いた詩を持ってきました。哀歌だと言いました—

—想像するに、ヴィクトル・ユゴー風ですかな。オリリー[11]風か、アンドラーデ[12]風か—

—いや、たった三行でした—

詩人たちがおまえをすでに讃えた。
私がこの詩を書き添えよう。
今やおまえは私たちだ。

—ふむ……、悪くはない。いかにもスペイン的な二人称単数の〝おまえ〟が使われていなければ、全く悪くはないと思いますね—

—彼女は十八歳くらいでしょう……、小学校では感情が未熟で落第も経験したようです。

変わった女の子でした。彼女の愛犬はラスコーリニコフ[13]という名です―

それから数ヶ月も経たないうちに、シモン・カセレス大司教は枕の下に紫色の合皮の本をしまうことになる。〝**魔法使の女は、これを生かしておいてはならない**〟。あの聖書は彼女のものだった。というのも、彼女がラザロの復活[14]を朗読したときに使ったものだからである。ソレダーが刑務所にいる最初のうち、カセレス大司教は彼女が彼を宗教に関することで煩わせようとしているに違いないと考え、彼女に福音について話し、ジャガーによって引き裂かれた小さな本で彼女を怒らせようとすることになる。しかし、驚くべきことに、彼女は一度もそのことを話したこともなければ、福音書を読もうと申し出たこともなかったのである。彼女は感動もしているが、夜には再び拷問を受けることになる。だが、彼女はある程度までは幸福で、自分でもそれに驚くほどであった。大司教は新しい人生はただではもらえるはずもなく、高く買わなければならないものであり、未来の偉業でもって払わなければならないということを知りもしなかったのだ……。しかし、ここで新しい物語が始まる。それはギュンターという一人の男が徐々に自らを新しくしていく物語であり、彼がある世界から別の世界へと、つまり自分の知識から、今までは完全に無視されていた新たな現実へと、漸進的に推移していく物語である。

アスアガは、まだマルセリンの開かれたファイルの上に右手を乗せていた。顎を撫でながら生徒の名簿を見た。ソレダーの名前を指で示すと、カセレスに尋ねた。

—で、あの子は……生徒としてはどうですか?—

—わかりません……、彼女たちはマルセリンの生徒でしたから。少々お待ちください—

大司教は別のもっと物々しい分厚い表紙のファイルを開き、一つの名簿を見たが、驚いたようだった。

—評定平均はAです— 彼はつぶやいた。 —マルセリンにしては滅多にないことです。他に評定平均がAなのはあと一人だけです—

—あの奥にいる金髪の子だ—

カセレスは驚いたように彼を見た。ベロニカは無心にせっせと書いていた。アスアガは勝ち誇ったようにケントのタバコに火をつけると、笑みを浮かべた口元へと運んだ。

—彼女はサリアーです— 大男は言った。 —どうしておわかりになったのですか?—

—あなたが質問に答えておられたときに、彼女は手を上げました。マルセリンが課したヘーゲルのエッセーの提出について知りたがっていました。他の生徒たちに対して責任を感じているような印象を受けました。まるで彼女たちを庇護したいかのように。おわかりですか?

—

アスアガは、暮れつつある午後の熱い大気の中で消える煙の螺旋を楽しそうに眺めた。彼らは静かに待った。予定の時間になったので、カセレスは答案用紙の提出を求めた。生徒たちは提出した順に教室から出て行った。

カセレス大司教はしばらく階上に上がり、カフェテリアから二本のビールといくつかの鶏のサンドイッチを乗せた盆を持って来た。アスアガは腹が減っていると言ったが、ビールを飲んだ。彼らは答案用紙の束を分担すると、速やかに採点していった。時折、静かに戸をコツコツと叩く音と、自分の点数を聞く何人かの生徒たちの声が聞こえた。カセレスは翌日までは教えないから、早く家に帰るようにと言った。やっと採点を終えたとき、アスアガは大司教に挨拶し、イライザを空港に迎えに行きたいと言った。カセレスは自分の車を使うように申し出たが、アスアガはタクシーで行く方がいいと言った。

コーデュロイの上着を肩にかけると、アスアガは敏捷な足取りでポスターや表彰状が壁に掛かった薄暗く湿った広い廊下を横切ると、公園へ出た。外は日が落ちても、まだ暑さは和らいでいなかった。彼は溜め息をついた。足早に公園を横切ると、向かいの歩道でタクシーを探した。一台もいなかった。バス停の柱にもたれかかった。満員のバスが一台通り過ぎた。アルファロメオのオープンカーが歩道に近づいた。

―先生、お送りしましょうか?―

アスアガにはそのときには彼女たちをよく識別できなかったが、学校の制服姿の二人の女生徒のようだった。

―ありがとう、でも遠くへ行くんだ―

―構いません、どうぞお乗りください―

―でも、空港へ行くんだ―

ドアが開けられた。アスアガは一瞬ためらった。腕時計に目をやった。車に乗った。そこで、夕暮れのわずかな明かりの中で、二人を認識した。

―この子はソレダー・サナブリアで、私がベロニカ・サリアーです―　運転している方の女生徒が言った。

大きな音を立てて発進した。アスアガは機械的に薄いマリファナの包みを取り出した。彼女たちに勧めた。二人は少し驚いた。ベロニカは意を決した。

―ほら、ソレ。一本火をつけてくれる？―

ソレダーは顔を赤らめながら、二本分巻いた。アスアガは火をつけてやった。嬉しげなベロニカは、喜んで吸った。

―先生、イライザを迎えに行くの？　今日ミシオネスから帰ってくるって、大司教様が言ってたわ―

馴れ馴れしげな態度に少し驚きながら、アスアガは頷いた。彼らは長い間、黙って進んだ。

ベロニカの小麦色の長い髪は強い風に靡いていたが、少し恥じ入っている様子のソレダーは短い髪をしていた。

―試験のときは説明してくださってありがとうございました― ようやくソレダーは、内気そうにつぶやくように言った。

アスアガは、何も言わずに微笑んだ。

―ソレダーは先生たち相手によく媚を売ってるの― ベロニカが言った。アスアガはまた微笑んだ。

―あなたたちは実に優秀な生徒ですね……。マルセリンが平均点Aをつけるなんてことは、めったにありませんでした― ―でも、カセレス大司教はソレをあまり相手にしないの。だからこの子ときたら昨日、大司教の聖書を錆び付いた馬用の櫛で引っ掻き破って、指まで切っちゃったのよ。ほら、ソレ、あんたの指を先生に見せてやりなさい。午前中ずっと血が出ていたから、あたしが舐めてオキシドールで消毒してやらなきゃいけなかったの―

アスアガは驚いて二人を見た。ソレダーは再び顔を赤らめると、遠慮深くその手を自分の足とアスアガの足の間に入れようとした。 ―こんなにぎゅう詰めでごめんなさい― ベロニカは言った。 ―この車、席が一つしかなくて……。でもその方がいいでしょう?―

彼らは順調に進んでいた。

彼女はナディア・コマネチにそっくりね、ただ金髪なだけ、とイライザは言っていた。

1　これは著者の詩、「ここできみたちは僕の声を持つ」である。『詩歌集』より。

2　同時代にテレビで人気だったもぐらのキャラクター。

3　アメリカ合衆国の中で最も権威がある七つの女子大学の総称。

4　ペドロ・デ・メンドーサ（一四八七〜一五三七）、スペインの探検家。ブエノスアイレスを一五三六年に建立した。彼は広大なラプラタ川流域の最初の統治者となった。

5　これは著者の詩「女子生徒たち」の第一部である。一九七六年の記録によると、そのころ著者はアスンシオンで大学教授として働いていた。

6　著者の詩「女子生徒たち」の第二部。

7　著者の詩「女子生徒たち」の第三部。

8　著者の詩「自由の詩」の第一部。

9　グアラニー語で「けむくじゃらの足」の意味。ストロエスネルの統治時にパラグアイの人々を監視するために雇われたスパイに対して与えられた名前。

10　三国同盟戦争の最後の戦闘の場所。またフランシスコ・ソラーノ・ロペスがブラジルの部隊と戦って死んだ。多くの文献によると、二つをつなぎあわせて「祖国とともに死ぬ」という有名なフレーズを産んだ。

11　ファン・オリリー（一八七九〜一九六九）、詩人でパラグアイの歴史家。彼の著作はロペスの英雄としてのイメージを広めた。

12　オレガリオ・ヴィクトル・アンドラーデ（一八三九〜一八八二）、詩人、ジャーナリスト、アルゼンチンの政治家。彼は三国同盟戦争におけるパラグアイの大義に対して強い共感を寄せ、バルトロメ・ミトレやドミンゴ・サルミエントといったアルゼンチンの統治者に対して反対する立場だった。

13　ドストエフスキー『罪と罰』の主人公。

14　新約聖書ルカの福音書十六章一九〜三一によれば、イエス・キリストの言葉によって奇跡的に生き返った死者。

第二章

――でもチピなんて、話にならないわ！――　ソレダーが金切り声を上げる。

――誰かと一緒に出かけなきゃいけないんだから――　ベロニカは言うだろう。スイス製のボイル地のカーテンがあり、壁ではロバート・レッドフォードが微笑む部屋の中で、ソレダーは困惑して歩き回る。銀縁の鏡がそのスモモのような唇の艶めきを見張り、その背中に注がれるベロニカの陶然とした眼差しを香しくあらわにする。

―ひどいわ、あいつなんて飛行機のクラクションよりも無駄なやつなんだから！― ソレダーは続ける。その香水は安物だ。だが、今日の午後の彼女は綺麗だった。

―うるさいこと言うようだったら置いてけばいいのよ―

―早く帰ってこなくちゃ― ソレダーはリキュールのドロップをもう一つ口に入れながら言う。

―お母さんはレシステンシア[1]に行ったんじゃなかったの？― ―誰も家にはいないけど、お隣さんがいるの、あのいやな婆さんが。いつも私が帰ってくる時間を見てるの―

―あの市場の高利貸し？―

階下で、ドン・エバリスト・サリアー・キロガが娘を呼ぶ声がする。ベロニカは玄関の手すりから顔を覗かせるだろう。彼女の父親は娘のオレンジ色のワンピースの襟ぐりを見て、モダンな、つまり大胆過ぎるデザインだと意見した。その後で、何をしているのかと尋ねる。

―学校のお友達といるの。チピと出かけるわ。

―よかろう。わしはララインとチェスを一局差してくる。出かけるときに、カルメン・セビリャをお母さんのところに置いておくのを忘れるんじゃないぞ―

―はい、お父様―

紳士は海を渡ったその頬を撫でる。

―ベロニカ……―

彼女は胸元を強調するように、手すりに身を傾けるだろう。

―おまえ、帰るのがあまり遅くならないといいんだが……―

ベロニカは大股で大理石の階段を降りるだろう。父親に近寄り、その耳元で囁くだろう。

―お父様……、お友達の家に泊まることになると思うわ。お母様がレシステンシアへ行ってしまったので、一緒にいてくれないかと頼まれたの―

紳士は娘のむき出しの肩を撫でながら、優しく微笑む。気づかぬうちに、娘の話し方を真似ている。

―いいだろう。だが、どうしてこんなにゆっくりと言うんだ?―

―だって、彼女は……―　ベロニカは甘えた様子で目を伏せるだろう。―最初にお父様から許可をもらいたかったから、まだ頼みを承知していないの―

ベロニカは、挨拶をする父親の湿った唇を額に感じるだろう。そして、アラバスターの階段を上るとき、玄関のドアが閉まるチリンと鳴る音を聞くだろう。部屋に入ると、ソレダーが質流れ品の腕時計をいらいらして眺め、赤い唇を機嫌が悪そうに結んでいるのに出くわすだろう。

―チピったら、いつも愚図なんだから―

―ソレ、あんたの髪型は気に入らないわ。来なさい、やり直してあげるから―

ベロニカは彼女の短いポニーテールを解いた。ソレダーは抵抗しない。素早く動く櫛と固い指が、上質の絹の羽毛布団に座った彼女の髪を梳き、弄ぶ。首筋や襟足への温かな摩擦が、彼女を心地よく揺さぶる。

―……もう遅く……なったわ―　彼女はうっとりとした様子でつぶやく。　―すぐにチピが来るわ……―

―あんな意気地なしは待たしておけばいいのよ！―　髪留めのバックルを咥えたベロニカは、スペイン人のようなSの発音で言うだろう。

私は、チピが他に男友達を誰も呼んでいないので不安になっていました。私たちが二人きりで彼と出かけるのはいやな感じでした。私たちはもう十五歳でしたから。でも一人で来ました。なので私たち二人は、前の座席に乗りました。ぎゅうぎゅう詰めだったので、チピは嬉しそうでした。チピはベロニカのことが大好きで、自分の体が彼女にくっ付いていて、フロアシフトレバーを使わなければならない度に彼女の膝に触るのが好きだったのです。私は窓から光を眺めていました。少し風がありました。私はドライブが好きです。お父さんが死んでからは、お母さんも私も車を持っていません。信じてくださらないかもしれませんが、そのときに私は変な気がしたのです。どうして私と一緒に来てくれそうな男友達を連れて来なかったのか、チピに尋ねました。私は余り者になるのはいやです。チピはまるでわからないふりをしているかのように、交通の往来から目を離さずに知らんぷり《ニェンボタビー》をしました。一人で来るようにとベロニカに電話で言われたからだと言いました。そうしたらベロニカはこんな風に……、いつもチピと一緒のときにするように舌打ちをしてから言いました。なんでもう一人意気地なしがいて欲しいのよ！　チピは顔を赤くしました。何かをやりたいときのベロニカは恐ろしいのです。大司教様、あなたは彼女のことをよくご存じです。

彼らは広場の脇に車を停める。川岸の散歩道は、テーブル席に座った若いカップルたちや滑り台で遊ぶ子供たち、夕刊を呼び売りする新聞売り子たちで溢れかえっている。

―ここで降りるつもりはないわ！―　ベロニカは言うだろう。ソレダーは、小舟や暗い川を眺めている。

―アイスクリームを食べたかったんじゃないの？―　ハンドルを固く握ったまま、チピが怯えた甲高い声で言う。

―だけど、こんな人込みの中ではいやよ―

―どこに行きたいの？―

―パブよ、バカ―

チピは再びエンジンをかける。

―あと、エアコンのあるところよ！―

物や空気、人、習慣が彼女の息を詰まらせる。個性のないあのやせた少年には、何もわからない。彼の熱っぽい視線は、通りも、信号も、売店も、ショーウィンドウも、密かな人影すらも無視するだろう。彼は自分の小さな腕時計と女友達、夜と色彩、ブレーキとクラクションの音の中で恍惚となり、知らずに彼のことを待っているあの素朴な少女を見ることしかできないだろう。角にさしかかったときに、彼は彼女の手を取るだろう。

―ぼうっとしているみたいだね……―

驚いたソレダーの瞳は窓から離れ、静かに微笑む。彼女が自分なりに飾り立てた髪の毛を、そよ風の手が散らす。ソレダーはもう片方の手をベロニカの手に重ねると、優しく打ち明ける。

―これ全部を見るのが大好きよ―

大司教様、いつも大変お忙しいことはよく存じ上げています。お時間を無駄にさせたくはないのです。実は誰にも話せないことなのです。ですが、あなたを信用しています。聖職者は秘密を守る義務がありますよね？　わたしたちがパブにいたのが一時間か二時間だったかは覚えていません。ハイクラスのパブで、一番流行っているところです。ひょっとすると大司教様はご存じかもしれません。わたしは去年、そこに行ったことがあります。お母さんの誕生日のときです。ゴンサレス将軍は、理髪店でお父さんのお客様だったのですが、わたしたち二人にシャンパンとアイスクリームをご馳走してくださいました。フン！　お母さんがたくさんシャンパンを飲んで、随分と面白いことを言っていたのを覚えています。大司教様は将軍のことをご存じでしょうが、お母さんのことを厳しい目で見ていましたが、何も言いませんでした。控えめな方ですから。昨晩わたしたちはアイスクリームを頼んで、チピはウイスキーを頼みました。お酒は飲めないのに、ベロニカにいい印象を与えたかったに違いありません。わたしは変な感じがしていました。ときどきベロニカとチピは一緒に出かけるのです。わたし抜きでということです。どうしてかはわかりません。ベロニカは大学生の男の人が好きなのです。そのラグビーをやっている人たちと出かけました。大司教様みたいに髭を生やした人がいるのです。ベロニカはその人に夢中でした。わかっていただけますか、大司教様……。お話ししていいのかわかりません。ですが、どうやら……。その、わたしの推測に過ぎないのですが……。大司教様、わたしは……ベロニカがもう処女ではないと思います。

―ソレ、来なさい、トイレに行きましょう―

ソレダーはまだバナナスプリットを食べ終わっていなかった。

―ほら、来なさいよ！―　ベロニカは彼女の手首を掴むだろう。　―髪の毛がぐちゃぐちゃよ！　それから意気地なし男のあんた、勘定を済ませなさい―

チピは彼女たちがテーブルの間を縫って行くのを眺める。シーバスを急いで飲み干す。ウェイターを呼ぶ。

―勘定を頼む―　彼は喜劇オペラに出てくるナポリのタバコ商人のような声で頼む。

ソレダーはアラベスク模様に塗りたくられた大きな壁鏡を覗く。

―わたし、そんなにひどい髪になってないわよ！―

―わかってるわよ、あたしが髪をやってあげたんだから。今晩あんたの家に泊まるってことを言いたかっただけなの―

―でも、もう試験は済んだじゃないの！―

―ちょっとお喋りしたいだけなの。コーヒーを飲んで、それから温かくして眠るの。もう家には伝えたから―

どこか困惑して、ソレダーは髪の毛を撫で付けた。

―わかったわ……、あなたの好きなようにして―

ベロニカは仰々しい鏡にその黒い目を近視のように近づけて、口紅を塗るだろう。

―家には誰もいないのよ……―　ソレダーは遠慮がちにつぶやく。　―お母さんはレシステンシアにいるの。自分たちで朝ごはんを作らなきゃいけないわよ―

ベロニカは彼女の剥き出しの背中を優しく押すだろう。

—さあ、行きましょう！—

大司教様、わたしは彼女が家に帰る途中でチピに不埒なことをされたくないと思ったのだと考えたのですが、そうではありませんでした。

彼らはソレダーの家の前で止まる。チピが降り、車の前を横切ると、ドアを開けてソレダーが降りるのを手伝う。

—色々とありがとう、チピ—　ソレダーは彼の頰にキスをする。チピはドアを閉めようとするが、ベロニカが足でそれを遮るだろう。

—待ちなさいよ、バカ！　私も降りるのがわからないの？—

悲しげなチピは、驚きを隠す。

—ごめん、知らなかったんだよ……—

稲妻が光る。

—それじゃ—　ベロニカは歩道に降り立って言うだろう。　—雨が降り出す前に中に入るわ。またね—

彼女は素早くチピと握手をするだろう。チピは二人がドアを開けるのを見て、疲れた様子のラスコルニコフが彼女たちの匂いを嗅ぐのを見る。気乗りしない顔で、ソレダーが手を振るのに応える。

　ベロニカは振り向かずに入るだろう。中で、車のエンジンの音が遠ざかるのを聞くだろう。ソレダーはドアを閉めて、鍵をその脇にかける。ベロニカの方に振り向く。汗ばんだ美しい両腕を広げて、夜の小さな玄関で直立している彼女を見て驚く。分かちがたい薄暗がりの中で、おそらく初めて、心配そうだが輝くように美しい彼女が抱きしめられるのを見る。その酔った目は、燃えるダイヤモンドのように湿ったオレンジ色のワンピースに染められた、緊張した、彫刻のような体を眺める。ベロニカはそのためらいがちな腕で、静かにソレダーを抱きしめるだろう。欲情して赤くなった彼女の顔を撫でると、その飢えた指で、優しく上を向かせ、自分の燃えるように熱い唇へ引き付けるだろう。優しさと目眩に震えながら、友達の燃えるような腕が同じく必死に抱きしめてくるのを感じるだろう。

　大司教様、このことをお話しするのは、これが罪かどうかわからないからです。彼女が……始めたのは本当です、でも……。あの、大司教様、わたしも気に入ったのです……！　これは悪いことですよね？　ああ神様、何て恥ずかしいのでしょう！

　胸を引き裂くような激しい光とともに夜の太鼓は夏の凄まじい嵐の轟きのこだまの中で響き渡る稲妻が光るぞっとするような束の間の光ががらんとした部屋を満たす二つの影は怯え

る悲しげな電気の閃きの中でマレーナは木の葉のように震えるアルベルト……古い天井を残してちょうだい彼女は容赦なく鞭打つ水の下で呻く泣かないでよ……少年の筋張った裸体は恥じらう涙の爆発の中で歯止めなく揺れる枇杷の木がある中庭での新しい爆発音がその乾いた巨大な鞭での一撃でもって家を揺さぶる壁が震える凄まじく鋭利な空気を切る音が荒れた暗闇を引き裂く赤い通りから風が吹き込んでくる砂水と雹が混じった大嵐の突風の中でマレーナは汚れたマットレスに跪いたまま身動きせず痙攣する牢獄と化した石のように硬く結ばれた唇の中で歯ぎしりをするその土気色の顔の上に乱れて散った短い髪は黄色味がかったリネンのシーツによって鋭い短剣のように吹き付けてくる凍てつくような嵐の風の牙から守られている彼女の古い靴は部屋の隅で動かずくたびれて郷愁に満ちた革の眼差しで彼女を見ている彼女は身を丸めて放心したアルベルトの背中に体を擦りつける嵐の凍りつくような滴が酔って飛び散る真珠のようにその髪を濡らすもう大丈夫よ……激しい雷鳴の中で広い胸が息を詰まらせる大地の息苦しげな泣き声は稲妻に茫然とさせられたその空間の方へ身の毛もよだつような出産の前兆のごとく上がっていくアルベルト……彼女は彼の首筋の耳の後ろの辺りにキスをしてやった彼は風が好きで放たれた電流が売春宿の粗末な部屋を占領したアルベルトは目を上げるどうにか振り向くと打ちひしがれて黙り込み彼女を長い間見つめる悲しみに沈んで燃え上がる激しい夜に起きる突発的な爆発震える手がマレーナの頬を撫で

る少年の息遣いは落ち着いたようだ爆発音は粗末な木の屋根を絶え間なく震わせる屋根は自らの道を再びたどるその唇の上でその重なった体の上でその求めあう指の上でそして借り物のキスという傷つき黙りこくった言語で何を言ったらいいのかを見つけるその口の上でミシミシいうマレーナの手が男の足の間を探りその方へと向かう一方で輝きと軋みに燃え上がった部屋が彼らを儚くそして大人しく庇護するプロレタリアの小さな手を持ち悲しげでおとなしい笑顔を浮かべた青白い裸の彼女は彼のまだ泣き濡れた目を彼の幼少期の秘密の迷宮に気づかない唇を彼の早熟な陸上選手のごとき胸板をそして彼の緊張して空っぽの腕を雌犬のように優しげなキスと激しい音と閃光の中で見つける小さなブドウの中で滑り降りる甘い言葉の刺青水の剣で永遠に刺される郷愁という打楽器そして雨漏りが雷によって揺さぶられるあの宿命的な焚き火という夜の酩酊濡れて乱れた髪脆弱な日干しレンガの土台と詰まった井戸から揺れるその部屋の中彼らは暗がりで抱きあうアルベルトの舌はそのリスのようなその捉えがたいイグアナのような体を舐めまわすありふれた雌の粘土から始める男性の愛の虫垂純真さと希望閃光売春宿の押しつぶすような議論彼女もまた辛抱できない切迫感でもって誰でもなかったあの男の肉の中に入る彼は獣のように絶え間ないむずがゆさとともにそれを挿入する血が沸き立つ火山かトラのようにあえぐ緑の木々に満たされるひどく興奮して彼女に跨る冷たい嵐の夜に一つの雲と一羽のツバメが逆さまになってその弱いトンネルを太陽と傷跡

に武装された日の方へと向かうあの繰り返されることのない夏と孤独の時間が囁いていた方言で唸っていたそれは言い表すことのできない肌と炎の言葉だった燃えさかり唸る地平線大地の湿った唸り声原始の割れ目魔法の輪あの死すべき噴火口の中の愛の騎手そのことを知らないあの修道女の溶岩と罪そのことを知らないあらゆる女たちサソリ無傷のトウモロコシ爪稲妻あなたのお母さんはあの魔女はどこにいるの？　本当にあなたのことを愛してくれているの？　暗い夜の間の雷の凄まじい旅程汗欲望紙を噛むあの口書類徴兵気をつけてマルビーナス戦争あなたのお父さんあなたが毎日チェスの相手をするの？　そうすることになってるんだアルベルトは彼女を慣らしてやる突き刺してやりなさいよあなた男じゃないの？　彼女は押しやるあなた役立たずね屋根全体が崩れかけてるわこんな風にああ……夜の仰々しく粗暴な大型拳銃電撃消えかけている照明雷すべてが叫ぶ振動する身震いするあなたの種無しの体止めないで続けてのけぞらないで競争しなさいよあなた男じゃないの？　アルベルトもう一度よ休まないであの卑しい奴隷女の役に立つようなことでもしてよあなた二倍払ったんだからそのくぼみの一グラムごとに髪の毛の一本ごとに歯の一本ごとに今何時？　お父さんはこれ以上眠らないわあなたが……急いでよあのいやな声を聞きたくないでしょ眉をひそめているわよ早く終わらせてよあなたが売春婦や麻薬常習者と一緒にいたと考えるでしょうよあなたの目をくり抜くかもしれないわ早くして一体誰が言うものかおまえはアルベルト七ゴー

ルを決める男重いダンベルを持ち上げる男祖国の血族であるキロガの長いキャラバンのサリアー家の男そして街角に住み助けの手を差し出す以上のことをする男美しく寡黙な男おまえの誇りはどこにある身につけたダンスのステップはここで何をしているんだ夜とハンセン病の人間が吐いたごみ溜めの中の安物の娼婦の股の間で涎を垂らしておまえは痒いと感じないのか旧市街の女が言っていたようにああ触っちゃいけないよもう感染しているんだから郷愁とエイズと暴風雨という終わりのないあらゆる悲しみが出て行って逃げて走って愛しい人わたしたちはあなたと一緒にいるから誰が雷鳴と夜の汚い穴の中で迷うようにおまえに助言したんだもう私たちのことを愛していないのかどれそのたくましい手を貸せなんと髪が伸びたことか波打っているぞ胸毛も素晴らしい私たちを見捨てるんだなねえ屋根が軋んでいるわアルベルト痛いわ……アルベルト聞こえないの……あなたあの女を殺すべきよ雷が殺すだろうあの狂乱した射撃の戦い水があるわこのベッドは水溜りよこのベッドは性病の溜まり場だ嵐は屋根に穴を開けて揺さぶってくる降りなさいよクソ食らえこのバカ……かわいそうに自分が何をしているかわからないのねあなたわたしを絞め殺しそうだわ……彼らは骨の髄まで濡れているああなんの約束もなくどれほどこうやって夜を明かしたいことかそれとももう僕は帰らなきゃいけないのか？　もしかすると誰も夏の翼もどのようにして露と朝が突然やって来るのかを確かめもしないかもしれない秘かな彗星単なる若者であるという容赦ない驚き生

気のない静穏不眠翌日違った様子の急いだ顎髭前開き汗で湿ったズボン出来高払いの仕事を儀式的に辞めること通りすがりの奴隷身分この辛い確信にはうんざりする割りあてられた苦悩ようやくうんざりさせられると感じるのだその名はパヴェーゼもう何ペソか多くそしてもう一晩少なく窓の中ではまだ激情が脈打っているああの雷が最後のはず塩もヨードも煙もない夢を見ずにさっさと終わらせろおまえはニュースと夕焼けと水で苔むしているじゃないかあの風はおまえのものではない世界は誰のものでもないおまえは祭りにも前夜祭にも秋にも八日目にも入らないのだ諦めろ十字を切れあの遠くの稲妻なんて激しいんだろうだって嵐が終わろうとしているんだからやつを見ろこんなに眠っているぞおまえの何がやつにとって重要なんだその嵐がおまえの腕の中でようやくそいつに眠りという停戦を申し出るのなら夢を見るな夢を見させてそいつはおまえにとっては禁じられた男だそんなことはこの洞窟で何度も身にしみてわかっているはずだ手も愛撫も優しさも言葉もなく日が上ろうとしているおまえはやつを揺さぶらないといけないだろうよアルベルト家に帰って……その直立したコインがおまえの仕事だなんという眠りっぷりだ夜の行軍をしたこともセリーヌの軍用時計も持ったことも指令を受けたこともないようだ軍曹にも売春婦にもなれんだろうよアルベルト……土曜の光はなんて清らかで青いんだろうねえアルベルト……もっと揺さぶれ天井が落ちそうだったんだ裸だぞ見ろアルベルトもう朝よ……日焼けしてしなやかな体をした彼は眠ってい

て彼の性器も眠っている起きて部屋を通って行ってご近所さんに見られないようにそんなのどうだっていいだろう紙幣を手に今日おまえのところにやって来ることができるんだからだがやつを見てみろおまえたちは雷と火花の間で猛獣のように一緒にいたおまえの体は借り物だ誰にも脅かされなかったであろうおまえの私生活誰も世を明かしたことがないであろう秘密の話雷が穴を開けたことのなかったであろう地下室そして今や夜が明ける悪い兆候は射精も料金もないその献身に報いはしないだろうねえアルベルト起きてよ実利的になれ服を着ろもう遅いんだ……髪に櫛を入れろもうおまえは仕事をしなけりゃいけないんだもっと強くやれやつを揺さぶれ起こせそうやって眠る分まで払っていないんだおまえが出て行かない限りただじゃないそしておまえは出て行きたがらないおまえはそこに釘付けになっているおまえはそいつにキスすることは契約にないぞその息と震える瞼の上での優しい言葉は反体制的になりうるぞそして彼は目を開けながらおまえに微笑みかけて言うマレーナお願いだ僕と結婚してくれ本当だよ心配しないで父さんには僕の恋人は空色のジャガーだって言うから。

1　コリエンテス州のそばにあるアルゼンチンの都市。

第三章

学校の暑い劇場で埃っぽい舞台に座ったり、ゴムのような一文字幕にもたれかかったり、あるいは軋む階段によじ登ったりしながら、彼らは成り行きを見守ってチューインガムを噛んでいる。ジーンズやモカシンを履いていて、時代遅れの制服を着ているときよりもませて見える。トト・アスアガは両手をズボンのポケットに突っ込み、ゆっくりと無言でその寄せ集めの様々な色をした不安げな一団を見ながら歩く。舞台の隅で兄の側に立ったベロニカは、コバルト色の眼で彼を観察している。ソレダーは配役の志願者たちの中にはいない。練熟したスペイン語文学研究者は適切な言葉を探すかのように舞台を見る。ようやく口を開く。

―『喪服の似合うエレクトラ』[1]だ―　彼は言う。

シモン・カセレスはその日の早朝、彼にもう一杯のコーヒーを勧めた。

―ありがとう―　アスアガは第二帝政風の肘掛椅子から立ち上がると、半時間前に空にした陰気なクールボアジェの瓶を盗み見た。大司教は咳をした。

―この忌々しい天井の扇風機で喉が痛くなる―　髭の立ち上がった男は言う。

―上演するだけの価値がある作品でなくては―　アスアガは続けた。シャツを着ずに、汗ばんだ薄い胸板を露わにしている。

―ここでは演劇も反体制的だとみなされています。何か無害なものを選ばなければ―

―もちろんだ。何か古典的なものを考えている。彼らを啓蒙することには何ら関心がない。俺はポスト構造主義者だ。何も信じていない。自分自身が何に対しても確信がないのに、彼らの頭に何を吹き込むことができるんだ？　ニーチェは言った、いつの日か社会の座右の銘は恨まれて恐れられるよりも二度死ぬ方がよいということになるだろう、と。どんな教養を彼らの頭に叩き込むことができるんだ？―

―それです。あなたの疑問だ。疑念を抱かせるのは危険です―

―面倒ごとに首を突っ込むつもりは毛頭ないんだ！　俺は蚊一匹も殺せないんだぞ！―

―善良であることは違法です―

―聖職者と共産主義者が煩わしいのは―　アスアガは落ち着かなさげにミント入りのコーヒーを啜った。　―道徳の普遍的な概念を信じているところだ。善も悪もない。ただ美しい者と醜い者がいるだけだ。別の方法で言いたいんだったら、俺たちのような人間とクソったれどもだ。だからと言って、俺が眠れないわけではないが―

—私は、チャコ戦争のときから不眠症です……—

カセレスは大窓のところで足をぶらつかせながら肩を竦めた。アスアガは大司教の書きもの机のタバコを探したが、見つかったのは雑然とした紙束の中の吸殻でいっぱいになった灰皿の横にある、皺くちゃになった空の箱だけだった。

—もっとタバコはないのか?—　彼は大男に尋ねた。

—あなたは自分と私のも吸ってしまいましたよ—

カセレスは相変わらず足をぶらつかせていた。アスアガは不機嫌そうなしかめ面を歪めた。

—あんたの車はあるか?—

—ええ—

—タバコを買いに行くぞ!　頭をすっきりさせよう—

—もう夜が明ける。六時にはミサがあります—

—すぐ帰って来ればいいだろう!—

髭面の男は窓枠から急に立ち上った。ベッドの方まで歩くと自分のシャツを取ってもう一着をアスアガの方に投げてやり、ベンツの鍵を出して顔の前で笑いながら振って鳴らした。

アスアガはシャツを着た。

—でもゆっくり運転してくれよ!—　彼は大司教が開けてやった重い扉をくぐる前に叫ん

だ。

―この作品は、実際は三部作だ―　アスアガは生徒たちの間をゆっくりと歩く。　―つまり、少なくとも古典の枠組みを踏襲しているということだ。この場合は、アイスキュロスの『オレステイア』の枠組みがそれにあたる―

ベロニカは本能的に頷き、アルベルトはその横で皮肉な笑いを浮かべている。

―第一部は「帰郷」という題名で……ギリシアの「アガメムノーン」のようなものだ。私の記憶に間違いがなければ、四幕物だ。まあ、それは置いておこう。第二部は「追われる者」で「コエーポロイ」に対応している。この第二部に、私は一番関心を持っている。そして、第三部は「エウメニデス」に基づいているが、変な題名がついている。事実、オニール作品の登場人物のほとんどはこの名前で呼ぶことができるだろう。「憑かれた者」だ―

彼はこもった咳をすると、成り行きを見守っている若者たちの顔を見る。

―今年はオニールを勉強したか？―

―はい―　何人かが叫ぶ。

―どの作品かな？―

―『皇帝ジョーンズ』だけです―

―よろしい―　アスアガは続ける。　―では、その作品については少し話すだけにしよう。

一九三一年に封切られて……―

返事をした少女が手を上げる。

―先生……申し上げたいんですが、私たちは『皇帝ジョーンズ』を演劇作品としては勉強しませんでした。イライザに比較文学の課題を出されたんです―

―ほう？―

―はい、そして私たちは『この世の王国』と比較しました―

アスアガは微笑み、彼女に礼を言う。少女は再び舞台に腰を下ろす。アスアガは盛んに身振りをしながら歩き回り続ける。

―この三部作はニューイングランドで展開される。海岸沿いの小さな村だ。南北戦争が終わったばかりの頃で、だいたい一八六五年か一八六六年ぐらいだ……。当然、ある家族のことが扱われている。マノン一家だ。家長はアガメムノーンにあたるが、エズラという名前だ。エズラ・マノン。彼の留守中に妻のクリスティーナ、これはアイスキュロスのクリュタイムネーストラーにあたるが、ブラント大尉……そう、その通りだ、アイギストスと不義を犯す。オニールは彼に奇妙な名前をつけた。アダム、アダム・ブラントだ―

アルベルトは無頓着に窓の外の素晴らしい朝の景色を眺めている。ベロニカはちゃんと聞くようにと彼を肘で突く。

―マノン家の息子たち、ラヴィニアとオリンは綿密にエレクトラとオレステスに対応している。これで筋書きが成り立つ。ブラントはクリスティーナと共謀して、老マノンを殺す。そして、私がみんなに推薦したい作品「追われる者」では、ラヴィニアは弟に復讐を唆す。オリンはブラントを殺し、クリスティーナは自殺する。そういう話だ。「憑かれた者」はどうでもいい―

アスアガは腰に手を置く。

その時間では、彼らは開いている売店を見つけるために市の中心部まで走らなければならなかった。カセレスは映画館の角でブレーキをかけると、大きな白髪頭を黒いベンツの窓から出した。

―密輸ものを二箱くれ。バージニア種のを―

彼らは車のクーラーを入れた。飛ぶように走って帰った。

―まだミサの時間じゃないだろう……―　アスアガはつぶやいた。カセレスは彼にプラチナのライターを差し出してやった。　―どの作品を考えていますか？―　髭面の男は横目で尋ねた。

―ああ、さっき言ったように、何か古典的なものを。たとえば、エレクトラ―

―……―

―もちろん、エウリピデスのだ。映画は見たか？―

―ええ、イレーネ・パパス[2]のだったと思います―

―ああ……、もっと現代版のでもありかな。『蠅[3]』や、もしかするとブレヒトの『アンティゴネー』とか……―

―まさか！―

―どうしてだ？―

―共産主義者は……サルトルやその仲間たちは全員、当局に厳禁されています。それに、英語でなければなりません―

―何だって？―

―ええ、当校はバイリンガル教育で、親御さんたちは……―

―だが、観客の半数は作品を全く理解できんだろう！―

―理解できるのは半分もいないでしょう。だが、親御さんたちは自分の娘が英語を練習することを望んでいる。男性の役を演じてもらうためにアメリカンスクールの生徒たちを呼ばなければ―

アスアガは頭を振りながらタバコに火をつけた。

—警察の許可は必要ないだろうと思うがな！—

—拷問をするやつらがすぐ後にくるでしょう、我々がしくじりでもすれば—　カセレスは言った。

アスアガの憂鬱な目は、台本のコピーを配っている役者志願者たちの一団を見回す。

—他に質問は？—

ざわめきの中で一人の少女が手を上げる。アスアガはすぐに彼女が誰だかわかる。

—誰がラヴィニアを演じるんですか？—　ベロニカが言う。

1　アメリカ合衆国の劇作家、ユージン・オニール（一八八八～一九五三）のよく知られた作品（一九三一）。アイスキュロスのオレステイア三部作の現代化。

2　イレーネ・パパス（一九二六）はギリシアの女優。エウリピデスの同名の作品の映画『エレクトラ』（一九六二）の主役を務めた。

3　実存主義者、ジャン・ポール・サルトルの一九四三年に書かれた劇。

第四章

──座りなさい──

──はい、お父さん──

──ベルタのことは気にするな。コーヒーを持ってはこない。いつも書斎に入るとコーヒーを持って来るが、邪魔しないように言いつけておいた──

──……──

──農園からの無線連絡以外は、電話も取り次がないように命じておいた。だが今日の午後はどこからの電話もないはずだ──

──……──

──さあ、口を利きなさい！　何を話したかったんだ？──

──お父さん、結婚したいんだ──

──ほう？──

──本気だよ、お父さん！──

―反対しないぞ。いや、反対はしないぞ―

―……言い辛いんだ―

―なんだ、アルベルト！　もっと重要なことかと思っていたぞ！　勉強の方はどうなんだ？―

―試験が終わったよ―

―それで？―

―全科目通った―

―〝通った〟！　〝通った〟だけではだめだ。お父さんは〝通った〟ことは一度もないぞ。優等で及第したんだ！　どうしておまえの妹を見習わないんだ？―

―カンニングをしているんだ―

―何だって？―

―ベロニカは試験でカンニングしてるんだ。全部足に書いてる。カンニングペーパーをブラジャーに挟んでる。だからいつもいい点数を取るんだよ―

―でたらめを言うな！―

―本人に尋ねてみなよ―

―そんな風な口の利き方をするんじゃない！―

―お父さん、僕の話を聞いてくれないんだね……―

―聞かないって？　話しなさい！　誰が止めるんだ？―

―だって話を逸らすんだもの。話し辛いよ―

―アルベルト、私はおまえのお父さんだぞ―

―だから、結婚したいんだよ！―

―お父さんがおまえぐらいの年頃は勉強のことしか考えていなかったものだ……。おまえが自分の……気晴らしを求めているに違いないのはわかっているつもりだ。そうあるべきように、控えめにな。好きな女の子でも見つけたのかね？　ユダヤ教徒か？―

―違うよ―

―やったぞ！　家に連れて来い！―

―家に連れて来たいんじゃないよ。結婚したいんだよ―

―おまえの学校の子か？―

―違うよ―

―ベロニカの友達か？―

―そういう感じの子じゃないよ―

―クラブで知りあったのか？―

―違うよ―

―おやまあ！―

―お父さんは彼女のことを知らない……と思う―

―私はその子のお父さんと知りあいか？―

―知りあいじゃないよ―

―苗字は何だ？―

―サナブリアとかそんな感じだ―

―サナブリア？―

―うん、サナブリア―

―サナブリアという苗字のやつについては聞いたことすらない、カサール[1]のホセ以外ではな。それだって、大昔の話だ……。まあいい。いつ頃知りあったんだ？―

―だいたい一ヶ月前―

―おやおや！　一目惚れか！　アルベルト、お父さんに時間を無駄にさせているようだぞ―

―お父さんを喜ばせたかっただけだ《アイ・ジャスト・ウォンティッド・トゥ・ビー・ナイス・ウィズ・ユー》―

―その皮肉は気に食わんな。そんなことをアメリカンスクールでは教えるのか？―

―そうか、僕の話を聞きたくないんだったら……もう行くよ―
―座りなさい！　まだ話が終わっていないぞ―
―他に何が知りたいんだよ？―
―その女の子について話しなさい。名前が知りたい。職業は何かを。全部だ―
―名前はマレーナ。家族はいない。お母さんだけだ―
―マレーナ！　聞いたことがない名前だ―
―……―
―家族がいないだと？　どういうことだ？　孤児院育ちか？―
―お父さんが随分前に亡くなったんだ―
―何歳だ？―
―十七歳―
―十七歳！　後見人は誰だ？　誰と住んでいる？―
―お母さんと犬と一緒に住んでる。小さな家に―
―で、誰に養ってもらっているんだ？―
―働いてる―
―その年齢でなれそうなのは家政婦ぐらいだが。家政婦かね？―

―サウナで働いてるんだ―

―サウナ？　そのようなところは評判がよくなさそうだが―

―僕は彼女に満足してる―

―マッサージ師か！　おまえはおまえのおじいさんとゼラニウムみたいだぞ！―

―僕は彼女より一つ年上だよ―

―それがどうした？―

―お父さん、彼女はとてもいい人だって保証するよ―

―アルベルト、おまえは経験が浅い……私はもう随分長く生きてきた……反乱軍の掃討作戦にも参加した……出自もしれないやつらのことを信用するんじゃないぞ―

―でも、僕はマレーナとたくさん話したよ。彼女のことはよく知ってる。それに、結婚したらマッサージを辞めるって約束してくれたんだ―

―もちろんだ！　私がおまえたち二人の面倒を見るとでも思っているのだろう―

―そんなことは絶対にないよ。彼女は何か他のことをして働こうと考えてる。必要だったら、倹約するよ。僕がすぐに仕事を見つけられなかったら、彼女が大学の学費を出してくれるよ―

―本当に心配になってきたぞ。おまえは完全に騙されてしまっている！　その女と顔をあ

わせてみたいものだ！　しかも家族もいないだと……！─

─そんな態度で彼女に会って欲しくないよ─

─その子がその……サウナを辞めるとか言ったが、他のどんな仕事を探すのかね？─

─何だろう、お店とか……─

─どんな教育を受けているんだ？─

─知らない─

─他の貧乏人と同じで、頭が固いに違いない。生まれつきそうだというわけではないが、まともなものを食っていないんだ。わかるか？─

─彼女はとても賢いよ─

─脂っこいシチューばかり食べていると頭が悪くなる─

─だけど、彼女はとても賢いよ─

─アルベルト、おまえは騙されたのだよ。金が有ると思われているんだ。それがその子にとって、マッサージをやめるための唯一の手段なんだ。サウナだと……！─

─彼女は英語を勉強するんだ。トトにはアメリカ人の友達がいて……─

─トト！　その……トトとは誰だ？─

─トト・アスアガ─

―そんな名前は聞いたこともない―

―ベロニカの学校の、哲学か何かの先生だよ―

―マルセリン神父ではなかったのか？―

―そうだけど、今度は彼が来たみたいなんだ―

―きっとあの髭面が連れて来たんだ！　外国人に違いない―

―まあ、アメリカから来て……―

―考えてもみろ！　大統領の息子がダンサー[2]になる国だぞ―

―でも、トトはチャスコムスか……サンタンデールの出身だよ！　よく知らないけど―

―さらにひどいな。スペインはもはやスペインではない―

―それに、カセレスが連れて来たんじゃないよ。人を訪ねてきたんだ。アメリカでは有名人だよ―

―それは驚きだな。では誰を訪ねて来たのかね？―

―ベロニカの英米文学の先生の、イライザをだよ―

―ラヴィンチャ[3]か！　あの黒人め！―

―……―

―離婚者に違いない、やつに足りないのはそれだけだ―

—違うよ、ギュンターとかいう旦那さんがいるよ—

—そのアスアガは何歳だ?—

—知らないよ、四十五歳くらいかな……—

—やはりな！　誰もそんな歳で有名にはなれん！—

—僕が言いたかったのは、イライザはマレーナに英語を教えてくれるっていうことなんだ。彼女が仕事を見つけられるように。僕が頼んだんだ—

—だが、おまえはどうしてイライザと呼び捨てにするんだ?　先生ではないのか?—

—そう呼ぶようにってお願いされたんだ—

—何たることだ！　敬語を使わないのが許されているということじゃないか！

—そうだよ—

—そうか！　なるほどな。では、その女もおまえたちに敬語を使わないということか?—

—その通りだよ—

—その男もか?—

—そうだよ……—

—ベロニカにも敬語を使っていないのか?—

—その通りだよ—

―明日中にトロックス修道院長に話をしに行くぞ！　こんな話は聞いたことがない！―

―お父さん、落ち着いてよ―

―黙れ！　おまえのこんなバカげた話にはうんざりだ！　授業が終わったのは不幸中の幸いだ！―

―まだ終ってないよ―

―何だって？―

―終業式でやる演劇の練習をしてるんだ―

―おまえもか？―

―そうだよ、アメリカンスクールの生徒が何人もいる―

―で、ベロニカは？―

―そうだよ、主役をやるんだ―

―ああ、そうか！―

―それに、作品は英語でやるんだ。お父さんはいつも演劇は英語でやるべきだって言ってるよね―

―何という作品だ？―

―『喪服の似合うエレクトラ』―

―ポルノものか！　誰が選んだ？―

―トトだよ―

―あの不躾者が！―

―お父さん、哲文学博士だって言ってるじゃないか―

―それがどうした？　マルクスも賢人だった！―

―でも、トトはマルクス主義者じゃないよ……―

―はん、それは誰もが言うことだ！　自分の女生徒から呼び捨てにされるのを許し、フロイトを宣伝するようなやつは恥知らずだ。この国がこんなざまなのは強権政治がないからだ！　あいつら軍人ときたら、怠け者ばかりだ！　なぜピノチェトを見習わない？―

―お父さん……、劇は英語だよ。誰も何もわかりっこないさ―

―……では、ラヴィンチャはアメリカ人なのか。アフリカ人かと思っていた―

―違うよ、ワシントンに住んでいると思う―

―アメリカ女は尻軽ばかりだ―

―その言葉、わからないよ―

―わからなくて結構だ―

―それで、僕がただ一つ言いたかったのは、マレーナと結婚したいってことだ。マレーナと結婚するってこと――

――その件はそのうちに話そう――

――あまり長くは待てないよ――

――なぜだ？　何か……軽率なことでもしたのか？――

――僕が妊娠させたかとでも言いたいの？――

――言語道断だ！　まあ、その……まさにそういう感じのことだ――

――それはないよ。彼女は気をつけてるんだ――

――何たることだ！　十八歳でこんな話をするとは！――

――十七歳だよ――

――黙れ！　自分のしていることがわかっていないな！　なぜ他の女の子たちと交際しないんだ？　なぜ道端の女を相手にするんだ？　なぜクラブに行かない？――

――いつも行ってるよ――

――それで、気に入った子は一人も見つからないのか？――

――僕はマレーナが好きなんだ――

――マレーナ！　なんてバカげた名前だ！　一度もクラブに行ったことがないに違いない！

――

―一度も連れて行ったことはないよ。彼女には居心地がよくないと思う―

―もちろんだ！　お父さんだって居心地が悪いだろうよ、そんな……苗字は何といった？

―

―サナブリア―

―変えた苗字ではないか？　ユダヤ人はよくキリスト教徒の名前をつけるものだ―

―違うよ。ユダヤ人じゃないってば―

―サウナだと！　そういった場所について私がどのような話を聞いているか、おまえには想像もつかんだろうな！　必ずしもみんながマッサージだけに行くのではないんだぞ！知っているか？―

―……―

―それで、どういった経緯でそこに勤めるようになったんだ？―

―ある人に推薦されたんだ―

―誰だ？―

―知らないけど、将軍だと思う―

―名付け親か何かか？―

―知らない―

―アルベルト、聞きなさい。私たちはいつもお母さんの……問題がある。おまえがそういった類の女といればひどく悲しむだろう―

―そうは思わないよ―

―何だって？―

―僕はお母さんのことを、お父さんよりもよく知ってる―

―よくもそんなことが言えるものだな！―

―……―

―息子よ、おまえはもう少し金がいるんだろう。新しい服を買って、その服を着てあのラグビーをしている少年たちと一緒にクラブに行きなさい。喜んでおまえの苗字を持とうとする若い女の子はいくらでもいる！　おまえは魅力的で賢く、申し分ない社会的地位のある青年だ。そうしたいのなら、楽しめばいい！　そのつまらない女などは忘れなさい―

―しないよ。彼女は僕を愛していて、僕も彼女を愛している。クラブの女の子たちは、見た目とお金にしか興味がないんだ―

―アルベルト、息子よ。これから言う言葉を許してくれ……、おまえはお父さんが決して悪い言葉を使わないと知っているな、だが……おまえのことが心配だ。おまえは……売春婦の手に落ちてしまったとお父さんは思うんだ―

—その言葉の意味がわからないよ—

—つまりだな……、お父さんが言いたいのは、軽々しい女ということだ。軽々しい女だ、わかるか?—

—お父さんが言いたいのは……—

—口にもするな!—

—違うよ、お父さん。マレーナは絶対にそんな女じゃない—

—何も悪いものを……うつされてはいないだろうな?—

—まさか、お父さん! 息だって臭くないのに!—

1 家柄に対する強迫観念のために、エバリストはここで自分の歴史的な知識を披露することでうぬぼれている。ホセ・デル・カサル・イ・サナブリーアは、著者によれば、パラグアイ独立時の最も裕福な牧場主で商人である。

2 アメリカ合衆国のロナルド・レーガンの息子、ロナルド・プレスコット・レーガンは、著名なジョフリー・バレエに舞踏家として加わった。

3 イライザ・リンチに与えられた軽蔑的なあだ名。アスンシオンの高級社交界に玉の輿の結婚を望もうとして現れる人間を指して使われている。

第五章

――おはよう、お父さんはいる？――

――ありがとう――

――もしもし、お父様？　事務所に電話してごめんなさい――

――ありがとう、お父様――

――ええ、相談したいことがあって――

――まさか！　心配しないで。私がアルベルトとは違うって知っているでしょう――

――それはそうよ。だってお父様、アルベルトはそういう年頃だもの！――

――いいえ、何て？――

――マレーナ？　知らないわ――

――あのね、お友達のソレダーのことを話したかっただけなの。もう彼女のことについてお話したと思うわ。貧乏だけど、誠実な子よ――

――ええ、小さい頃からのお友達よ――

あなたに直接言う勇気がないから、この手紙を書くことにしたわ。あなたがとても怒るだろうってわかってる。ベロ、わたし相手に気を悪くして欲しくないの。でも、あなたのところで一緒に住むことはできないわ。お母さんをこの家に一人残しておけない。それに、みんながわたしたちのことを話し始めたら、わたしはとても怖くなると思うわ、ベロニカ。本気で言ってるの！　どうしていいかわからないのよ、ベロ！

―ありがとう、お父様。彼女に言う前に、お父様に相談したかっただけなの―

―ありがとう―

―いいえ、お父さんは亡くなったの。一人でお母さんと住んでいるわ―

―……役所か裁判所だったかに勤めていると思うわ。いつも退職年金のことばかり話しているんだもの―

―もちろん。人ってそういうものよ―

―親族はほとんどいないの。年配のおじさんだけ。外国に住んでいるわ―

―いいえ、一度も会ったことはないわ。ほとんど訪ねてこないの。目が見えない娘さんがいるの。ソレダーはその子の名付け親なのよ―

―もちろんよ―

―いいえ、借家よ。随分貧しいけれど、誠実な人たちだわ―

―もちろん、彼女のことを助けてあげたいの！―

―ああ、素晴らしいわ！　そしたら大学で一緒に勉強を続けられるわ―

―建築学よ。ええ、二人とも。彼女は社会学をやりたかったんだけど、説得したの―

―嬉しいわ―

―じゃあ、彼女が家に来ても構わない？―

―何て？―

わたしも二人で一緒にいるのが大好きだっていうのは知っているでしょう。でもすごく恥ずかしいのよ、ベロ！　わたし、どうしちゃったかわからないの！　多分集中するのが難しいの。宿題をやっていて、あなたが教科書を声に出して読むときもそうなの。いつもぼんやりしてしまうの。あなたがわたしにとてもよくしてくれているのは知っているわ、ベロ。みんなとてもいい人たちよ。それにあなたのお父さんときたら、わたしの学資まで出してくださるんだもの！　わたしは社会学を勉強したかったけれど、彼が建築学の方が好きだっていうなら、それでいいわ。どうやって感謝していいのかわからないわ、ベロ。でも、あなたの家に一緒に住むことはできないの。

―それは……残って一人で住むでしょう―

―いいえ、家政婦はいないわ。本当のところは、お手伝いは誰もいないの―

—ええ、貧乏なの。そう言ったでしょ—

—まあ、それは彼女の問題だと思うわ—

—その通りね—

—もちろん幸運だわ！—

—それに……、思いついただけよ—

—いいえ、お父様、お父様はいつも私のそばにいてくれているわ。でも、ソレダーは姉妹みたいなものなのよ、わかる？—

—もちろんよ、血がつながっているっていう意味じゃないわ—

—ええ、思いやりでつながっているの—

—キリスト教的なつながりだわ。まさにその通りね—

—いつだったらいい？—

ベロニカ、お母さんとわたしはいつもいい仲間同士だったわ。特にお父さんが亡くなってからね。わたしが掃除や洗濯、炊事の手伝いをしているって知っているでしょう。わたしがお母さんを一人にしたら、誰がこういったことをしてくれるのかしら？　メイドは雇えないわ。お給料ではわたしたちの生活費をまかなうのがやっとなの。それとわたしがあそこでするアルバイトでね。わたしはすごく少ないお金で生活してるわ。大学ではみんな厳しいらしいわ。今はみんなが建築家やエンジニアになりたがっているんだもの。ベロ、わたしとても心配なの。お願い、わたしのことをわかって欲しいのよ。

—あたしは今日中にと考えていたわ—

—いいえ。だって近くに住んでるから—

—比較的そうね。ハンドバッグ一つで来て、後から必要なものを持ってこれるわ—

—そんな、とっても嬉しいわ！—

—その通りよ—

—実を言うと、今晩にでも来て欲しいの。本当のことを言うとね—

—待ちきれないわ、そうね—

—どうしてかわからないの—

—それに……、思いついたの。それだけよ—

—ええ、いつも彼女の家にいるわ—

—でも、違いがあるわ—

—わからないわ……、一緒に寝ればもっと仲よくなると思うの—

—そう、仲間意識。そう言いたかったの。もっと夜遅くまで勉強できるわ—

—じゃあ、どうするの？—

―いいえ、今すぐに言って欲しいの―

―お父様がよかったら、直接会いにいくわ―

―わかったわ、そのときに返事をちょうだい―

―わかってるわ、だけど今晩がいいの！―

―何が不思議なの？―

あなたのキスがいつまでたっても忘れられないわ、ベロ。わたしの口に貼りついていて、人に見られてるような気がするの……。お母さんも気がついたみたい。今日朝食のときに、わたしの唇を変な風に見ていたわ。あまり強く噛んじゃだめだわ、ベロニカ。

―お父様が私のことを喜ばせてくれないのなら、あたしは何のためによい成績を取りたいと思ってるの？―

―いやよ！　後で電話したくないわ！―

―カンニング？　誰がそんなこと言ったの！―

―頭がおかしいのよ！―

―そうよ―

―主演の女役よ―

―あたしの英語がどうかしたの？―

―月末よ―

―もちろん暗記してるわ―

―今晩がいいの！―

―頑固なのはお父様よ！―

―いやよ。謝らないわ―

―お父様の頑固！―

―どうでもいいわ。あたしは下品な言葉を言おうとしてるのよ―

―だって、とても悲しいんだもの―

―いいわ、クソったれ！　聞いてる？　クソったれ、クソったれ、クソったれ！　あたしは今晩ソレダーが家に泊まりに来て欲しいの！―

―明日じゃいやよ！　今日よ！―

―事務所に行って、お父様の秘書の前でクソったれって叫ぶわよ！―

―聞いてるわよ、ええ……―

それでね、わたしの愛しい人、これがあなたに言いたかったことなの。わたしだってあなたの家に引っ越したくてたまらないわ。あなたと一緒にいると夢中になるのよ、ベロ！　でも、お母さんを一人にしておけないの。それに、あなたに言ってるように、わたしとても恥ずかしいの！　人に知られるんじゃないかと思うと怖いの。人にわたしに関することを知られないようにするのがどれほど大変なのか、あなたには想像もつかないでしょう。特に、お母さんに知られないようにするのが。ただでさえ、わたしがマルクーゼ[1]やマリアテギ[2]とかを読んでいるのをひどく心配してるわ。あなたに貸したあのペロン[3]の本にでさえ怖がってるのよ。わたしには何も言わないでしょうけど、とても心配するってわかってるわ。わたしがアメリカンスクールの誰かと結婚するのを夢見ているの。お母さんのアイドルがアメリカで成功したパンチョおじさんだって知っているでしょう。お父さんが亡くなってから、お母さんがわたしの学費のためにどんなに自分を犠牲にしているか、あなたは知らないのよ！　だからわたしはアルバイトを始めたの。でも、お母さんは自分のためには何一つ買わないわ。全部わたしのためなの。それに、とても厳しいおじさんがいるわ。もし結婚しなかったら、殺されるわ。それに、お母さんを見捨てても殺されるわ。それにもしわたしたちのことを知ったら……、ベロニカ！　絶対に殺されるわ！

—誰に？　話を逸らさないでよ！—

—ああ、アスアガね。もちろん知ってるわ。彼が劇の演出をしてるの—

—敬語を使うなって言ったのは彼なのよ。あたしにとってはどうでもいいわ—

—あたしに何がわかるっていうの？—

―まあ、そんなのあたしにとってはどうでもいいのよ、お父様―

―誰もどんな単語も教えてくれなかったわ！―

―思想？―

―演劇作品よ、それだけ！―

―いいえ。スペイン語は一言もないわ―

―彼が自ら練習を指導しているの―

―トト―

―あたしが好きなように呼ぶわ！―

―いいえ、あたしはおちびちゃんでもハニーでもないわ―

―お父様には会いたくないわ！―

―いやよ！　お父様を昼食には待たないわ！　お父様が決心するまでは、ソレダーと昼食をとるわ！　お父様が決心するまでは、家へ戻らないんだから！―

―今にわかるわよ―

―お父様の事務所に行くつもりはないわ。今返事が欲しいの―

―その返事じゃないわ―

―不健康って？―

それじゃあベロ、もうこの手紙を終わりにするわ。家であなたと会う前に、ベルタにこの手紙を託したいから。親愛なるベロ、本当にごめんなさい。でも、お母さんを見捨てられないの。口実だと思わないで。ベロ、わたしたちのやっていることをとても恥ずかしく思うのも、あなたがこんなにも優しくしてくれるのが好きなのも本当なの。でも、他の人のことが怖いの。もし、知られでもしたら……、わたし……自殺すると思うわ。本気よ、ベロニカ。

―ありがとう、パパ―

―私もお父様のことが大好きよ―

―ええ、とても喜ぶわ！―

―じゃあね―

愛しいあなた、だからこの手紙を書き終えたいの。もう六時で、六時半には荷物を持ってあなたの家にいるって約束したから。おまけにこの手紙を燃やさなきゃいけないの、ベロ。お母さんに焦げた紙の匂いを嗅ぎつかれたくないわ。あなたがこの手紙を読むことはないと、そしてわたしがこの手紙を書いたとあなたに話すことはないとわかってるわ。わかってるのに、この手紙にサインをするの。もう右手にマッチの箱を持っているのに。大好きよ、ベロ。わたしはこれで幸せなのよ、ベロ。

1　ヘルベルト・マルクーゼ（一八九八〜一九七九）、マルクス主義的な哲学者。アメリカの市民権を得たが、ドイツで生まれ育った。

2　ホセ・カルロス・マリアテギ（一八九五〜一九三〇）、ペルーのマルクス主義的な理論家。マルクスの理論にペルーの社会経済学的な現実を付け加えた。

3　ファン・ペロン（一八九五〜一九七四）、アルゼンチンのカウディーリョ的政治家。ポピュリズムの傾向があった。

第六章

グメルシンド・ラライン准将は、個人的にエバリスト・サリアー＝キロガを玄関まで迎えに行った。彼がゆっくりと黒塗りのロールス・ロイスから降りて、車寄せの石段をこちらの方へと上がって来るのを邸宅の扉から見た。すらりとした紳士は疲れて緊張した様子で、その平静な青白い顔の下にいくらかの心配を隠していた。ララインはいつものように優しく彼の肩を叩いた。エバリスト氏は将軍のグラン・マルニエの酒気に触れ顔を軽く逸らした。

―やあ、准将殿……、こんな時間にお邪魔する失礼をお許しいただきたい―

―友人とはそのためにいるのです。書斎でお話ししましょうか?―

紳士はわずかに頷いた。太った男は陶器でも触るかのように彼の腕をそっと取り、彼らは家に入った。金縁の鏡やトレドのタペストリーがいたるところにかけられた広い玄関を横切り、印象派のリンゴとカボチャの絵画や大理石のナポレオンと聖母マリアの像、鹿皮の表紙のブリタニカ百科事典で飾られた薄暗い応接間で座った。

ラライン は呼び鈴を鳴らした。すぐに皮肉な細い口髭の下で卑屈な笑みを浮かべた、骸骨のような老人の執事が現れた。

―飲み物は何にされますか、先生?―　ララインが聞いた。

―さて……―　サリアー＝キロガは神経質な笑いを漏らした。―准将殿、あなたを驚かせてしまうことになりそうです。何か強いのが要りそうなのです―

―構いませんとも!　ご一緒しましょう。何がよろしいですか?―

―ラム酒を―

―コカ・コーラ割にしますか?―

―准将殿は、あの〝クバ・リブレ〟とかいう恐ろしいカクテルのことを仰っているのですかな?―

ララインは困惑して、咳払いをした。

―……そんな呼び方がされているようです―

―いや、結構だ。それよりもストレートで、少しだけ氷を入れてください。レモンを数滴垂らしていただけるとありがたい―

―それはいいですね。わかったか?― ララインは執事に言った。執事は慎み深く礼をした。―私にはウイスキーのソーダ水割りを頼む。氷をたくさん入れて。いや、やっぱり氷は別に持って来てくれ―

執事はダマスク織りの絨毯の上をネコ科の動物のように足を引きずりながら引き下がった。ララインは立ち上がってゴールドラッカー塗りのコンソールテーブルの方に向かうと、トパーズで象眼細工された銀製のシガーケースを取り出した。蓋を開けた。金属的な音楽が鳴った。それを友人に見せた。

―ありがとうございます、タバコは吸わないのです― サリアー=キロガは礼儀正しく断った。

―お吸いにならないことは存じていますよ、先生。音楽を聴いていただきたくてお見せしたのです。聞こえますか? このシガーケースを開けるとララ[1]の曲が鳴るのです。日本人ときたら！　発明できないものなどなさそうじゃありませんか？―

―そうですな―　紳士は小さな声で答えて、白鳥の羽毛が敷かれたソファーで居心地が悪そうに体を動かした。

―何ですと？―　将軍は唸り、グーテンベルグ聖書が眠るガラスケースの方へモンテクリスト葉巻の先端を吐き捨てた。返事は聞こえなかった。彼はポケットからプラチナ製のカルティエのライターを取りだすと、葉巻に火をつけて濃い煙を吐き出した。

―日本人とは恐ろしいですな。なぜ戦争に負けたのか、私にはわかりませんよ！―

彼はサリアー＝キロガの横に座った。しばらくその様子を伺った。

―先生、戦争についてはどのようにお考えですか？―

―何がですか？―

―世界大戦です―

―おやおや！　話が大きいですな。そう思われませんか？―

―ヒトラーについて、どうお考えですか？―

―ヒトラー！―

―気違いだったと思われますか？―

―いくらかやり過ぎがあったのには疑いの余地はありません―

―要するに頭がおかしかったとお考えですね―

―おそらくは―

―だが、あなたはユダヤ人を毛嫌いしているじゃありませんか―

―それは―　サリアー＝キロガは微笑んだ。　―正確な言葉ではないかもしれません。彼らと出くわすことに対して好い思いをしないというだけです―

―あなたは死体焼却炉やその他諸々に反対されているんですな―

―もちろんですとも―

―これは驚いた！―

―なぜですか？―　貴族は驚いて彼を見た。

―ときどきあなたを理解しかねますよ、親愛なる先生。まあ、結局のところ―　彼は溜め息をついた。　―我々は民主主義に生きているのですよね？―

サリアー＝キロガは少し混乱した様子で、再び微笑んだ。執事が盆を持って戻って来た。

―机の上に置いておけ―　ララインは言った。　―自分で注ぐから―　弁護士は白のスモーキングジャケット姿の謎めいた老人の静かな足取りを不思議そうに改めて眺めた。

―どうかされましたか？―

―いや、いや……―　サリアー＝キロガは頭を振った。　―あの男の歩き方が気になったもので……足音がほとんど聞こえないではありませんか―

―あの爺さんのことですか？　哀れな男だ！　ドイツからやってきたのは最後の……。何年も前からうちにいます。妻は彼に我慢できませんでした。彼は孕んだ猫で実験をするのが好きなのです。彼の生み出す猫と言ったら、一方の眼は青くもう一方の眼は黒いのです！　哀れな爺さんは科学が好きなのです。だが、ご覧のようにまだ達者です。我々二人よりも長生きするでしょう……―

　サリアー＝キロガは眉をひそめた。

―……亡き妻と私よりも、ということですよ―　ララインは付け加えた。二人分の酒を用意した。サリアー＝キロガは疲れた様子で溜め息をついた。

―そして私よりもですよ、准将。不思議に思わないでください。私が心臓病持ちなのはご存じの通りです。今日はまさにそのことをお話ししたかったのです―

―お聞きしましょう―　ジョニーウォーカーのグラスを片手に持ったララインは、葉巻を神経質に噛みながら、ソファーに座り直した。

―おわかりでしょう。私の遺言状のことです―

　ララインは電気に打たれたかのように椅子から飛び上がった。

―……私の心配事は増えるばかりです。今日の午後もあまり愉快とは言えない話を息子のアルベルトとしました。覚えておられますか？　お話ししたと思います―

太った男は無言で瞬きもせずに頷いた。

―とにかく……、なんというか安易な関係を持ってしまったようなのです。そのお嬢さんはたった十八歳だそうですが、もちろん嘘をついたかもしれません。とても純真でロマンチックな子です。子供の頃は非常にお母さんっ子だったので、妻の病気が随分と応えたのではないかと恐れています。しかし、いつも従順な子でした。もちろん、年相応の反抗期はありましたが、決して深刻な不安を抱かせはしませんでした。ところが、今日の午後はどことなく緊張していました。その女と結婚したいと言いましたのです―

―なんてこった！―

―もちろん、相手にしませんでした。これも父が孫を過保護にしているからです―

―至聖の人だ―

―父のことをご存じですか？―

―国の誇りです―

―いや、私がお聞きしているのは実際に面識がおありかと言うことです―

―ありません―

―とにかく、私生活でもそうなんです。チャコ戦争後は、ゼラニウム栽培しかしていません。ゼラニウムを栽培して、私の娘と詩について話しているのです。年金すら受け取らんのです。理屈に適っていると思われますか？―

―世界の聖遺物にして栄光ですな―

―いずれにせよ……幸いにしてアルベルトは何にも……感染していません。あいつら道端の若い女たちときたら、見境なく関係を持つのに加えて、個人の衛生管理もなっていませんからね。しかし、私が心配なのはアルベルトが悪習に手を染めることです。その女についてもっと知りたいのです―

―すぐに爪を剝ぎ取ってやりましょうとも！―

―アルベルトは、彼女の名がマレーナ……か何かだとしか言ってくれませんでした。その名前をお聞きになったことは？―

―ええ……ときどき―

―新しい名前に違いありません。私は知りませんでした。まあいい。その女が名前や年齢……すべてにおいて息子を騙したに決まっています。まあいい。そのことに関しては私の方で何とかします。重要なのは、息子の自由奔放な性向にお気づきいただくことです。それ以外は瑣末なことです―

―わかりました―

―もう一人は娘のベロニカです。アルベルトより一つ年下です―

―もうよい年頃ですね。とても可愛らしいお嬢さんだ―

―ええ、彼女には文句はありません。成熟していて責任感もあります。あの街頭デモに巻き込まれて悪い影響を受けたのは、ご存じでしょう。ですがいい子で、いつも、一番の成績を取っています。あまり家で時間を過ごしませんが、学校のクラスメートを家へ連れて来て一緒に住むので、これからはもっと家にいることになると思います。その子はソレダーという名前です。多少貧しいが、高潔な家の出です。私が理解している限りでは、二人とも建築学を勉強しようと考えています―

―もう高校を卒業されましたか？―

―はい、今年に―

―そして、息子さんは？―

―息子もです、アメリカンスクールを―

―それで、息子さんはどうされるんですか？―

―それは今思えば、尋ねませんでした！　結婚するという分別のない考えのことしか話さなかったのです……。あのろくでもない女に錯乱されてしまったのです―

―何とまあ困った息子さんだ！―

―全くですよ……―　サリアー＝キロガは少しラム酒を啜った。

―とにかく、先生……―　ラインは葉巻を押し潰しながら、どこか落ち着かない様子で尋ねた。　―私に何がお手伝いできますかね？―

―仰る通りです。すみません、あまり具体的でなくて。初めに申し上げた通り、遺言状のことなのです―

―ですが、そんなことを考えるにはあまりにもお若いじゃないですか！―

―そんなことはありません。もはや二十歳のときのような活力を感じないのです……、私の健康診断の結果は今に至るまでさほど心配するようなものではありませんが、心臓とはどのようなものかはご存じでしょう……。それに、私は用意周到でいるのが好きなのです―

―用意周到な人は二人分の価値があります―

―それで、お許しいただけるのならば、その件についてお話しがしたいのです―

―信頼してくださってありがとうございます、先生―

―ええ、妻の病状は日増しに悪化していて、一人で身の周りの用を足すことができるようになる望みはありません。そこで、私は財産を二人の子供たちに等分に残す手はずを整えました。もちろん、遺言執行人が妻のためにそれなりの額を管理することになります―

―とても慎重だと思います。だが、子供さんたち未成年ではありませんか？―

—その通りです。ですから私は彼らの面倒やキリスト教教育、道徳教育、遺産管理などのすべてに気を配る後見人を任命させていただくことにしたのです。後見人はその善意に対して遺産の十パーセントを受け取ることになります—

—十パーセントとは随分と多いですね—

—公正な金額だと思います—

—では……誰かをお考えになっているのですか？—

—はい、准将殿。私の勝手をお許し願いたいのですが、あなたをと考えています—

—先生！—

—ラインさん、お願いします—

—それは大変な責任だ！—

—どうかお願いします—

—困りますよ、先生……私があなたの頼みごとを断れないのはご存じでしょうが、これは大問題だ！　子供さんたちに、奥さんのことなんですから！—

—低い可能性ですよ、ラインさん。アルベルトは十八歳でベロニカは十七歳だ。もうすぐ成年になります……。私も明日死ぬつもりはありません—

—仰る通りです、先生—

—では、お請けくださいますか？—

—私には少し……難しいことですが、条件を一つ付けさせてもらえますか？—

—何なりと—

—……その十パーセントは受け取ることができません、先生。もし何か起きた場合は、あなたのお子さんたちは私の子供も同然となるのですから—

—ありがとう、ララインさん。あなたを頼りにできるとわかっていました—

太った男はブラックラベルの入ったグラスを掲げた。

—長寿に乾杯！—　彼は叫んだ。

1　「ララのテーマ」はボリス・パステルナークの小説を原作とした、映画『ドクトル・ジバゴ』（一九六五）のテーマソング。

第七章

――奥様、何とお礼を申し上げたらいいのかわかりません！――

――簡単よ。あたしを奥様と呼ばなけりゃ済む話よ――

――では、どうお呼びすればいいのですか？――

――イライザよ――

――何と仰いましたか？　こっちは電話の雑音が多いんです――

――イ・ラ・イ・ザ――

――イライザ――

――その通りよ――

――……それと、お話ししなければならないことがあるのです――

――で、どうしたの？――

――だって……お怒りになってしまうかも――

――さあマレーナ、あたしが時計を手に生きてるってわかってるでしょう！　だからさっさと話して！—

—実は……、私はアルベルトと結婚する確信がないのです—

—それはあんたたちの問題でしょう—

—だって、英語を教えてくださるあなたはアルベルトの友達で……—

—あたしは友情の義理で物事をやらないの。恩を売るのも受けるのも嫌いよ—

—でも、アルベルトはアスアガ先生に頼んで、あなたが……—

—ねえ、あんたがアルベルトと結婚しようがしまいが、あたしはどうでもいいんだから。今は英語を教えるだけの時間があるし、そうしたいの。時間がなくなったり、教えたくなくなったら、そのときは伝えるわ。この機会によく勉強しなさい、マレーナ。それ以外のことは忘れなさい—

—じゃあ、わたしがアルベルトと別れても怒りませんか？—

—全くもう、疲れたわ《ゴッシュ・ダムン・アイム・オール・イン》！—

—イライザ、何かお気に障るようなことを言いましたか？　それは英語ですか？—

—違うわよ。ラテン語。英語だと、不可能だから確かなのだ《セルトゥム・エスト・キア・インポッシブル・エスト》と言って、スペイン語では何てクソ面倒なのって言うの—

—それもわかりません、奥様—

―構わないわ、マレーナ。そこにノートはある？―

―あなたはなんて変わった方なんでしょう、奥様、いえ、イライザ！―

―……―

―それに、あなたは……アスアガ先生と結婚しようとお考えにならないんですか？―

―……―

―そこにいるの、イライザ？―

―ええ―

―あなたはなんてお綺麗なんでしょう、イライザ……。あなたは緑色の瞳をしていて色が黒いって、アルベルトが言っていたわ―

―あなたが気にすることじゃないわ、マレーナ―

―あなたは前にもう結婚されていたんでしょう？―

―ええ―

―だって眼の見えない女の子がいるんですから……アルベルトが言っていました―

―……―

―それで、どうやってですか？―

―全く、どうやって子供が生まれるか知らないの？―

―アスアガ先生がその子のお父さんですか？―
―いいえ。そこにノートはあるの？―
―誰ですか？―
―あなたの知らない人よ。なんで知りたいの？―
―どうしてその子のお父さんと結婚しなかったのですか、イライザ？―
―ええ、結婚したわよ。あたしはその子の父親と結婚してるわ―
―その人のことが好きですか？―
―ええ、大好きよ―
―アスアガ先生のことよりも好きですか？―
―トトは友達で、ギュンターは夫よ。話が別だわ―
―旦那様のお名前は、イライザ？―
―ギュンターよ―
―それじゃあ、女の子の名前は？―
―ちょっと、随分個人的な質問だと思わない？―
―イライザ、その子の名前は？―
―全く《シット》！―

―それが名前ですか？―

―違うわよ―

―……―

―聞こえないわ、マレーナ。もっと大きな声で話して―

―ギュンターさんはもう別の人と結婚されていたんですか？―

―いい加減にしてよ、マレーナ！　質問は終わり！　そこにノートはある？―

―あります―

―買わなければならない本と辞書、それにあたしのアパートの住所を書きなさい―

―イライザ、最後にもう一つ質問してもいいですか？―

―いいわ。最後よ―

―最初の旦那様は亡くなったの？―

―どうしてあたしに最初の夫がいたって知ってるの？―

―……―

―もしもし？―

―……知らないわ、イライザ。あなたが言ったじゃないですか……。彼は亡くなったの？パイロットだったの？―

―どうしてパイロットじゃなきゃいけないのよ？―

―パイロットはあんなにたくさん死ぬじゃないですか。マルビーナス戦争の同志たち[1]みたいに―

―……―

―パイロットは早く天に昇るってお母さんに言われたわ―

―天国は存在しないわ―

―あなたは無神論者なの、イライザ？―

―……―

―何も信じていないの？―

―もちろん信じてるわよ。多くのことをね―

―あなたは……共産主義者じゃありませんよね？―

―ああ神様！　マレーナ、ノートを開けて、もう困らせないで！―

―はい、奥様―

―何を笑ってるの？―

―……信じているじゃないですか。神様、って仰いましたよ―

ブレヒトは型にはまった状況は予期しない結果を通じて変化しうると教えた。たとえば、書斎でタバコを吸い、書類を調べ、遺言状を書いているサリアー＝キロガよりも型にはまったものはあるだろうか……？　読者は彼がもうすぐラインとチェスを一局やりにでかけるだろうと予想することができる。さらに、ウナムーノを真似た[2]ピランデルロ[3]の喜劇のように突然反抗し、私にその凡庸さや一次元性を非難しても、大した驚きはないだろう。その状況はデジャヴュの匂いがするだろう。しかし、そうはいかない。サリアー＝キロガは突然、何かが焦げる臭いを嗅ぎつける！　彼は注意深く匂いを嗅ぐ。いや、台所からではない、ガレージからでもない……。この焦げる臭いはどこから来ているんだ？　上の部屋で何かが燃えている！　彼の妻だ！　また魔女の集会か？　走り、大股に階段を登り、内側から閉められた寝室のドアを叫びながら叩く。

この劇的な状況は、カミュがアラブ人を殺害する[4]ように、無限の可能性を開く。最も明白な可能性は、家の中で出火し、恐ろしい何かが起こる、それに少しの煙という兆候しかないというものだ！　そして今、ドアは激しい音を立て、サリアー＝キロガのひりつく目の前には煙の充満した寝室がある。彼の妻は話すだろうか？　透けたネグリジェに身を包み、死んでいるだろうか？　彼に手紙を残しただろうか？

『アマディス・デ・ガウラ』[5]は長いあくびのようなモノローグを延々と続くが、『ドン・キホーテ』は聖母マリアの処女性とフェリペ二世の異端審問に対する猛烈な高笑いである。煙をはらいながらベッドに近寄るサリアー＝キロガの恐怖には、俗物的ではない何かがある。手探りで女の体を触り、揺さぶり、怯える！　その目のパニックがすべての現実だ。

　妻の心臓に突き刺さった残酷なそのナイフの柄を握るサリアー＝キロガの震える手や、いまだ暖かく脈打つその柄は、「暖かく」や「脈打つ」という言葉ほど重要ではない。詩人が今宵は最も悲しい詩が書けることは、[6]詩人が今宵は最も悲しい詩が書けるということほど重要ではない。重要なのは、殺人犯がその部屋の中にいるということだ！　重要なのは、この吐き気を催す黒い煙の中に、猫のような瞳が待ち伏せしていてサリアー＝キロガを見定め、つけ狙い、迫っているということだ……。

　サリアー＝キロガの目は今や読者の目であり、耳は読者の耳であり、彼が嗅ぐ臭いは読者が嗅ぐ臭いであり、ヘミングウェイの限界状況[7]におけるように、煙はより煙であり、危険はより際立ったものであり、キスは瑞々しい桃のようである。サリアー＝キロガの苦悩に満ち煙に曇った目はかつてないほど命の瀬戸際の近くにあり、彼はベッドで震え、燃える分厚いカーテンの向こうの断末魔の光をぼんやりと眺め、血の塊の中で殺人犯の汗と息を嗅ぎ取る登場人物である。彼の方へと進むそのカルダンの緑色の大きなチェック柄、そして黒い手の中のもう一本の短剣……。今日が今日ではなくあなたが読んでいる日であり、私がまだこの章を書き終えていない日であればいいという無駄な希望以外の希望もなく、死の淵で震えているその登場人物の青白さ……。

本日早朝に起きた、生前はコリエンテス地方最高裁判所長官で同州農牧業協会元会頭であったエバリスト・サリアー＝キロガ氏とその夫人の悲劇的な死は、市民の胸に深い悲しみをもたらした。著名な故人は、我々の社会で最も知られた名家の中の一家の子孫で、高名な大佐のアレハンドリーノ・サリアー＝キロガ氏の息子であった。大佐はパラグアイ領チャコの防衛において、兄弟国でのラッパが英雄たちを招集するために吹かれた[8]ときの、不朽の英雄である。若くして殺された故人は、多数の慈善団体やスポーツ連盟を取り仕切るに至った。その取り返しのつかない死は、博識な法学者、公正な論説委員、そして一家のよき父親であった故人に光栄にも寄稿していただいた本紙のページを辛い悲しみに沈めている。本紙の日曜日版の特集も、同氏の優雅な文体と威信のある署名、慎み深い意見なくしては、もはや同じではないだろう。現金紙幣の売買送金金貨海外でのあらゆるサービス今日の相場ドル小切手ドイツマルクウルグアイペソクルセイログアラニーイギリスポンドフランスフランスイスフランペセタリラ円ペルーソル裁判十時に私の事務所で高等地方裁判所第一審第二当番民事判事の命で公認競売事務所に乗用車のベース価格なしの公開競売を行う競売条件は落札と同時に売買価格の十パーセント相当の手付金の即金払い込み、および競売人手数料四パーセントを落札者負担とする当該乗用車は会社の工場にて希望者の閲覧が可能である。この写真では、コリエンテスの建築物の誇りである堅牢な造りのサリアー＝キロガ家邸宅に火事がもたらした被害を見ることができる。本紙の写真班記者は、職業柄の勇気と撮影技術を振るい、日本製の望遠カメラを使って、火事のセンセーショナルな写真を取ることができた。この火事は今日に至るまで世論を揺さぶり続け、刺殺された被害者たちがその有名な愛国的な装いで評判を呼んでいた北東部[9]当番薬局聖霊のご加護に感謝容姿のよい夫婦の住込み管理人求職事務管理税理民事商事強制退去離婚会社解散債務取立て遺産相続裁判外の問題処理債権者会議招集破産宣告工事の落成届司法測量作業の回状発信等の相談ドライクリーニングスチームアイロン掛け清掃ホームサービス上水下水用備品一切浴室トイレ用タイルその他各種備品一切太らないためのあらゆる方法はスローガン毎日作るお茶のための全粒粉パンクリームクロワッサン甘いミルクパンココナッツプディング一連の素晴らしい美味しさ良質の小麦粉やヨーロッパ製原料を使った最高級品質の甘いパン戒厳令期限再延長の布告。読者に詳細な情報を伝えるために、火災が起きてからすぐに現場に駆け付けたロベルト・アマドール・スマヤ捜査官の話を聞いた。高官は新聞、ラジオ、テレビに対するいつもの丁重な態度で、警察当局の情報によれば死因に疑問の余地はないということを明らかにした。捜査官は、周知の通りサリアー夫人は随分前から精神障害を患っており、そのため重症の情緒危機に陥り、昨夜夫と寝室に閉じこもって彼を刺殺してから同じ手段で自殺したが、事前に部屋に放火し、フィレンツェ風豪邸の左棟を焼き、最近できた消防隊のタイミングのよい働きがなければおそらく全焼の大惨事に至ったであろう火事を引き起こしたのだと説明した。

―お嬢さん、遺体確認に立ち会っていただかなければなりません。この度は本当にご愁傷様でした―　ロベルト・アマドール・スマヤ捜査官が言った。

―大丈夫です―　ベロニカは涙をこぼさずに言った。彼女はもっと後にソレダーと部屋に閉じこもるまで泣かないことになる。

―唯一申し訳ないことなのですが、これらの貴重な家具類を歩道に集めておかなければならないことです。火事場泥棒がいくらでもいますからね―

―構いません、捜査官―

―何と言われましたか？―

―すべてあたしが何とかします。これからはすべてあたしに任せられていますから―

ソレダーはベロニカの手が自分の手を、爪が食い込むほどに荒々しい甘さで掴むのを感じ、くぐもった呻き声を漏らした。

1 フォークランド（マルビーナス）紛争のアルゼンチン空軍の死んだパイロットに対する言及。

2 作中の人物が著者に対して反抗をする技術は、ウナムーノによって小説『霧』（一九一四）で用いられた。主人公のアウグスト・ペレスは小説家に自分の苦しい状況に対して反抗するために話しかける。その後に、ピランデルロは似た技術を『作者を探す六人の登場人物』（一九二一）で用いている。著者の小説で仄めかされているフレーズにもかかわらず、ピランデルロがウナムーノに意図的に対処したという証拠を見つけることができなかった。実際には、ウナムーノは「ピランデルロと私」という一九二三年の記事の中で、ピランデルロの独自性を称賛し、それぞれの類似点は独自の創造的な努力によるものだとしている。

3 ルイジ・ピランデルロ（一八六七〜一九三六）、イタリアの文学者。一九三四年にノーベル文学賞受賞。

4 アルベール・カミュの『異邦人』（一九四二）で、主人公は一人のアラブ人を殺し、その罪によって逮捕される。

5 『アマディス・デ・ガウラ』（十三世紀の終わり、著者は不明）は、騎士道物語の原型となった小説。

6 パブロ・ネルーダの『二〇の愛の詩と一つの絶望の歌』（一九二四）からの引用。

7 ヘミングウェイは三つの危険な状況に魅了されていた——兵士たち、闘牛、大動物を狩ることであり、それらはカール・ヤスパースとマルティン・ハイデガーが「限界状況」と名付けたものである。それらを彼は小説中の言説に、知性が不毛な領域というだけでなく、体の生きた支配があるとして据えた。

8 チャコ戦争でのパラグアイの大義は、パラグアイの定住者や他のコリエンテス州や国境地帯の人間と、アルゼンチンの志願兵たちによって支持された。

9 コリエンテス州は、アルゼンチンの北東にある。

第八章

――さて！――毛むくじゃらな太い腕を豪華な書きもの机の上に置いて、ララインは鼻息を荒くした。――お父さんはきみたちにまっとうな道を歩ませるという条件で、すべてを私にお任せになった。したがって、きみは、これからは私と一緒にまっすぐ歩かなければならんのだ、わかったか？――

派手な黒檀の机の向かい側に無言で座っているアルベルトは、その下品な膨れた腹や淀んだ分厚い皮膚を、豚のようにずんぐりとした首を、粗野で卑劣な鼻を、変に愛想のいい道化師のような仕草を、水ぶくれができた放埓な口角がウサギのようにおののいている臭くて狂気を浮かべた口を、そして愚かさと醜さ、残忍さ、好色さ、強欲さが悪臭を放ち、涎を垂らしているあの非人間的で残虐な引きつり笑いの中で、内臓を取り出されて浮かぶネズミや血の混ざった大便で詰まった悪臭のする下水道や片隅に追いやられた屍肉食らいの墓のように倒錯して辛辣な吐き気を催す臭いを放つ顔面を観察した。彼はその汚らしい両生類の脂ぎった二重顎を、破れた疥癬を、膿んだ土気色の膿疱を、引っかかれて膿が出ている瘡蓋をじっと見つめた。彼はうじの湧いたアザラシの虫歯になった牙を、賭博場のハゲタカの鉤爪を、軽騎兵やバイキング船、砲手や殺し屋の淋病を、書類上だけの准将を、肩書きのない奴隷傭兵を思い浮かべた。彼はその淫奔で姦通のぼろ着の中の臆病で男色家の口髭を、売春宿の涎を垂らしたハンセン病患者の紫色でゆるんだ唇を、畜殺所の好色家の淫蕩で貪欲な荒い息遣いを、近視で静脈の浮いたくぼんだ瞳を、粘液を出す残酷な瞼を、眼差しにこもった動物性の憎悪を、その老いぼれの淫乱な老眼を、老衰して涙の滲んだ炭泥棒を忌み嫌った。

—どうやらきみは私の言うことを聞いていないようだな。今は私がきみの後見人だということを理解していないようだ—

第九章

—アルベルトは後見人という言葉を嫌っていたわ— イライザ[1]は私に言う。彼女はセビーチェをもう一皿注文していたが、エルバ・マシーアスのサラダにときどき自分のフォークを突っ込んでいた。――その言葉を嫌っていたのは、父親が当時農園に住んでいて、マルセリン神父の後見のもと学校に寄宿生として預けられていたからなの。その夜、葬儀の後で彼がソレダーにこのことを話したときは、あたしもそこにいたわ。もう、彼女のことをマレーナと呼んでなかった――

だから、マルセリン神父を殺したんだ。本当だよ、ソレダー。僕たち学校の寄宿生はいつも悲しかった。日曜日にしか外出しなかったんだ。親戚が迎えに来てくれて、動物園や劇場に連れて行ってもらえるやつらもいた。僕は、ベルタが迎えに来て、教会のミサへ連れて行かれ、お父さんに無線で成績のことを話すだけだった。

僕たちはみんな一緒に、ベッドが二十台あるとても大きな部屋で寝ていた。ベッドは古い鉄製で、バネがかなり弱っていた。浴室が一つしかなかったから、かなり早起きしなくちゃいけなかったんだ。

僕たち寄宿生の半数がそこにいたのは、僕たちを閉じ込めて食事を与えるようにと親がお金を払っていたからだ。それ以外の寄宿生は、神父たちに自分も神父になりたいと言ったから、お金を払っていなかったんだ。でも僕たちはみんなで一緒に遊んだ。

授業のあと、僕たち寄宿生は食事をしに上がり、寄宿生でない生徒たちは家に帰った。食堂もとても大きな部屋で、冬は随分寒かった。鉄製のベッドの代わりに長い木製のテーブルが二つあった。そのうちの一つでは神父たちが食事をしていた。もう一つでは僕たち寄宿生が食事をしていて、マルセリン神父が上座に座って、骨や丸めたパンくずが宙を飛ばないか見張っていたんだ。マルセリン神父は僕たちの監視員であり、僕たちが悪い言葉を使うのを許さず、すげえ《カランバ》という言葉すらだめだった。何てことだ《レコルチョリス》と言わなきゃいけなかった。言うことを聞かなかったら、宿題ができないほど手の指をねじ曲げられたり、ほっぺたをつねられた。次の日に親や親戚が来たときに赤くなっていないように、土曜日はほっぺたをつねられなかった。

マルセリン神父はお金を払っていない寄宿生にはさらに厳しかった。神父になりたいなら、そいつらに聖人の苦行を積むことを教えてやらなくちゃいけないと言っていたんだ。靴に小石を入れ、煮えたぎるやかんを悪魔の手の左手で取り上げてマテ茶を淹れるようにと命じた。お祈りをするためにそいつらを朝早く起こした。

ときどき、自分の部屋に一人の寄宿生と何時間も閉じこもっていた。寄宿生は泣きながら出てきたけれど、絶対に何をしていたのかは話してくれなかった。僕はマルセリン神父の部屋には何があるのかとても知りたかったんだ。

ある日、マルセリン神父に告解したいって言った。彼はとても喜んで、部屋に僕を連れて行った。彼はドアに鍵をかけて、僕たちは二人きりになった。その部屋はマルセリン神父みたいに細長くて、猫の小便の臭いがした。ベッドが一つ、黄ばんだ蚊帳、机と椅子があるだけだった。机の上には本と十字架にかけられたキリスト像があった。痛悔の祈りは求められなかった。僕たち二人は壁にもたれてベッドに座って、彼は僕のお父さんとお母さんについてたくさん質問した。僕たちは話した。その後彼はマットレスから取り出したアルバムを見せてくれた。何枚かの写真は古くて黄色くなっていた。写真の中のマルセリン神父はもっと若くて、フランス・バスク地方で両親や兄弟と写っていた。それに、司祭として叙階された日の写真も見せてくれた。自分の人生で最も幸せな日だったと言ったけれど、写真の中では無愛想だった。その後に、ページを一枚めくって、僕はぞっとした！　そこには螺旋階段《らせんかいだん》に座って、初めて笑っている、司祭服も何もかもそっくりな二人のマルセリン神父がいたんだ！　双子の兄弟で、おかげさまで私と同様に司祭になったのですよ、って。

マルセリン神父は僕の太腿を熱い手で撫でると、驚くことはありませんって言った。彼は

僕は溜め息をついて、神父の熱い手を内股に感じた。トイレに行きたいのでもう行かなくてはと言ったけれど、それは本当じゃなかった。すると神父はアルバムをマットレスの下にしまうと、ドアの鍵を開けた。僕は走ると、トイレに閉じこもって泣いた。

次の日、僕たちは空き地に行った。

学校から半ブロックの場所に大きな空き地があって、よからぬ考えを抱かないようにと僕たちはそこに行かされて、体操やサッカーをやっていた。僕たちは列になって行っていた。先頭は貧しい寄宿生たちの中で一番年長で、信心に凝り固まっていたやつだったが、呼び笛とボールを持って行っていた。そいつは僕たちのことを散々酷評した挙句、プレーするためのチーム表を配った。各チームは六人で、みんなが同時にプレーできないから交替制だった。でも、そいつのお気に入りの生徒たちは試合の間じゅうずっとプレーしていた。プレーしていない間は、芝生がないから埃塗れになる試合を見ているか、近くを散歩することができた。通りを渡るのは禁じられていた。

僕は空き地の歩道を歩くのが好きだった。片側の脇には、いつもドアが閉まっていて、お化け《ポーラ》たちでいっぱいだという家があった。でも、年長の寄宿生たちはいつも悪いことをしにそこに入っていたのに、一度もお化けに見つけられなかった。その反対側には、一人のおばあさんがキャンディーや炭酸飲料を売っている木造の小さな家があった。揚げ菓子も売っていたけれど、僕は一度も買わなかった。生地を足で踏んで練っているから、後でお腹が痛くなるとベルタが言っていたからだ。僕はいつもそのおばあさんと話をした。とてもいい人で、一人息子に死なれたから一人だった。たまに、有名なサッカー選手のフィギュア人形つきのミルクキャンディーをくれた。おばあさんはもう歯がほとんどなくて、話すときは変な音を立てていた。いろんなことを話してくれた。奥に自分の家を持っていた。

ある日の午後、衣装ダンスから美人コンテストで優勝したときに舞踏会で初めて着た、糊のきいた古いドレスを持ってきてくれた。幸運をもたらしてくれたドレスだからと言って、僕の恋人に贈りたがった。僕は寄宿生だから恋人はいないって説明した。おばあさんはこんな風に頭を動かして、一番の恋人は寄宿生と船乗り、それに寂しい男性なのだと言った。だから僕は、恋人ができたときにはそのドレスをもらいに行くと約束した。おばあさんは、ドレスをナフタリンとハッカとディルと一緒に畳んで、大切にしまっておくと約束してくれた。

おばあさんはあらゆる病気を治して奇跡を起こす薬草も売っていた。僕は一度びっくりした。毒蛇がたくさん入った大きなガラス瓶を見せられたからだ。こいつらは猛烈な毒蛇だけど、あまりにも話しかけるから飼い慣らされているんだって言った。その毒からたくさんの良薬を作っていた。だから僕は、その蛇を一匹貰えないかって頼んだ。おばあさんは蛇を小さな瓶に入れて僕にくれて、よく注意するようにって言った。僕はこの蛇が幸運をもたらしてくれるように、ベッドの下に大事にしまっておくって約束した。

幾晩もの間、僕はベッドから起き上がってはトイレに行った。聖務日課書を手に廊下を歩くマルセリン神父に、どうして寝る前におしっこをしないのか聞かれた。僕は、未熟なグアバを食べて下痢気味なんだと言っていた。神父は僕が夜に起きるのを見慣れるまでになって、もう気にかけなくなった。僕はいつも蛇の入った小瓶をパジャマのポケットに入れて起き上がっていたんだ。

ある晩とうとう、トイレから戻ってきたときに、僕はマルセリン神父の部屋のドアが開いているのを見つけた。中には誰もいなかった。急いで部屋に入って、シーツの下に毒蛇を放した。それから、僕は寝に行った。

次の日、マルセリン神父は僕たちと朝ご飯を食べなかった。起きたときに少々体調が悪かったって神父たちは説明した。僕たちは何も言わなかったけれど、死んでしまえばいいのにってみんな思っていた。

日曜日だったから、正午にベルタが迎えに来た。映画館に『ロビンフッド』と『血染めの矢』を見に連れて行ってくれた。その後で、僕たちはエルネスティーナおばあさんの家に行って、とても美味しいキベベ[2]を作ってもらった。ニュースを見ていたアレハンドリーノおじいさんは、カンポラ[3]が辞任したら、すべてはひどいことになるって言った。

月曜日の朝早くには、いつものようにベルタが学校までついて来てくれた。いつもの月曜日みたいに、僕たちは授業中あくびをしていて、マルセリン神父はあくびをした生徒の指をねじ曲げた。かわいそうな一人の寄宿生の指が〝ポキッ〟と鳴った。

僕は幸せだったけれど、誰もマルセリン神父がもう死んでいて、神父に見えるのは本当は双子の兄弟で、僕たちが気づかないようにと神父たちが連れて来たことを知らなかった。

　それから後に、お母さんとお父さんが、僕と一緒に暮らすために、ベロニカを連れて農園からやって来た。お父さんは、お父さんのような弁護士になって社会の役に立つことができるように僕はたくさん勉強しなきゃいけないんだって言った。

1　メキシコの詩人（一九四四〜）。著者と個人的な交流関係がある。
2　ブラジルのノルデスチ地方のかぼちゃの濃いスープ。
3　エクトル・ホセ・カンポラ（一九〇九〜一九八〇）、ペロン支持派の軍人で、一九七三年には短い間、アルゼンチンの大統領となった。ペロンを再選させるため五月に退任した。ペロン主義の左派の勢力と同一視される。七六年の軍事的襲撃の際にはメキシコ大使館に避難しなくてはならなかった。

第十章

―ねえアルベルト、なんでそんなこともわからないの？　推理小説を読んだことがないの？―　ベロニカはベッドでしかめ面をして言った。

二人とも裸で絹のシーツの上にソレダーと一緒に、セックスをした後で横になっていた。彼らは十二月の午後のように悲しげな光とともに消えゆく細いマリファナタバコを吸っていた。

―お父さんが死んで一番得するのがララインだっていうのは確かだ―　アルベルトは言った。―でもお父さんがすべてをあいつに任せたのは妙だな。いつも軍人の悪口を言ってたじゃないか。チェスの相手を探したばかりに、ララインと仲よくなったんだ―

―そんなことないわよ―　ベロニカは言った。　―お父様はたくさんの軍人の弁護士だったわ。悪く言ってたのはロサス[1]とペロンのことだけよ。具体的なゴリラについては一度も言ってないわ。あいつらと一緒にたくさんの株式会社に手を出していたのよ。ララインのことを信頼していた。それに、ララインがお父様を殺したのなら、遺言状を燃やして、自分の好きなようににせの遺言状をつくれたはずよ―

―どうしてかはわからないけど、ララインは臆病者だって気がするんだ―　アルベルトは左頬をソレダーのお腹の産毛にもたれさせながら言った。ソレダーは彼が落ち着きやすいようにに少し足を開いてやった。　―あいつが人を二人刺しているのを想像できないよ！　お父さんは強い男だった―

―ふん、刺さなくてもいいじゃないの！―　ベロニカは言った。　―撃ち殺せたかもしれないわ。死体は黒焦げになっていて、警察は検死の許可を出さなかったんだから―

―でも、カセレス大司教は判事に抗議したよ―　アルベルトが言った。

―判事たちは警察に操られているようなものよ―　ソレダーは少年の金髪を撫でながら言った。

―そうよ―　ベロニカが言った。　―ララインに遺言状を偽造してやったのかもしれないわ。あいつらはみんな買収されてるのよ。それにあんた、ララインが売春宿の主人だって言わなかった？―

―ええ―　ソレダーは言った。　―何度も会ったわ。あそこでのわたしの名前はマレーナだって言ったのはあいつなのよ。誰も本当の名前を使わないんだって言って。オーラルセックスありの契約を無理強いしようとしたから、口論したことさえあるわ。わたしは月、水、金曜日しか行っていなかったから、オーラルセックスなしの契約をする権利があったの。マダムによれば、売春宿のチェーンを経営しているそうよ—

—ほらね—　マリファナタバコをアルベルトに渡しながらベロニカが言った。　—あいつが自分で殺す必要すらなかったんだわ。用心棒かポン引きを遣るだけで十分だったんだから—

—ここは何て居心地がいいんだろう……—　アルベルトは微笑みながらソレダーを見つめてつぶやき、ソレダーは両脚で愛情を込めて彼の頭を挟んだ。少年の性器は硬くなり始め、彼は恥ずかしげにそれをシーツの端で覆った。ベロニカは立ち上がると、ビールをジョッキに注いで二人に渡した。その後、再びベッドに座ってヘッドボードに寄りかかり、ビールの残りをラッパ飲みした。アルベルトはソレダーに寄りかかり、長い間その口にキスをした。ベロニカは彼の尻の脇を軽く蹴った。

—ちょっと、またおっ始めないでよ……。それにあたしが先にソレダーを見つけたのよ！—　彼女は冗談を言った。アルベルトとソレダーは身を離し、素直にヘッドボードにもたれかかった。

—わたしも、ララインが二人を殺したか、殺させたと思うわ—　ソレダーは言った。　—いろんな利害関係が絡んでいるのは確かよ—

彼らはしばらく黙ってタバコを吸った。ベロニカは神経質にあえいでいた。彼女は再び立ち上がった。もう一本ビールの栓を抜くと、ソファーに身を投げ出して一息に飲み干した。アルベルトとソレダーは、絶え間なく飲み下す、その汗に濡れた美しく長い首を無言で眺めた。その後ベロニカは、空になった瓶をロバート・レッドフォードのポスターに向かって投げ捨てた。彼女は再び立ち上がり、心配げな顔つきで部屋の中を歩き回りはじめた。ソファーのピンク色のビロードには、彼女の背中と尻の汗染みが残っていた。

—ラインを殺らなきゃ— ベロニカは突然言った。アルベルトは笑った。

—おまえ、酔っ払ってるよ— 彼はベロニカに言った。 —たくさんのボディーガードに囲まれて生きてるに違いない。こっちは武器さえないんだぞ— —意気地のないこと言うんじゃないわよ— ベロニカは言った。 —あたし、お父様の学校のロッカーに隠してあるわ。おじい様がクリスマスにお父様に贈ったやつよ。あんただったら絶対に怪しまれないわ。家に入ってあいつとしばらく話して、二人きりになるのを待って、二発ぶち込んでやるのよ—

—すごいアイデアだな— アルベルトは嘲笑した。

—小さい頃にマルセリン神父を殺したって、あなた言ったじゃない— それが作り話だと知っていながら、ソレダーは言った。

彼らは一緒に寝るのが好きだった。夜遅くまで色んなお喋りができるからだ。彼らはいつも歯を磨く前にセックスをしていた。ソレダーはベッドの中でも外でもとても恥ずかしがり屋で、彼らを喜ばせるためにはどんなことでも受け入れた。ベロニカとアルベルトはお互いに触ったりすらしなかった。ソレダーはいつも、自分の恋人が一人だけだったらよかったのにと冗談交じりで繰り返し言った。アルベルトの体を持ったベロニカだったら、と。女の人が好きだっていうわけじゃないのよ、と彼女は笑いながら言ったものだ。わたしが好きなのは女性的な男の人なの。だが、彼らが一番好きだったのは、セックスでもビールでもタバコでもなかった。一番の楽しみは一緒にいると感じることであり、小さい頃の思い出を語りあい、耳を傾けあうことだったのだ。人生でたった一度だけ、その束の間の日々の中で、ソレダーは父親について、亡き理髪師のアンペリオ・サナブリアについて語った。

お父さんはいい人だった。ある新聞には共産主義者だって書かれたけれど、それは嘘よ。お父さんについての一番古い記憶は、コリエンテスでのもの。わたしはそこで生まれて、人生のほとんどを過ごした。ぼんやりとした記憶よ。わたしはそのとき、とても小さかった。幼稚園にすら行っていなかったわ。

わたしたちは、パンチョおじさんが貸してくれていた、中心街からあまり遠くないところにある小さな家に住んでいた。お母さんは庭の手入れをよくしていた。小さいけれど、花がたくさんあったわ。お母さんが秘書として働いていた会社から帰ってくると、庭の手入れを手伝ってあげていたわ。庭はゼラニウムでいっぱいだった。お母さんの夢は、いつの日か家の表に廊下を作ることだったの。

家はお父さんが働いていた理髪店の近くにあった。ときどき、同僚の理髪師たちを連れて帰ってきて、長い間お喋りをしたりレコードを聞いたりしていたわ。

お父さんは音楽が大好きだった。土曜日にはたくさんの友達が家に来たものだわ。ギターを弾いたり歌ったりして、遅くまで残ってた。

演劇も好きだった。年に二、三回、友達や理髪師たちも出る、詩と音楽のある作品を作っていたの。ときどき地方に作品を上演しに行っていたわ。お父さんや友達が夜に通っていた大学でも上演していた。

どうして新聞がみんなのことを悪者扱いにしたのかわからない。悪者は歌ったり、ギターを弾いたり、演劇をやったりするのは好きじゃないでしょう。人々が苦しむことだけが好きなんだから。

コリエンテスはとても暑くて人々がスペイン語を話す、小さな町。全部がスペイン語で、テレビアニメの登場人物までそうだから、英語を話したい人は領事館に行って勉強しないといけない。『原始家族フリントストーン』[2]の登場人物もスペイン語で喋ってる。多くの人はグアラニー語も話すけれど、わたしたちは大してわからなかった。お父さんは英語もグアラニー語も話せなかった。少しフランス語を話そうとしていて、お母さんに知ったかぶりだって言われていた。

家の近くでは、教会行きのうるさくてとても古い路面電車が走っていたわ。ときどき、街角のラパチョの赤い枝に電線が絡まっていた。正午の太陽の下、火花は主祭壇の神様の頭から出る稲妻みたいだった。

市場もあった。土曜日にはとても早くから、お父さんと一緒に、夜のバーベキュー《アサード》用の一番いい肉を買いに出かけた。わたしたちはジャガイモ、レタス、キャベツ、ニンジンやキャッサバをいっぱいに積んだ、騾馬がひく木製の荷馬車を見た。わたしたちはサラダ用に一番甘い玉葱と一番赤いトマトを選ぶために、沢山の屋台を回っていたから、わたしは少し汗ばんでいたわ。それ以外には、スーパーマーケットにも行った。あそこは冷房があったけれど、食べ物はあまり汚れてもいなければいい匂いもしなかった。

その当時、わたしたちは車を一台持っていて、エンジンをかけやすいようにとお父さんは下り坂に駐車していた。肉と野菜を買った後で、わたしたちは宇宙飛行士の名前がついた、港の食料品店にウイスキーを買いに行ったものだった。車は古かったから、随分ガソリンを食った。ガソリンはとても高かった。でも、ウイスキーは密輸品だったから安かったの。ガソリン代は大統領のためで、密輸代金は友達のためものだって、お父さんは言っていた。

わたしたちはコリエンテスで年中過ごしたというわけじゃなかったわ。お父さんが休みをもらったときは、ブエノスアイレスのおばあさんの家に行った。あっちでは、お父さんはたくさんのレコードと本を買っていた。ほとんど毎晩のようにお父さんとお母さんは劇場か映画館、音楽フェスティバルに行って、わたしは残っておばあさんとテレビを見ていた。お父さんはメルセデス・ソーサ[3]という、歌う女の人の友達だった。一度、その人は旦那さんのポチョ[4]と一緒に家に来て、ガスで膨らませた風船とサンタフェ風のアルファホールをくれて、友達が書いたという楽譜をお父さんに見せた。歌詞は随分変だったけれど、それはその人がギリシア人だからかもしれない。『その男ゾルバ[5]』という有名な映画の音楽を手がけた人だった。どうやら、ゾルバは共産主義者のようだった。わたしのおばあさんはアビラ出身で、アカは無神論者だけどフランコ総統はもっとひどいと言った。メルセデスは笑ったけれど、歌っているみたいだった。わたしのソレダーという名前が大好きだとも言ってくれた。

ブエノスアイレスでは、わたしたちは車がなかったから地下鉄で移動したわ。あそこでは電車はスブテと呼ばれていた。後に、わたしがニューヨークにいたときは別の名前で呼ばれていたけれど、同じものだった。お父さんはコリエンテス通りの本屋に入りたがったけれど、お母さんはサンタフェ通りで靴を買う方が好きだった。フロリダという名前の通りがあって、そこでは車は通っていなくて、歩いている人しかいなかった。そこでわたしはアイスクリームと雑誌を買ってもらっていた。雑誌を売っている売店では、本やタバコ、お菓子も売っていた。でもお父さんは、歯に悪いと言ってキャンディーを買ってくれなかった。夕暮れどきに家に戻ってくるときには、排気ガスで服が随分汚れてしまっていたけれど、わたしたちは買い物の包みを開けるのを楽しんだ。おばあさんは、お父さんが買ってきた本を見ては、髭面の男たちでいっぱいだから警察に没収されてしまうとぶつぶつ言った。お父さんはいつか、あの髭面の男[6]はガウチョか何かで、マルビーナス問題やパラグアイのことまで擁護してたくさんのことを書いたんだ、と言った。おばあさんは、日増しに猫にやる餌が値上がりして困ると言っていた。

ある晩、お父さんとお母さんが、とても大きな劇場に連れて行ってくれたの。盛装した人たちでいっぱいで、オーケストラとバレリーナがいた。入口の係の人はわたしを入場させたがらなかったけど、お父さんはその人に話をして、肩を叩いた。わたしは音楽がとても気に入ったわ。お父さんは、あのバレリーナたちはあんな風に飛び跳ねることができるようになるまで何年も稽古をしたんだと言った。わたしはそれで、コリエンテスで観たサーカスのことを思い出して、どうしてピエロや軽業師がいないのかと尋ねた。彼らだってあんな風に空中で回ったり、子供たちを笑わせたりするために、たくさん練習したに違いないわ。

コリエンテスへは、とても古くて遅い船[7]で戻った。大きな外輪が川の中で疲れたようにきしんだ音を立てながら回っていた。随分古めかしい、黄ばんだシャンデリアがあってニンニクの匂いがする食堂があった。スープはとても美味しかった。あんなスープは今までに飲んだことがなかったわ。食堂の窓からは夕暮れの河岸が見えた。遠くの山々や静かな木々は、川下に流れて行くようだった。お母さんとお父さんは甲板で抱きあっていて、暖かく眠れて風邪を引かないようにと、わたしを毛布でくるんでくれた。そのときわたしは、あの暗い川面に映るお月さんはさぞかし寒いに違いないと思った。朝食のとき、食堂はとても賑やかだった。神父様と知りあいになったことがあるし、有名な児童文学作家の女の人とも知りあいになったわ。みんなとても親切だった。船で旅をする人はみんないい人、だって決して急がないから。お父さんは思い出に写真を撮ってくれていたけれど、当時カラー写真はまだとても高くついたから、白黒だったの。でもわたしは、灰の水曜日のように悲しいあの灰色を覚えていて、それが好きなのよ。

1　ファン・マヌエル・デ・ロサス（一七九三～一八七七）、アルゼンチンの独裁者。

2　六〇年代から八〇年代まで人気だったアメリカ合衆国のアニメシリーズ、『原始家族フリントストーン』のスペイン語版。

3　メルセデス・ソーサ（一九三五～二〇〇九）、アルゼンチンの歌手。六〇年代から九〇年代にわたって人気であった。彼女は七八年から八二年にわたって、軍事独裁のために国を去らなければならなかった。

4 ポチョ・マチテッリはメルセデス・ソーサの夫。著者は彼と親交があった。

5 『その男ゾルバ』は、ニコス・カザンザキスの同名小説（一九四六）。それを基に映画版が作られた（一九六五）。映画音楽を担当したミキス・テオドラキスは、ソーサのよい友人であった。ギリシア人の作曲家は後に逮捕され、ギリシアの軍政府から拷問を受けるが、最終的にパリに亡命した。

6 ホセ・フェルナンデス（一八三四〜一八八六）、アルゼンチンの作家。

7 ブエノスアイレスとコリエンテス州はパラナ川を通じてつながっている。

第十一章

雨の降るその晩、トト・アスアガは自分の部屋でマテを飲み、ギターを爪弾いていた。突然ドアを叩く鈍い音がした。彼はギターを弾くのを止めた。またドアを叩く音がした。アスアガは立ち上がってドアを開けた。ベロニカが雨水を滴らせながら入ってきた。

―ベロニカ！　ずぶ濡れじゃないか！―　アスアガは叫んだ。

―今すぐ話さなきゃいけないことがあるの―

―わかった、座りなさい―　アスアガは彼女に肘掛け椅子を勧めると、自分はベッドに座った。　―何の話かな？―

―実は……、アリバイのことなの―　ベロニカはつぶやいた。


―そしてあいつらはみんな、あそこの囲い場の中で―　舞台裏でベロニカは考える。　**―自分がわからない言葉での悲劇に拍手するのを待ってるんだわ！―**


―よろしい、つまり結論として、おまえは売春周旋人に誘惑されるがままになったということだな。おまえは売春宿に通っていた。性行為の危険をよくわかっていないな。我々の家系には、娼婦や売春婦売の手に落ちた男は一人もいない。おまえにはその売春宿のことを忘れて欲しい。そのお嬢さんからは距離を置くように。わかったか？―

―はい、お父さん―　アルベルトは言った。


―きみたちは、エッセーや詩、物語を勉強した……、これらは口話だ―　アスアガは続け、練習をしていた学校の演劇室にかかった禁煙の看板に向けて大きく煙を吐いた。—だが、演劇において一番大事なのはコードジェスチャーだ。ジェスチャーは言葉の代わりになる。体のジェスチャーだけでなく、精神のジェスチャーもだ。単純なあらすじでの葛藤のみならず、美学的観点からの葛藤でもあるということだ。下品なものと皮肉なものの滑稽な衝突、日常的なものと危機的なものの劇的な衝突、そして崇高なものと下劣なものの悲劇的な衝突などがそうだ。そして私たちが興味を持っているのはこのことだ。唯一興味を持っていることだ—

—あのクソ司教もこれに関わっているんだ！— スマヤが叫ぶ。

—有りえません……— ソレダーが遠慮がちに言う。

—有りえないわけないだろう！— スマヤが木の上で鳴くように叫ぶ。

—犯罪が一時間前のことだったら、カセレス大司教は何の関係もありません— ソレダーは言う。 —わたしは作品の上演中はずっと大司教様とベロニカの楽屋にいました—

—はい、本当です— ベロニカが言う。 —あたしが上手くいくように、二人に残ってくれと頼んだんです—

—あのパラグアイ人の司教は有罪だ！— スマヤが怒鳴る。

—でも彼は、ずっとわたしと一緒でした— ソレダーが言う。 —カセレス大司教はとてもいい人で、とても潔白です。誓って申し上げます、捜査官！―

―オニールにトリックを使ってみよう―　アスアガは言った。　―彼はこの作品を、ギリシア神話の現代版だと考えた。悲劇を現代化したかったということだ。だが今や、彼の作品も古くなってしまった。そこで私は、この作品を若返らせるために逆説的とでもいうトリックを提案したい。ギリシア演劇のように上演する。仮面などを全部使おう。だが、そこまで古典的な仮面ではない。もっとアメリカ大陸的なものだ。ジャガーの仮面はどうかな？　使いにくいと感じるかもしれないが、稽古を続けているうちに慣れてくる。全員がつける必要もない。ベロニカの仮面が最も重要になるだろう。演劇の仮面とは、女優がその女優でなく、他人であることを認めるという役割を持つ。ベロニカはベロニカではなく、ベロニカでありラヴィニアでもあるエレクトラになるだろう。つまり自分自身になるために存在することをやめてしまった人間になるということだな？―

―やつらは何も白状しなかった。しかし、こっちはすべてわかっているぞ！―　スマヤが叫ぶ。　―みんなで共謀しているんだ！

―マテを少しどうかな？―　アスアガは勧めた。ベロニカは頷いた。彼女はアスアガが貸してくれたタオルで髪を覆っていた。

―ちゃんとわかってくれたの、トト？―

―もちろんだ、すべては時計の時間をあわせるということだ―　アスアガは湯気の立つマテを彼女に渡しながら言った。

―ありがとう―　ベロニカは緊張した様子で言った。彼女は音を立ててマテを啜った。

―観客はあなたがアルベルトじゃないって気がつかないわよね？―

―仮面越しだと声は随分変わるから、それに関しては安心している。アルベルトと私は背格好がだいたい同じだ。それに、チュニカと長靴を身につけていれば、きみでさえ見分けがつかないだろう―

肘掛け椅子の端に座って、震える手にマテを持ったベロニカは、深く溜め息をついた。

―すべてが上手く行きますように！―　彼女は叫んだ。

―ラストシーンに間にあうように戻らなければいけないだけだ。全員が仮面を外して観客に挨拶するときに。ララインは何発かぶち込むにふさわしいやつだ。私が自分でやりたいぐらいだ、どっちみち、もうそんなに長くは生きないんだから。だが、アルベルトがやらなければいけないとわかっている―

ベロニカはその美しい黒い瞳でアスアガを見つめた。

―それが……、アリバイってことよね、トト？―

アスアガは微笑んだ。

ロベルト・アマドール・スマヤ捜査官はベロニカの楽屋のドアを蹴飛ばしながら、荒々しい騒音を立てて押し入ってくる。一人でいたベロニカは、すでに「アビニョンの娘たち」のように全裸だったが、大きな悲劇の仮面だけはつけたままだ。

驚いた警官は楽屋の敷居から、壁の大きな鏡に反射して二つになった、石でできた幽霊のような顔をもった、その神秘的な裸体を見つめる。

―ラライン准将が殺された！― スマヤが叫ぶ。

―ラライン？― ベロニカが言う。 ―いつかその苗字を聞いた気がします―

―彼は党員だったんだぞ！― スマヤが叫ぶ。

―そうですか？― ベロニカは言う。 ―多くの女性党員を搾取していたとは聞いていましたが、彼も党員だったとは知りませんでした―

―きさまは一体何者だ？― スマヤが叫ぶ。

―私ですか？― ベロニカは言い、自分の役の台詞を朗唱する。 ―私はレモンのような苦悶、皆を支配する悲しみ、連帯した郷愁、薄暗い水、日々の孤独、密やかな雨、束の間の哀歌、傷ついた水晶、裏切られた歓喜、自由を奪われた愛、多様な喜び、自由な慣習、内密の沈黙、切迫した接吻、限りない危険、夢という洞窟、不吉な寄る辺なさ、叫びという空洞、眠りのない黄昏、果てのない皮膚、無防備な姿、罪を受けることのないランプ、残酷なリキュール、朝のヒバリ、勇気の縁、暗黒の道、苦いヒマワリ、密かな休息、欲望と穀物、名のない横顔、透き通った言葉、純粋な火花、軽い記憶、無防備な炎、途切れ途切れの輝き、瞳と翼、忠実な薄明かり、電気を帯びた危機、血の花びら、空色の真珠層、優しさの反響、親密な香り、淀んだ川と草、抑えの効かない振る舞い、消極的で湿った運、感化されることへの否定、初期の片隅、従順でゆっくりとした侵食、雪の腰、輝く灰、ダイヤモンドの仔犬、鞭打苦行者と性的倒錯者、のろまな者、冴えない者に対しては無言で俗世的。急がせること、朝になること、夜が明けること、輝くこと、容認すること、許すこと、耐えること、誘惑すること、考えを巡らせること、もとに戻ること。拒むこと―

―きさまの言うことがわからんぞ！―　スマヤが叫ぶ。

―そうですか？―　ベロニカが言う。　―だって、上演が終わったんですもの―

そして彼女は、真昼に殻から飛び出して歌うハチドリのように、仮面を外した。

第十二章

夜の書斎の窓越しに、アルベルトはララインを見張っている。太った男は立ったまま、孤独にアニス酒を飲んでいる。分厚いカーテンの陰から、アルベルトは彼の方へと忍び寄る。広間の中央で、ララインに二メートルの距離のところへ飛び出す。両手で持った古いリボルバーを突き付ける。

准将は筋肉の一つも警戒させることなく、横目でアルベルトを見て取る。彼はゆっくりと振り向き、父性的な雰囲気で少年と向きあう。

―おや、我が愛しの息子よ……― グラスを撫でながら言う。 ―気でも狂ったのか？後ろに武装した執事がいるのがわからないのかね？―

アルベルトが本能的に振り返ると、ララインはリボルバーを電光のごとく逸らして、彼の顎を砕く。

少年の体は准将の足許に無防備に転がる。ララインは砕け散ったグラスの脇に倒れたアルベルトを、怪訝そうに軽蔑した様子で、長い間黙って眺める。溜め息をつく。グラン・マルニエの瓶を目で探す。棚に近寄ると、栓を抜く。コニャックをゆっくりと味わう。日本製のシガーケースの脇には、サイレンサーがある。ララインはそれを、アルベルトのリボルバーに装着する。彼は屈み込んで銃身がこめかみに付くほどの距離で狙いを定めると、弾がなくなるまで撃つ。アルベルトの血に染まった脳が、ダマスク織りのカーペットに飛び散る。

ララインは再び、だが今回はより深く、溜め息をつく。マホガニーの机まで足を引きずる。その鯨のような体が柔らかい安楽椅子に沈む。開いた窓からは遠くの往来が聞こえ、影になった庭から吹き込む生ぬるいそよ風がカーテンのチュール地をかすかに揺らしている。ララインはズボンのポケットから刺繍の施されたハンカチを取り出すと足を組み、嫌悪感に顔をしかめながらブーツの血をぬぐう。そのハンカチを象牙の屑入れに捨てる。それから、書き物机の真ん中の引き出しを開ける。『プレイガール』誌の最新号を取り出す。机の上で真ん中の折り込みページを開く。今月のプレイメイトは華奢な東洋系の顔つきをしているが、その性器の大きさは小柄で可愛らしい体には不釣合いに思われる。ララインはアニス酒の臭いがするゲップをし、下腹部の性器の膨らみを撫でる。ようやくズボンの前のジッパーを外す。彼は安楽椅子から血と脳の塊が飛び散ったカーペットの上のアルベルトを、銃弾が開けた穴によって醜く崩れたその顔を、絶望的で正気を失ったガラスのようなその目を眺める。ララインは汗をかいており、その唇は微かに震えている。ようやくそのどす黒い肉の塊を握りながら、ためらいがちに立ち上がると、興奮に震えながら死体のところまで歩いた。片足で少年の体をうつ伏せにひっくり返す。その横に膝をつき、やっとのことでズボンを剝ぎ取る。

彼はそのときになってようやく、長靴を履いてトラの皮を身にまとい、その白鳥のようにたおやかな指に光を放つ自動拳銃を持った、その聖骸布[1]を覆面にした何者かが、自分の方へと向かって来るのに気がつくのである。

1　聖骸布は現在もイタリアのトリノに保管されている。イエスが磔刑に処せられた後に顔を覆った布であり、染みの中に見える人間の顔のようなものは十字架にかけられた際のイエスのものだと伝統的に信じられている。この像については、科学者たちの研究がなされ、その結果は議論を呼んでいる。

第三部

第一章

何者がグメルシンド・ラライン・を殺害したのか？

執事は夜の十時に、書斎の灯りを消しに行ったときに死体を見つけた。彼は即座にスマヤに電話をし、スマヤは駆けつけて事態の処理にあたった。監視カメラは犯罪の場面を鮮明に録画していた。アルベルトが入ってきて、ララインがその脳を吹き飛ばし、そしてあのカーニバルのジャガーに変装した何者かがララインを至近距離で撃ち、窓から姿を消すのが見られた。スマヤはそのフィルムを判事に渡しもせず、報道陣の前でも言及しなかった。解剖検査と弾道検査によって、二つの異なる武器の存在が確認された。だが、その結果は伏せられたままにされた。警察の公式な仮説は、アルベルトと彼の新しい後見人の二人は、和やかに談話しているときに、トラに変装した殺人犯に撃たれたのだというものであった。

事件は州全土を震撼させ、全国放送のテレビでは二日間にわたってトップニュースとなった。死者の一人は、最も愛されている存命のアルゼンチン人の一人である、チャコ戦争でパラグアイ軍の義勇兵として志願した歩兵隊の大佐の孫だった。

アレハンドリーノ・サリアー＝キロガ大佐はその凡庸と退廃の時代において、ドン・キホーテ的にどうしようもなく組みあわさった栄光と愛他精神を象徴していた。国は老兵士と悲嘆をともにした。

世論はあまりにも多くの不可解な点が残っているということを意識していた。

アルベルトはラインの家で何をしていたのか？　学校の修了式での上演でオリンの役を演じていたはずだというのは、みんなが知っていた。

ほぼすべてのアリバイが不完全だった。

最も筋が通っているアリバイは、マザー・トロックスと、死亡したマルセリン神父の後任となるためにブエノスアイレスからやって来ていた、彼の双子の兄弟のものである。観客全員が、彼らがオニールの作品の上演中ずっと、最前列の席に座っているのを目撃していた。

イライザは自分も劇場から席を外すことなく作品を見ていたと供述したが、座っていた顔見知りでない観客たちの顔もその他の特徴も思い出すことができなかった。

トト・アスアガは、アルベルトが現れなかったのでオリンの役を演じなければならなかったと供述した。何人もの役者が最初の幕間で仮面をつけていない彼を見たが、それ以外の三回の幕間では、彼は仮面を外さなかった。彼は自分がうっかりしていて、仮面をつけたままだったかすらも覚えていないと言い張ったが、このことが彼のアリバイの立証を困難にした。

ベロニカはラヴィニアの役を演じたが、一度も仮面を外さなかった。

カセレス大司教は陳述を拒んだが、ソレダーが二人とも終始ベロニカの楽屋にいたと確言した。ソレダーはその場で逮捕され、取り調べのために中央警察署で接見禁止のままにされた。与党のラジオは彼女のことを納税することなくジャガーに変身するという目的で不法にシャーマニズムを行ったとして非難した。カセレス大司教はカテドラルでの毎度のミサで、コリエンテスの学生運動で最も人気のある学生の詩人でリーダーであるソレダーに対して、政府が戒厳令を口実に報復したのだと非難するのを欠かさなかった。

老大佐とその夫人も判事に呼び出された。彼らは犯罪が起きた日の夜は隣人たちとトランプをしていたと供述した。このことには説得力があり、チャコ戦争の英雄の年齢からも夜中にピストルを手にトラに変装するとはあまりにも想像し難かったが、愛しい孫娘に拍手を送るために劇場に行かなかったというのは妙だった。

故サリアー＝キロガ夫妻のフィレンツェ風邸宅の多くの使用人も、犯罪判事事務所へ列をなして出頭した。ラライン准将によって容赦なく解雇されるという切迫した可能性から、彼らは容疑者とされた。ナフタリンが匂う分厚い黒いベールを身につけた、病弱だがいまだ誇り高い家政婦のベルタがその先頭を行った。全員が一致して互いを擁護しあい、一晩中九チャンネルでホルへ・ミストラル[1]の映画を見ていたと供述した。

アマポーラ・ギュンターは娘が出演しないので劇場に行かなかった。そして、事件の起きた時間帯には、北東軍団騎兵師団長のフランシスコ・ゴンサレス将軍にお茶に呼ばれた後で、バスで自宅に帰る途中だったと供述した。ゴンサレス将軍は未亡人のアマポーラと同じく寡男で、サナブリアの理髪店の顧客だった。コリエンテスのある新聞は、社会欄のページでこの二人がよいカップルだと仄めかした。唯一奇妙なのは、なぜ将軍がいつもの通り自分の乗用車かヘリコプターで彼女を送っていくと申し出なかったのかということである。

いずれにせよ、警察は事件の解明にさほど興味がないようであった。むしろ、六月の学生デモのリーダーたちへの借りを返すという口実としてこの事件を利用したかのように思われた。何人もの高校生や大学生が逮捕され接見禁止にされた。ソレダーの禁固はコリエンテスの学生や若い詩人たちの間に不安と憤りをもたらした。カセレス大司教はアスアガにできる限り早急にアメリカ合衆国へ戻るようにと勧めた。彼はそれに従ったが、恐怖からではなく事件に関して働きかけることができないと感じたからであった。それに、タルサで化学療法を再開しなければならなかったのである。与党のラジオはカセレスに対する容赦なく声高なキャンペーンを始め、彼のことを〝コリエンテスの共産主義司祭〟だと仄めかした。また、ソレダーの同性愛の疑惑についての下品な噂を騒ぎ立てたが、それは当局自らが流布させたものだった。ある朝、学校の正面の壁には、「共産党員やレズビアンのないアルゼンチンを守れ」というスローガンが落書きされていた。

イライザ自身も既婚者としての貞節と白人種の要素を疑うようなラジオ放送の中傷に苛まれた。もしも彼女が世界銀行総裁の妻でなかったならば、その確固とした学術面での身元保証でも警察の激情から身を守ることはできなかったであろう。

イライザは夫に電話をかけて、姪のソレダーが投獄されていることを知らせた。ギュンターは田舎の問題に関わるには自分はあまりにも忙しく、サナブリアの娘はもう大きいのだから、自分のことは自分で解決すべきだと答えた。アマポーラは一日おきに警察署からソレダーの服を家で洗濯するために引き取ってきた。ソレダーはその服の中にしわくちゃに丸めて、ベロニカに詩や手紙を送っていた。ある金曜日のこと、引き取った下着には血痕がついていた。アマポーラは涙ながらに義姉にワシントンに行って、どうにかしてギュンターをコリエンテスに連れて来て欲しいと懇願した。イライザは翌日飛行機に乗った。

一方、ベロニカは、自分が事件に欠けたピースであると意識しており、祖父母の家にもう何週間も避難していた。彼女は間違っていなかった。

大佐は孫娘と同じくパスタが好きだった。エルネスティーナ夫人は自らトマトソースを監督し、タリアテッレがアル・デンテに茹で上がるまでキッチンを離れなかった。タリアテッレを食べた後で、いつもベロニカは革命関係の本がしまってある屋根裏の寝室で短い昼寝をし、その後、サッカー競技場にいくために祖父を起こしに階下に降りた。だが、その日の午後はそれができなかった。

大佐は食堂で通りが望める窓の前に立って、エスプレッソコーヒーを飲んでいた。

―ベロニカ―　彼は唐突に、落ち着いた声で言った。　―逃げなさい―

ベロニカは彼に近寄り、軍隊式の髪型をしてオリーブ色の制服を着た四人の男がゼラニウムを踏みつけながら家の戸口に向かって来るのを窓越しに見た。彼女は電光のように裏庭の方へと走って出た。

ドアを叩く音が聞こえた。エルネスティーナ夫人が戸を開けた。

―奥さん、こんにちは―　侵入者の一人が挨拶した。　―ベロニカ・サリアーさんはおられますか?―

アレハンドリーノ氏がドアに近づいた。来訪者はきまり悪そうに大佐に敬礼した。そのとき、引退したボクサーのような人相の悪い大男が裏庭から、木の葉のように青ざめたベロニカを引きずってなだれ込んできた。

—ここにいます、中尉—　巨漢が言った。　—後ろの塀を飛び越えようとしていました—

—同行していただくよう命令を受けています—　中尉は捕獲者の腕の中で震えているベロニカに告げた。エルネスティーナ夫人は両手で叫び声を押し殺した。

—落ち着くんじゃ—　大佐は彼女を抱きしめた。

—お祖父様……—　ベロニカはやっとのことでつぶやいた。　—あたしのナイトテーブルの上にある『老人と海』[2]をしまっておいてくださらない？—

大佐は妻の腕を放さないまま、黙って頷いた。

拷問室に入るや否や、電圧棒を手にした警官が下半身裸になるようにとベロニカに命じ、劇場役者や歌手の大半は同性愛者で薬物中毒だと断言した。ベロニカはソレダーがどこにいるのかを尋ねた。士官は嚙みしめるように言った。

—今晩貴様は自分の糞尿を喰らうんだぞ—

その後彼は、ソレダーがすでにそれを経験し、今は飢えたネズミをガラス管で膣の中に押し込められている頃だと語った。

孫娘が逮捕されてから二日後、アレハンドリーノ・サリアー＝キロガは初めて心筋梗塞を起こした。大佐の年齢から、最悪の事態が心配された。豪華な軍事病院に緊急に入院させられ、老人はゆっくりと回復し始めた。

―恐怖です―　主治医はエルネスティーナ夫人に囁いた。　―大佐は孫娘さんがどうなるかを恐れているのです。誰かに話して孫娘さんを釈放してもらうことはできないんですか？―

―百戦錬磨のライオンが恐怖ですか？―　疲れたエルネスティーナ夫人は、さほど確信のない様子で答えた。

ある日の朝、大佐と夫人はベッドの上でトランプをしていた。当直医が入ってくると、知事が見舞いに来たと告げた。病人は少し上体を起こし、会いたくないと言った。

―でも、あなた―　エルネスティーナ夫人は穏やかな声で抗議した。　―ベロニカのことでお願いするのに絶好のチャンスの花のようなものじゃないですか―

老人は長い間じっと熱っぽい青い目で妻を見つめてから、ゆっくりと言った。

―花を取らずに、次の札を切るべし[3]―

ベロニカは一日のほとんどを、警察署の厨房の天井になっているコンクリートの床に敷かれた毛布の上で過ごした。彼女の近くでは、医学部の学生一人とポルノ雑誌の密売人が二人、それに密告者かもしれないスリが一人寝ていた。お互いに話すことは禁止されていた。ベロニカは大学生と笑顔を交わしたために何度も脇腹を蹴飛ばされた。夜には少し寒くなり、下の厨房の熱気で温かくなった床はほとんど心地がよいほどだった。その晩、ポンチョに包まったベロニカは、その日が祖父の誕生日だということを思い出した。彼女は大佐が永劫の発展の法則に対して懐古趣味的な反感を示しては、強いスペイン語訛りの英語で**歴史とは自分が目を覚まそうともがいている悪夢だ**、[4]と繰り返すのを思い出した。ベロニカは、祖父がコリエンテスの八十歳代の人々の中で『ユリシーズ』[5]を読んだことがある唯一の人ではないかと誇りとともに思っていた。大佐の武勲の一つは、敵の背後の飲料水源地を占領したことだった。十二月の乾ききった太陽と眠ることとない月の下、何日も茂みの中を歩いた後に、疲弊した部下の兵士たちよりもはるかに年配の大佐は、勇敢にボロ軍服の喉も渇いた歩兵大隊を、卒倒することもなく勝利まで導いたのである。大佐は戦いの前夜、焚き火の脇にパラグアイ軍の女性支援隊だった自分の名付け親の亡霊が現れたと語った。彼女は大佐に、後世彼は通りの名前や紙幣、学校の名前となるだろうが、[6]すべては幻であると言った。**誰も肩に星を飾ることはできないのよ**、と。老人はその夜以来、二度と軍服を身につけなかったが、**もし国家が詩だというのならば、わしはアレクサンダー詩句だぞ、**[7]**畜生！**と答えたのだと語った。ベロニカは、電気棒と暴行によってめちゃくちゃにされた下腹部の激しい痛みにもかかわらず、あるアメリカの歴史家[8]がグアラニー的思考の戦略家のおかげで〝数学の演算のような〟戦闘に勝利を収めるという偉業が成し遂げられたのだと述べたことを思い出して微笑んだ。

大佐が二度目の心臓発作を起こしたとき、ベロニカは接見禁止のままであったが、夜中に責められることはなかった。深刻な性感染症を患っており、警察総合病院の医者による強力な抗生物質の注射を用いた治療を受けていたのである。このことから、彼女は生きて出獄できるという淡い希望を抱いていた。彼女は自分が残酷な拷問を受けたのは、軍部当局に孫娘の赦免を依頼することを拒んだ祖父の誇りのせいだろうと想像していた。ソレダーのことは何も知らなかった。あまりにも士気喪失するので、彼女のことを考えるのを避けていた。

発作は非常に軽かったが、大佐が昏睡状態に陥るのには十分だった。今回は、主治医はエルネスティーナ夫人により悲劇的な調子で迫った。

—信じられないほどの体力がいくらか残っているので持ちこたえているんです！— 彼はわめいた。 —ですが、どうしてもお嬢さんを今すぐに出してやらなければなりません！お嬢さんを出してやって、ご主人に会わせて差し上げてください！—

大佐は意識を回復したものの、知事や大臣との面会を拒み続けた。マルセリン神父は終油の秘蹟を授けるという口実で一度見舞いに来て、老人と二人きりで閉じこもった。アレハンドリーノ氏は呼吸が困難だった。彼は解放され得ないフリーメーソン[9]の嘲るような目で司祭を見た。震える手でナイトテーブルの引き出しから一冊の安物の本を取り出した。彼は最初のページを開くと、精一杯のしっかりとした様子で司祭に渡した。マルセリンはそれを読んだ。『老人と海』と印刷された文字の下に、ベロニカがスズメのような字で一筆書いていたのだ。**お祖父様、何があっても、あたしのために頼みごとをしないでください。**

聖土曜日に、ベロニカは投獄されてから三ヶ月を迎えたが、深夜に強い圧迫感を胸に感じた。彼女は祖父が戦争の最中に、新米のフランス人の記者にインタビューを認めたことを思い出した。

――あなたは栄光の扉の前に立っておられます！――　青年は大仰に言い、ランボーの詩を引用した。大佐はしばらく喋らせておいてからフランス語で答えた。

――どのみち死ぬのなら、自分は何のためにヤギを手に入れようとするのだろう？――

――それもランボーですか？――　若い記者が尋ねた。

――いや、やつは結局のところ、歩兵大尉隊長の息子だった。歩兵隊などクソったれの部隊だが……わしの話が、どこから引いたのかおわかりかな？　いや、あるマタコ族[10]の男が言った。チャコのインディオだ。**どのみち死ぬのなら、俺は何のためにヤギを手に入れようとするんだ**、と。マタコ族はよく自殺する。もっと文明的に聞こえるように、フランス語で言って差し上げたのだが、いかがかな？――

若いフランス人は呆然として、ドライシェリーを給仕する司令官を見つめていた。

　復活祭の日曜日の夜、ベロニカはヤギがハチドリになったことを知った。一人の軍曹が彼女の脇腹を蹴って起こし、手錠をかけて引きずり、銃尾で小突きながら長官の部屋まで連れて行った。ベロニカは中に入ると、噂に違《たが》いなく、部屋の壁には憲法の紙が所狭しと貼られているという噂は本当なのだということを悲しい気分で確認した。長官は釈放の命令があったことを彼女に告げた。

―だが、これは訃報があったからというだけだ！―　彼はほえた。　―したがって、もしデタラメを言い続けるのであれば、追いかけて捕まえるぞ！―

いまだ衰弱し、体も痛むベロニカは、タクシーを拾って、祖父の埋葬に間にあった。

　葬儀から戻ると、エルネスティーナ夫人は付き添ってくれた少数の友人や家族にお茶を淹れた。マルセリン神父はベロニカの腕を取ると、大佐がゼラニウムに語りかけていた庭へと優しく連れて行った。湯気の立つカップを手にした司祭は、ベロニカの耳元へ口を寄せると、マテ茶葉の強い匂いとともに囁いた

―私は彼に訴えました。アレハンドリーノよ、強くおありなさい！　なぜかつての戦士が歳に怯えるのですか、と。お祖父様は話したがりませんでした。ですが昨日、臨終の際に仰られたのです、**なぜなら今や苦悩は自分のものではないからだ、と**―

そこでベロニカは、書くこととはずるい手や無駄口を削りはするが、優しさや寛大さ、英雄的行為は残しておく技術だということを認めなければならないと悟った。彼女はまだパチョリの匂いがする大佐の部屋に上がると、この物語について書くことを誓った。

アマポーラが何枚かの紙を渡したいそうだと告げる優しい祖母の声を聞いたとき、彼女はまだ家具や本、額縁の一つ一つに指で触れているところだった。

1 ホルヘ・ミストラル（一九二〇～一九七二）。スペインの役者・映画監督。

2 『老人と海』。ここではヘミングウェイの小説の語り手とアレハンドリーノの対応関係が含意されているが、同時に語り手とあらゆる孤独な闘争者との関係も含意されている。それゆえに、この間のテクスト的関係性はベロニカとソレダーにも対応する。

3 トルコのトランプ遊びにおける挑戦の返答。「花を取らずに」という表現はアレハンドリーノがその妻に答えていた「チャンスの花」という表現に答えるものである。

4 ジェイムス・ジョイスの小説『ユリシーズ』の登場人物、スティーブン・ディーダラスの言葉。

5 ジョイスは『ユリシーズ』を一九二二年に発表した。

6 兵役時のカセレス大司教と同じように、アレハンドリーノには歴史的に偉大な人物である、エウヘニオ・アレハンドロ・ガライが明らかに反映されている。彼は作家であり、戦士であり、学校や通りに名前を持つチャヤコの英雄であり、彼の肖像は古い十グアラニー札に用いられていた。

7 彼の名前のアレハンドロが同時に十二行の詩行で創作されるタイプの韻文（アレクサンドラン）

であることにかけた語呂あわせ。

8 勝利した将軍のエスティガリビアが、チャコでフランス人のジャーナリストにインタビューされた際に、戦争を「数学的な演算（＝作戦）」と比較していたことを考慮すべきである。また著者はチャコ戦争の研究において優れたアメリカの歴史学者、デヴィッド・ズックに言及していると思われる。

9 フリーメーソンは国際的な秘密結社だが、ラテンアメリカ諸国の歴史のある特定の時期には、目立って反聖職者的な色調を持っていた。

10 北部と中央のチャコの先住民族。おおむね、ピルコマヨ川とベルメホ川の間にある暑く乾いた地域に居住している。ウィチとも言われる。

第二章

—名前は？— スマヤ捜査官が尋ねた。

—ソレダー・モントーヤ・ギュンター— ソレダーが言った。

—年は？—

―十七歳―

―住所は？―

―わたしがここに住んでいるのをご存じでしょう―

―コリエンテス《エモイ・コリエンテス》と書け！―　スマヤは秘書に書きとらせると、訊問を再開した。

―職業は？―

―学生―

―嘘をつくな、売女！　おまえが〝愛の巣〟で月、水、金に働いているのを知っているぞ！

―

―母を助けているだけのことです。母は未亡人ですから。昼は学校に通っています―

―よろしい。おまえを逮捕したのは、三つのことを白状しなかったら股間に真っ赤に熱くなった針金を突っ込むためだ。なぜレズビアンなのか？　なぜ共産主義者なのか？　どうやってジャガー《ジャグアレテー》に化けるのか？―

―わたしはジャガーに化けることはできません。知っていれば今化けてここから逃げます

―

―いや、扉は鋼板で覆われていて、外からしか開かない。わかっているだろう。証明されているんだ。では、一つずつ処理することにしよう―

第三章

おまえがいても、明日は明日の風が吹くはずだ。おまえが望まなかったように庭に花が咲くのを見るためなら、僕は何でもやるだろう！　自分の許可なく夜が明けるのを、おまえはどれほど苦々しい思いで見るだろうか！　僕はどれほど笑うだろうか、その日はおまえが考えている以上に早く来るはずなのだから！[1]（シコ・ブアルキ・ヂ・オリャンダ）。南米大陸南端の寒気の前に、ギュンター夫妻はパリで二日間を費やした。イライザは直接目的地に行こうと言い張った。しかし、ギュンターは休息をとったり、劇場を巡ったり、モンマルトルの土産店を冷やかしたり、凱旋門が望めるホテルで朝遅くに目を覚ましたりしたかった。ギュンターはシャンゼリゼ通りの、イギリスのジンとボルドーのベルモットが入ったドライマティーニが好きだった。イライザはサン・ミッシェル通りの方が好きだった。何年も前に、フリオ・コルタサルが彼女にある秘密の並木道について打ち明けたことがある（タイル何枚か毎に誰かが金魚を隠した）。ルカス[2]は死んでいたが、イライザはその並木道を探し続けていた。

あるカフェのテラスで、彼らは地下鉄からソルボンヌ大学へと吐き出される、擦り切れたジーンズ姿のアフリカ系やラテン系の学生たちや、酷暑の午後に安いカフェや錆びついた髭のヴィクトル・ユーゴーの銅像の下にいる神経質そうな無名の人々、記憶からというよりは、ある明後日の地下から出てきたようなイメージを、つまり立派な美術館の使われていない地階に投げ捨てられた絵画のような偶発的で悲しい静けさを眺めていた。ギュンター夫妻は思いがけなく、亡命中の二人の旧友に出くわした。イライザはその一人目がソルボンヌ大学でメルセデス・ソーサのリサイタルで歌っているのを見つけた。ミト[3]は彼女と一緒にヴィクトル・ハラ[4]の曲を歌った。**誰もおまえのことを知らない。知らないのだ。だが私はおまえに歌を捧げよう**[5]（フェデリコ・ガルシア・ロルカ）。**私はマヌエルともアマンダとも知りあわなかった。あなたの家を知ることもなかった。あなたと寝なかったし、昼食を一緒に取りもしなかった。私が知っているのは、レコードジャケットのあなたの動かぬ笑顔と永遠に録音されたあなたの魅惑的な声だけだ。あなたが死ぬのを私は決して見なかった、あなたと一緒に死んだというのに。でも、私はあなたに歌を捧げるためにあなたの声を必要としていないし、あなたのために歌いながら生き抜くためにあなたの血液を必要ともしていない。ただ、私の名前はマヌエルで、母もアマンダという名前だということをあなたに言いたい**[6]。

あのキスのためだけに私はやってきた。私が戻ってきたときのために唇をとっておいてくれ[7]（ルイス・セルヌーダ）。**私の名はヴィクトル・ハラ。傷ついた長いチリを歌うために生まれた。私**

の声は他の声の中にある川のようだった。私の愛は、他の夢の中にある海とともに行った。私はコンドルと雪の威厳を、人々の優しさと出会いを、人生のスミレ色の慣習を歌った。私のギターは今壊れている。その破片を集めてくれ。歌いながら待っていてくれ。そうしたら、帰ることを約束しよう。[8]

死んだ彼を調べると、その死体の中から世界の魂のための大きな体が見つかった[9]（セサル・バジェホ）。彼は両目をくり抜かれても見つめ続けていた。唇を切り取られてもキスをし続けていた。両腕を切り取られてもスタジアムの兄弟たちを抱きしめ続けていた。両手を切り取られてもギターを弾き続けていた。舌を切り取られ、声と言語を奪われても歌って、歌って、歌っていた。彼は生命を奪われた。だが、膨大な涙の下で、今にも破れそうな旗の下で、埋もれて何一つなくなってしまった希望の下で、あちらでもこちらでも、北から南に、降伏することなく立ち続けていた。そこで将軍は彼が死んでいると布告しなければならなかったのだ、ざまあみろ！[10]

小鳥のさえずりが朝を告げる[11]（ニコラス・ギリェン）。大太鼓もシンバルも、三十発の礼砲も鳴らないだろう。我々は機密通知も発行しなければ、彼を電話帳や歯医者の順番待ちリストに記名もせず、通りに大きな看板を出しもしないだろう。一軒一軒訪ねもしないだろう。叫ばないだろう。我々はどんなベルを鳴らしもしなければ、特別な料理やワインを楽しむこともせず、クリスマスや春であるとも考えないだろう。だが、あなたが歌うだろう。そして我々は、その日が来

たと知るだろう。[12]

カラスも憎悪も私をあなたの腰から断ち切ることはできない[13]（エリブ・カンポス・セルベラ）。**やつを拷問することもできるし、一月で殺すことも一秒で殺すことも、鎖につなぐことも、家族から引き離すことも、人生を取り上げることも、国外追放することも、禁じることも、その名を拒むことも、名誉を傷つけることもできる。手首を斧で切り落とすこともできる。だが、やつが望まないのならば、憎悪を強いることはできないのだ**[14]**。**

イライザは舞台に近づくと、次の日に夕食を一緒にしないかと誘った。ミトは喜んで受け入れた。

ギュンターはもう一人の亡命者が、ラティーノ街をアメリカ人《グリンゴ》のようにぶらついているのを見つけた。ギュンターはリノ・ヴァンチュラ[15]風の上品な映画を探していた。すぐに退屈し始めた。彼は一杯引っかけると、あちこちのギャラリーを覗いて歩いた。心配そうな半裸の若者たちでいっぱいなギャラリーがあった。入口の看板には、値引きの案内と希望者に刺青をするブラジル人アーティストのサインが書かれていた。男性の左の尻と女性の右の乳房に、アーティストの名前を水性顔料でスタンプするというものだった。ギュンターは何度か肘鉄を食らわした。列は非常に長く、その中にはカップルで来ていて、勃起し、擦りあい、触れあい、弄りあっている者もいた。彼のそばでは太ったイタリア人の女が美味そうにアイスクリームをしゃぶりながら、その合間に汚れて泡の付いた唇を使って、さらに大きなアイスクリームを啜る死人のように青ざめたフランス人の女と大声で話していた。ギュンターは、その二メートルの長身にもかかわらず背伸びをして、本屋の奥を覗いた。少し白髪が増えているものの小柄で優しげなリビオ・アブラーモ[16]が、のんびりとした様子で、自著『サンパウロの芸術[17]』の真新しいフランス語版を積み上げた机に座り、博学少年のような大きな眼鏡を掛けてサインをしていた。ギュンターは人生で一度だけ、イライザがメリーランド大学でアブラーモとポルティナリ[18]のシンポジウムを開催したときに、彼に話しかけたことがあった。ようやく自分の番になって、ギュンターは服を着たままだったのに気がつき恥じ入った。アブラーモは当惑した様子で、身を隠すためのキリト[19]と呼ばれる木版画を彼に渡した。

―ギュンターです。覚えていますか？　アメリカ合衆国のイライザの夫です！―

ブラジル人画家はパリではなく、フランス南部に住んでいて、偶然そのときはミトのアパートに泊まっていた。ギュンター夫妻は翌日、二人と一緒に夕食をとった。

彼らは肉汁たっぷりのリブ肉や血の腸詰《モルシージャ》、小腸がある食堂を探した。キャッサバは見つけられなかった。

―僕がおごります―　ギュンターが言った。

網焼きの肉はいい匂いをただよわせており、スピーカーからはブラジリアン・タンゴ《マシーサ》（アグスティン・バリオス[20]の第三番ワルツ第四楽章）が流れ、エンパナーダは熱々だった。ギュンターはエンパナーダにケチャップをかけた。ウェイターがワインの注文を聞きに来た。ギュンターはブドウの品種について薀蓄を垂れた。

—リビオとミトはお酒を飲まないってのがわからないの？—　イライザは困難ではあるが無敗の二十年の結婚暦の落ち着きをもって言った。

—南の様子はどうだ？—　コリエンテス出身のミトが尋ねた。

—僕が扱う情報はあまりにも専門的なものです—　ギュンターは謙遜ぶって言った。　—巷の生活や風評などは僕の耳には届かないのです—

—巷の噂だな—　リビオ・アブラーモがそれとなく言った。

—不眠症の疫病だ—　音楽家が言った。　—マコンドにおけるように。時間は止まっている。何も起きない。『族長の秋』だ—

—族長のクソったれよ！—　イライザは叫んだ。残酷なテーマだわ、と彼女は考えた。リビオは亡命中の身だったからである。彼が祖国のことについて何を言えるのか、彼が懐かしむ人々はもうかつてのようではないというのに。　—パンチョの姪が刑務所にいるの—

ギュンターは神経質にソーダ水割りのシーバスリーガルのダブルを啜った。

—あんたの姪御さんだって、ラクダくん？—　ミトが高校のときの、背の高い人間にだけ許されていたあだ名を使って言った。 ―アマポーラの娘さんか?―

―そうです― ギュンターは言った。 ―他に姪はいません―

―アマポーラ?― ブラジル人が尋ねた。

―パンチョの妹よ― イライザが言った。 ―未亡人よ。パンチョ、サナブリアさんはなんて名前だったかしら?―

―アンペリオだったかな。サナブリアとしか呼ばれていなかったが―

―大柄で元気な人だったわ― イライザは続けた。 ―シャーガス病だってわかって、何年か前に亡くなったわ。アマポーラは困窮してるの。理髪店の店舗までも他の人の借家だったから。家はパンチョの物よ―

―そして、路頭に迷った……― ミトはジョン・ケージ流にそそのかした。 ―サナブリアはかつて自由党派だったと思うがね―

―いいえ、自由党派じゃなかったわ― イライザは言った。 ―二月党を信奉していたの[21]―

―どっちみち反対派だ― 音楽家は言った。 ―二月でなければ三月だ―

―はい、半ばマルクス主義者でした― ギュンターはあくびをした。 ―そして、サッカーに関しては裸電線のような熱狂者でした―

リビオ氏は愕然とした様子で黙り込んでいた。イライザは再び話し始めた。

―問題は、もう二ヶ月前からその子が、一人娘が獄中にあることよ。共産主義思想で詩人だからという理由で。死者が一人でたわ。中米人だった―

―かわいそうに、アマポーラは悲しんでいます―　ギュンターは言った。　―ですから来週、帰りにコリエンテスに立ち寄ってきます。結局のところ、僕のたった一人の妹ですから―

リビオ氏は愕然とした様子で黙り込んでいた。

ウェイターが折り畳み式のテーブルを広げて夕食を給仕した。

ギュンター以外の全員がミディアムのシュラスコを注文していた。彼はエール大学でしか覚えられないというRの発音で、レアを頼んだ。

―でも、それなら……―　リビオ氏は、銀縁の水のグラスにその芸術家の指を走らせながら穏やかに尋ねた。　―まっすぐに行ってやれなかったのかい？　パリで何をしているんだ？―

ギュンター夫妻は無言で見つめあった。イライザは顔を赤らめた。ギュンターはシュラスコを噛んだ。

―焼肉《アサード》は悪くないでしょう？―　彼は微笑みながら言った。リビオ氏は愕然とした様子で、人生ゲームを真に受けている子供のような目で答えを待っていた。ギュンターは肉の塊を飲み込んだ。　―とにかく！　我々がパリに息抜きに来るのはいつものことです。姪がしかるべき人に預けられているとは言いません……ですが、さほどのことではありません！―

―それは違うわ、パンチョ―　恥じ入ったイライザはリビオ氏を見ずにつぶやいた。彼はマチャードの友人であり、彼女が最も尊敬する芸術家だったのだ。　―本当のところは、ソレの下着には血が付いているのよ―

画家は刺繍されたナプキンを蘭の花束の脇に置いた。彼はほとんど透明とも言えるような軽い身振りで立ち上がった。

―ごちそうさま―　彼はイライザに言うと、ミトの方を向いた。　―おい、ドアのところで待ってるぞ―

ギュンターは左耳を撫でた。

もし人が真の民主政治において疎外されることのない存在を獲得し作り出すならば、世界には誰もの幼年期に姿を現し、そして誰もそこにいたことのない何かが出現する。すなわち、祖国である[22]（エルンスト・ブロッホ）。

1　作曲家で歌手でありまた作家のシコ・ブアルキ・ヂ・オリャンダの曲〝A pesar de você〟からの引用。この「おまえ」はどのような独裁者でもありえるとはいえ、作曲者は当時のブラジルの軍事独裁者を思い描いていたはずである。

2　フリオ・コルタサルへの愛情ある言及。彼の『取るに足りないルカス』（一九七九年）を見よ。

3　パラグアイのミュージシャンで作曲家のギリェルモ・セケーラ（一九四八〜）の愛称。もちろんこの小説の筋では、パリで亡命生活を送っている。著者とは何年もの間様々な音楽のプロジェクトで協力した。

4　ヴィクトル・ハラ（一九三八〜一九七三）は、チリのミュージシャン。政治的で民衆的な曲調の歌曲を歌った。左派の活動家であったために、ヴィクトル・ハラはピノチェトから権力を取り戻そうとする暴動のさなかに逮捕された。

5　フェデリコ・ガルシア・ロルカの「イグナシオ・サンチェス・メヒーアスへの哀悼歌」（一九三五年）の最終部の言葉。

6　ガルシア・ロルカの前述のエピグラフとともに掲げられたこの言葉は、著者の『詩歌集』の「ヴィクトル・ハラへの哀歌」そのものである。

7　スペインの詩人、ルイス・セルヌーダ（一九〇二〜一九六三）の詩、「僕は見るためにやってきた」からの引用。

8　セルヌーダの前述のエピグラフとともに掲げられたこの言葉は、著者の『詩歌集』の「ヴィクトル・ハラへの哀歌」である。

9　ペルーの詩人、セサル・バジェホ（一八九二〜一九三八）の詩集、『スペインよ、この聖杯を遠ざけよ』（一九三七年）の詩、「いつだって親指で空中に書いてきた」からの引用。

10　バジェホのエピグラフとともに掲げられたこの言葉は、著者の『詩歌集』の「ヴィクトル・ハラへの哀歌」である。この詩句ではハラの暴力的な死を仄めかしている。

11 キューバの詩人、ニコラス・ギリェン（一九〇二〜一九八九）の詩の「ヘスス・メネンデスへの哀歌」の最終節からの引用。メネンデスはプロレタリア運動のために殺された農村の製糖業者のリーダーだった。

12 ギリェンのエピグラフとともに掲げられたこの言葉は、著者の『詩歌集』の「ヴィクトル・ハラへの哀歌」である。

13 パラグアイの詩人、エリブ・カンポス・セルベラ（一九〇五〜一九五三）の詩、「大地の一握り」（一九五〇年）からの引用。

14 カンポス・セルベラのエピグラフとともに掲げられたこの言葉は、著者の『詩歌集』の「ヴィクトル・ハラへの哀歌」である。この詩句ではハラの暴力的な死を仄めかしている。

15 リノ・ヴェンチュラ（一九一九〜一九八七）は、六〇年代から八〇年代までヨーロッパの映画の主役を務めた役者。

16 リビオ・アブラーモ（一九〇三〜一九九二）は、ブラジルの芸術家・彫刻家で、パラグアイと深い関係があり、最終的に六一年以降、パラグアイに在住した。

17 アブラーモはこのような書物を書いたことはない。これは著者による創作である。

18 カンディド・ポルティナリ（一九〇三〜一九六二）、ブラジルの画家。アブラーモの同時代人で、彼の作品には著名な社会経済的なテーマが組み込まれている。

19 グアラニー語で、「キリスト」を意味する。これはロア・バストスの『汝、人の子よ』（一九六〇年）の登場人物、クリストバル・ハラに関連付けられる。

20 アグスティン・バリオス（一八八五〜一九四四）はパラグアイの作曲家でギタリスト。

21 二月党は、パラグアイの政治結社であり、呼び名は一九三六年の二月に創立者のラファエル・フランコ大佐が自由主義者の大統領エウセビオ・アヤラの権力を転覆する反乱を始めたことに由来する。自身が大統領になったが、フランコは翌年には追放された。二月党はこの国の政治の歴史では変転が多く、全体として小さな役割を演じたが、重要な左派勢力だった。

22 ドイツのユートピア的なマルクス主義哲学者エルンスト・ブロッホ（一八八五〜一九七七）の『希望の原理』（五四〜五七）の最後の一文。ブロッホはこの書物の中でユートピアの理念としてドイツ語の「ハイマート」を用いている。

第四章

わたしはまず愛から始めよう、愛とはつまり無であり、動かぬ秘かな言葉であり、女神ケレースの円柱であり、海淵の底からブランコをこぐ盲目のイルカだ。海は潮を引かせ、焚き火が悲しげに揺らめいている光る道へとわたしを呼び出す。あなたは天からやって来るかのよう、あなたはわたしのノートのきらめく円環のページ、眠れる尖った岩、鈴、ゆっくりとしているが突然朝を迎える影。空を眺めるとき、氷海と歌、大気の下の震える海の花、遠方で誰かが奏でるごとき頌歌《オード》のように青いその山腹を眺めるとき、わたしは目的地のない旅行者のようだ。一筋の涙が唇まで流れ、一輪のバラがその星のような微笑みと古い骨壺の中で見つかったサソリを隠す。あなたはそっとわたしのところまで近づくが、わたしは立ち去ってしまい、意地悪な子鬼たちの一団があなたを取り囲む。夜の飛行機のようなワシ、止まった船の帆のような血、冷ややかな眼差しのコブラ、かたつむり、分かちあわれた悲しみの記憶、赤紫色の舌でもってあなたに近づく噴火口、鋼鉄の目と優しくあなたの魂の中で吹く風、わたしというその女の温かい薄板は、すでに物質や大洋、あるいは秘密といった、様々な光の形となっている。泣かないで、なぜならわたしはあなたの中にいて、愛とはあなたの体全体を流れる一本の川であり、そして一筋の涙であり、一つの約束であり、一本の棘であり、あるいはわたしたちが立ち去るときに消す時間がなかったランプであるかもしれないのだから。

いつからあのメロディーはチャランゴの中で傷跡のように鳴っていたのだろうか？ やるせない郷愁が、私の時間割と地図、インク壺を置いてきた山々の頂できらめいている。夏の青い時間、わたしのものであってそうではなかった深遠なる処女聖母、一つの命のようにあなたの中に残った愛撫、考古学者が理解しないであろうあの平和、過去やあるいは不安に打ち負かされた心が葬られているステュクスの大河、暖かな希望の早朝、葉が落ちて一枚の鏡がわたしたちを見ている間の秋の反射光、いつも道の途中には死があり、わたしたちの行く先には差し伸べられる手があり、渇きの前には泉がある。あらゆる人々のものでもなければ当時のものでもない別の言語では、愛はどのような名前を持っているのだろう？　わたしたちが遠くにいて、通りでは一人の通行人に過ぎない今、あなたの笑顔が終わり、そのガラスの向こうの雨が止んだら、あなたの仮面にはどんな表情が浮かぶのだろう？

わたしに話して。あなたを愛するときにわたしの瞳をして、わたしの悲痛で厳しい顔を真似て、あなたがその赤いドレスを身につけていたときに、なんて綺麗なのかしらとあなたに言ったその女は誰だったのか、言ってちょうだい。彼女について話してちょうだい、あなたは彼女のことを私よりもよく知ったのだから。そしてあなたのことを考えるとわたしはジャガーに変身する。喜びと優しさの杯、未来の地平線、正義の果てしなき始まり、自由の長旗、炎と言葉が連帯した領土、兄弟たちと澄んだ水という一義言語、名もなく世に知られてもいない地理、褐色の河岸と赤い土。

そして、目隠しをした黄色い眼差しをした死がやって来るだろう、最後の言葉はぴんと張りつめ、限界には境がなく、一滴の涙が虚空を転がってくる。どこにその息を置いてきたのだろう？　その足跡はどこに？　何のためにやってきたのですか？　今は夜で、雨が降っていて、わたしは女です、わたしはまだ女で、まだ息をしています。時間と黄昏の向こうにわたしを通してください。地獄の液汁よ、わたしを丸ごと飲み込んでください！　神は目を閉じてしまい、死だけがその隠れ家を知っている。その間に一人の騎手が近づいてきて、別の一人の騎手が発つ、そしてわたしは血の中で、この世で、彼がやって来るのではないかと待っている。

正午の目と単一の音節、すべてからわたしを守ってちょうだい。あなたはわたしの体と苗字を持っているのだから、わたしや他の者たちから、天国と地獄から、物事から、国民から、祖国からわたしを守ってちょうだい。憤怒や悲痛からわたしを守ってちょうだい、わたしを庇護してちょうだい、そっちの方で、婚礼の車に乗った愛が降りて来る！　停めてちょうだい！　乳白色の水路が通るようにあなたの白い足を広げて、死を見ないように目を開けて、わたしの手を取ってちょうだい、友よ、シダの茂みの正面に咲く一輪の芳しいバラが、わたしが死んだときにはあなたのヒナゲシのような額を飾るだろう。わたしが死ねば空気でできた像が、死ななければひとかけらの夜と狂った羅針盤が、沈黙の中に立つだろう。咳止めの錠剤を！　鎮痛剤を、さもなければ気が狂ってしまう、あなたの青白い水の泡と、手に負えない顔とランタンを売ってちょうだい、わたしは死ぬのだから。湖を、天体のむなしい食を、完全な詩を、わたしだったことのないすべてのものを、わたしが見も触れも読みも聞きも舐めもしたことのないすべてのものを、もはや祝うことのないこれからのわたしの誕生日をわたしに真似して見せてちょうだい、まだわたしは死んでいなくて、まだ愛しているのだから。

愛しい人よ、我が命よ、永遠の女よ、みんなの祖国よ、とあなたはわたしに言うだろう。あなたの唇は自分の唇にある、死に切ってしまいなさい、そうすれば自分はあなたに愛されていて、自分の死はあなたの死でみんなのものでもあり、時代にそって来た群衆の死でもあるのだと知るだろう、と。無という燃え上がる腹、蓮、入り口、人間の堕ちるところまで堕ちた心の中で火が消えるとき、わたしはあなたの中に火のようにいる、わたしは目を開けたまま、愛を唇に浮かべて、地面の下にいるだろう、一枚の同じ旗と一つの同じ記憶がその燃え上がる支柱にわたしの声を掲げ、わたしの影を持ち上げ、わたしが少女だったときに失った空を思い出すだろう、そしてみんなの魂の中で、わたしの沈黙はもはや沈黙ではなくなるだろう。

フランシスコ・ハビエル・ギュンターはシャワーを浴びるために浴室に入り、目を見張った。浴室は大理石と陶器、プラチナでできていた。騒音の石器時代の遺物[1]である。ギュンターはあえぎながらエアロビックを終えた。六十二歳でありながら、彼は体型を維持していた。蒸気が浴室を温めてくれるのをむなしく待った。彼はタオルに身を包むと、妻にベッドの足元の電気ストーブを持ってきてくれるように頼んだ。イライザはソレの詩を脚の間に、物思いに沈んでいたが、ストーブのコンセントを抜いてギュンターに渡した。絹のネグリジェが揺れる黒い乳房を支えており、まだ十分な魅力があった。

―ありがとう―　ギュンターは浴室のドアから言うと、それよりも陰気な声で付け加えた。―もう州庁へ電話する時間だと思うぞ。ここではみんな早起きだとわかっているだろう―

　彼はシャワーを浴び始めた。イライザは電話の脇のウォーターベッドに座った。その端にはメイドが金の盆に乗せたグレープフルーツと、トースト、ブラックコーヒーと地元の新聞を置いていた。二紙は反政府系の新聞で、一紙は親政府系のものだった。ギュンターは最初の二紙に載っていた。世界銀行の総裁が私的訪問でやってきた。その一紙は、反ブエノスアイレス《ポルテーニョ》的国粋主義でもって、訪問者が南米生まれで、いまだに母語《グアラニー語》を話し、北の大国にある自分の執務室でフリオ・イグレシアスが乙女《クニャタイ》よおまえは今どこにいるのかと歌うのを聞いてはいかに感動するのかを回顧していた。もう一紙はもう少し棘のある調子で、ギュンターは四半世紀前からアメリカ人で、フォードにルーマニアのブカレスト駐在大使に任命され、ビジャリカ[2]市役所に両親の墓地代すら払っていないと書き立てていた。その新聞は紫色の枠で囲ってイライザの写真を載せ、次のように書いていた。**イライザ・リンチ・ギュンター夫人、ペンシルベニア生まれ、現メリーランド大学正教授。**新政府系の新聞は、この件については書いていなかった。

　イライザはコーヒーを少し啜った。クロックラジオが九時を指した。彼女は受話器を取ると、昨晩役人に渡された電話番号をダイヤルした。

通話は三分間もかからなかった。ギュンターが震えて、ちくしょう、寒いぞ、と呻きながら浴室から出て来た。

—もう話したわ— イライザは言った。 —一時間後に待っているって—

ギュンターは飛び跳ねながらアナトミカルパンツと靴下を履くと、櫛を探しに浴室に戻った。彼は鏡を覗いた。ほとんど禿げ上がっていた。金髪とグレーの髪の毛が、耳の上で巻き毛になっていた。数本の金色の皺が、奇妙な青みがかった厳しい目つきで眺める老いた海賊のように、唇や目のあたりに見えた。彼は素早く髭を剃った。いつも通りにオーデコロンを浴びるように振りかけた。服を着終えた。ネクタイを締めながら出てくると、これでいいかと尋ね、イライザはいつものように彼を見もせずに、いいわと答えた。

—ライザ、何を読んでいるんだい？—

—新聞よ。あなたのことを書いてる—

—何て言ってるんだい？—

—何も。あなたの履歴だけよ—

—あの子のことは？—

—何も—

—臆病者どもめが—

―どうして？　彼らがどんな圧力をかけられているのか知ってるの？―

―もしもこれらすべてが人道的行為以外の何物でもなければ……―

イライザは新聞を閉じると、グレープフルーツにスプーンを沈めた。ギュンターは出かけにキスをしたとき、柑橘系の味を感じた。自分の後ろで彼女がそっと英語でつぶやくのを聞いた。彼女はそれを、厳粛な機会にしか使わなかった。


コリエンテス州知事の広く快適な執務室は、軍隊的な慎ましさでよい趣味とは言い難かった。埃で傷んだ九月のラパチョ[3]の花の絵と微笑むガルティエリ将軍[4]の油絵で飾られていた。冬の光がベージュ色のカーテンから差し込んでいた。下では街の往来のくぐもった響きが聞こえていた。デ・ラ・レンタのこざっぱりとした長いズボンを穿いたギュンターは、深々と革張りの椅子に座り、分厚いファイルを振り回している、自分と同年代だが太った州知事の話に耳を傾けていた。ギュンターにはファイルの中身は見えなかったが、知事によると、そこに書かれている説明では、少女のことを気のふれた女子学生（十八歳）、毛沢東主義者、ユダヤ教徒、放火魔、フリーメーソン会員、エコロジスト、変人、リベラルでマルクス主義者、無能で麻薬常用者、同性愛者で文無し、サンディニスタ[5]、ＥＴＡの構成員[6]、無国籍者の詩人だと書き立ててあった。**この国では太陽とは叫び声で、命とは決して言われることのない**

言葉である[7]（リベロ・デ・リベロ）。おまえの横で過ごす川辺での正午から、おまえの限りなく優しい唇から、おまえの忍耐強い活力という夢から、おまえの曙光という束の間の婚礼飛行から、おまえの肌という秘かな神秘から、おまえの血という強固な塞から、おまえの街角という荒々しい驚きから、おまえの素朴な農民の風俗から、おまえの朝という太陽のゆったりとした修道服から、おまえの殉教者のように潔白な繭から、おまえの永遠の大衆歌から、おまえの遠くて引き継がれた沈黙から、オレンジ畑、ハープ、鐘から、おまえの扱いにくく賃貸しされた地下から、おまえの空天井という広大な空間から、おまえを腕に抱き甘い言葉を囁きかける感動から、おまえの手に口づけする喜びから、そしておまえと一緒に目覚めるという確信から、我々は遠く離れて、進み続けるのだ[8]！

海の水平線に向けられた見えない目の日々、いつも同じ時間の日々、自由なき日々[9]（ポール・エリュアール）。おまえの時間を傷つけない時計の中に、おまえの音節が聞かない方言の中に、おまえの影が守らない角の中に、おまえの夏が知らない歩道の中に、おまえの涙を夢見ない場所の中に、おまえの記憶の青い瞼の中に、電気を帯びた他人の隙間の中に、激しく暗い悪夢という郷愁の中に、ひりつく無言の傷跡の中に、古い隣接した叫びの中に、放浪する一体となった小石の中に、ただ一つでありながら無数の害の中で、おまえを再び占領することを待つ時間の中で、おまえの痕跡を侵略する日の前夜の中で、おまえの解放された太陽の扉の中で、そしておまえの無傷の優しさという清廉な言葉の中で、我々は釘付けになって、見張っているのだ[10]！

血、天国、パンと待つ権利は、悪を憎むすべての罪なき人のためにある[11]（ポール・エリュアール）。これはおまえが命の炎を覗き込んでその恐怖の火炎で身を清めるための、おまえが他の者たちの川に飛び込んでその生温い流れの中で罪を認めるための、おまえが乱暴に喜びを飲み干してその絶頂でばらばらになるための、おまえが最初に通りかかった者にしがみついて一緒に歩いてくれるように頼むための、おまえが穏やかなキスの中で眠り込んで家のドアに鍵をかけないための、おまえが翌朝に断続的な眠りのせいで腫れぼったい目をして目覚めながらも、少女がまだ小さないびきをかいているのを聞いて、満足して朝の空気を吸い込んで微笑むための呼びかけだ。なぜなら、おまえにはパン、本、空気、はかない愛と希望を求める権利があり、私が今週おまえを世界的にしてやるからだ[12]！

もしも我々が眠らないのであれば、それは夜明けを待ち伏せるためであり、我々がまだ生きているとその夜明けが証明してくれるだろう[13]（ロバート・デスノス）。その日が始まるとき、一つの血の物語がその精脈を閉じ、一人の隠密の死刑執行人が忘却を知り、いくつかの疲労した手が生を布告し、いくつかの古い目が恐怖から戻り、一つの錆びた鍵がゴシキヒワを自由の身にし、一つの鋼板で覆われたドアは粉々に砕け散り、一枚の陰気な肖像がその憎悪を切らし、一輪の控えめに咲いたジャスミンが冬を免職し、無数のコオロギが狂ったように鳴き、一つの尚早な代数がホタルを配列し、一匹の大間抜けなリスが仰天して笑い、一人の熱狂した太った男がポルカに汗を流し、一人の素敵なブルネットの女が一人のごろつきを選び（美しい無邪気さがその太腿を赤らめるだろう）、一台の無料バスが切手を配り、一つのすさまじい大変動が喜びを設立するだろう、そしてあらゆるところにたくさんの人（本当のところは、あらゆる人）とサーカスのような大騒動があり、一人の驚いた赤ん坊が生まれるときに、こんなに待ったのに一体自分はどこに出てきたのかと尋ねるだろう。そのとき、我々は戻ってくるだろう。[14]

　だが我々の誰一人としてここに残りはしないだろう。まだ最後の言葉が言われていないのだから[15]（ベルトルト・ブレヒト）。全員だ。孤児という境遇、忘却、拷問、亡命、中傷を経験した者たちよ、地獄、罰、渇き、病、怒り、苦難を受け継いだ者たちよ、恐ろしい無法者や忌まわしい腐肉、燃える刃に取り囲まれていた者たちよ、この破滅という破滅の悲しみを変えることを切望し、死や憎悪、自由を奪われた心というこの上ない恥辱に対して死ぬまで闘い、秘密の書類や会合、沈黙の名前を震えながら取り決め、愚行と喪を廃止し、いつも人間的な世界を、あわさった唇を、早い帰還を、永遠の命を夢見た者たちよ、そうして、愛、純粋さ、花、待っている詩、これらすべての打ち負かすことのできない理由とともに、この上なく長く苦しい夜の終わりに、我々は勝つだろう！[16]

――単なる人道的問題ではないですか……――

—実は法律上の問題があるのです。この件は管轄の裁判官の手に委ねられています。我々は法律と規範を尊重したいのです。特に規範を—

—ですが、州知事、恩赦は主君を崇高ならしめるというではありませんか。私は一度も政治をやったことはなく、このような問題を扱ったことも言うまでもなくありません。貴殿の州政府に対して、私が一度も借款を拒否していないということはご存じでしょう。私に何をしろと？ 哀れな未亡人の、私の妹の娘の問題なのです！ 彼女に何が起きたのか、私は知らないのです。彼女を私のワシントンの家に連れて行きたいのです。妻は彼女を診てもらうための、優秀な女性心理学者を知っています。単なる人道上の問題だと思われます—

—ええ、お話はわかりますとも。あなたの立場になって考えています。あなたはできる限りのことをやっておられます。当の大統領もそのことを知っています。そして、我々も助けて差し上げたいのです。辛抱しなければなりません—

—辛抱がなんだというのですか、母親にすら面会させていないではありませんか—

—神の仰ることでしょう。北へお戻りください。将軍は戦争[17]でお忙しいのです。圧力や急かしを嫌われます。胡散臭い同業者（アムネスティや人権連盟[18]）がすでにこの件を公表しています。あまりにも騒ぎが過ぎます。事態が落ち着けば、裁判官が法律に則って裁きを下すでしょう—

―それで？―　玄関でいまだ湿ったバイブレーターを手にしたままのイライザが尋ねた。

ギュンターは優しく彼女の腕を取って中へ連れて行くと、ウイスキーを二つのコップに注いだ。

―長い冬になりそうだ―　ギュンターは言った。

1　アルトパラナ川の広大なダムの建築を仄めかしたもの。そのイタイプという地名の名前はグアラニー語で「騒音の石」または「反響の石」を示している。この巨大な水力発電のプロジェクトはパラグアイとブラジルの共同作業であり、一九八二年に完成した。ストロエスネル政権のプロパガンダによれば、パラグアイには新しい時代が始まったのであるという。

2　パラグアイの都市。アスンシオンから百六十一キロメートル。

3　輝くような花が咲く木。

4　レオポルド・ガルティエリ（一九二六〜）。一九七六年からアルゼンチンの軍事委員会のメンバー。八一年からは軍事政権の責任者となった。マルビーナス紛争の失敗によって、後に辞職した。

5　ニカラグアの社会運動の支持者。一九七九年に右派の独裁者ソモサを倒した。

6　バスク分離運動の支持者。

7　イタリアの詩人、リベロ・デ・リベロ（一九〇六〜一九八一）の「瓶の中の追伸」からの引用。

8　リベロ・デ・リベロの前述のエピグラフとともに掲げられたこの言葉は、著者の『詩歌集』の「栄光の歌」である。

9 シュールリアリズムのフランスの詩人、ポール・エリュアール（一八九五〜一九五二）の「あなたの瞳はいつも澄んでいる」（一九二六年）の引用。

10 エリュアールの前述のエピグラフとともに掲げられたこの言葉は、著者の『詩歌集』の「栄光の歌」である。

11 エリュアールの「言われた愛の強さ」（一九四七年）の引用。

12 エリュアールの前述のエピグラフとともに掲げられたこの言葉は、著者の『詩歌集』の「栄光の歌」である。

13 ロベール・デスノス（一九〇〇〜一九四五）の「明日」（一九四三年）からの引用。

14 デスノスの前述のエピグラフとともに掲げられたこの言葉は、著者の『詩歌集』の「栄光の歌」である。

15 ベルトルト・ブレヒトの詩、「移民たちの名づけについて」（一九三七年）からの引用。

16 ブレヒトの前述のエピグラフとともに掲げられたこの言葉は、著者の『詩歌集』の「栄光の歌」である。

17 マルビーナス紛争（フォークランド紛争）。この小説の冒頭部では、事態が進行中であった。

18 スペイン人権擁護連盟に言及していると考えられる。一九一三年に設立された、圧迫や虐待の被害者たちのために国際的な活動を行う機関。

第五章

彼はレンタルしたボルボで、あてもなく街を走っていた。蜃気楼の天辺を突き抜けるように高くそびえる鋼鉄とアルミの巨像が、レンガ建ての家屋を貧乏な親戚に対するように見下していた。蟻のように動き回っている清涼飲料売り、宝くじ売り、牛乳売り、チケット売り、交通監視員、タバコ売り、ウエイトレス、店員、看護婦、歌手、トラック運転手、白い作業服を着た共産主義の教師、修道女、警官や売春婦 ―いつもの通り、仕事をしているのは女たちで、男たちは尻を掻いていた。だが、失望と暴力に晒されたこんなにも多くの若い女性を見たことがなかった。**ちくしょう、ようやくここに社会主義が現れるんだ、**とギュンターは思った。彼はゆっくりと、国家の独立を記念する、行商人や売春宿、銀行が並ぶ通りである、二月三十日通り[1]を下った。いつかの夜、ワシントンの家で、夕食後のコニャックを飲むために、ソレダーはプールの近くにギュンターと一緒に座った。彼女は前の年の夏のニューヨークでの経験について話した。それをギュンターは今はっきりと、郷愁すら感じながら思い出していた。

—あんたは世間知らずなインディオちゃんだ— アティリオはケネディ空港でわたしのスーツケースを掴んで言ったの。 —だから俺がしつけてやるんだ—

アティリオは伯父さんの同郷人よ。でも背が低くて、赤ら顔で、五十歳くらいで、二十年以上前からニューヨークに住んでいるの。お父さんは彼の理髪師で友達だったの。よくセロ・ポルテニーョ[2]のホームスタジアムに一緒に行っていたわ。お父さんが手紙を出して、わたしの奨学金と英語のコースが始まるまでの世話を頼んでくれたの。

—じゃあ、高校を卒業したら社会学を勉強したいってのか— アティリオは緑の古いシボレー・インパラに乗ると、いきなり聞いてきたわ。 —今ではそのカリキュラムがあっちにもあるってわけか—

—はい、だいたいそんな感じです—

—俺の時代にはなかったな。で、何の役に立つんだ？—

—ええっと、社会問題や経済情勢とかについて研究するためです。全体的な体系があるんです—

—つまらん話だ。そんなことは街で覚えるもんだ。本は屁の役にも立たん。あっちには社会学は一度もなかった！ 化学者しかいなかった！ ここでも社会学者は職の道がなかった。俺の従業員に社会学を勉強しているやつがいるが、俺のビールを飲むことしか知らない

―アティリオはブロンクスでギリシア料理のレストランをやっているの。お客さんはラテン系で、ドミニカ人、プエルトリコ人、チカーノよ。たまに夜遊びしてるアメリカ人《グリンゴ》が迷い込むの。インド人から、借金して買い取ったみたい。毎金曜日の賭けトランプ仲間で、マラカイーボ出身のカルドソとかいう病理学者が保証人になったの。中南米料理のレストランはとても無理だって、アティリオは説明してくれた。

―ヤンキーはジャイロ・サンドイッチ[3]は好きでも、パラグアイのベユー[4]を試したことはない。ましてや、パラグアイ風スープ《ソパ・パラグアヤ》はもってのほかだ。おまけに、こいつは固形なんだから[5]

―

―それはそれとしまして―　わたしは最初の赤信号で止まったときに言ったわ。―何人かの社会学者がいました。たとえばあなたのお祖父さんのイグナシオ・A・パネ[6]さんは重要な先駆者でした―

―じいさんは全くもって胡散臭かった―　彼はホンジュラス製の葉巻をわたしに手渡した。　―残りはすべてデタラメだ―

―ありがとうございます。でも、タバコは吸わないんです―

―なんの悪癖もないのか？　ビールは飲むんだろう―

―たまに、少しだけ。でも、おしっこをしたくなるんです―

―グリンゴには注意しな。あいつらはヘルペスを持っているから。クソ厄介な病気だ。ヤンキーの女どもが唯一好きなことと言ったら脚を開くことだけだからな。あんたは女の子だから、これ以上は何も言わんよ―

もちろん、アティリオは独身で、『ペントハウス』と『プレイボーイ』を購読してるの。『プレイボーイ』で、古いラティーノの冗談を話してスウェーデンの賞を獲った沿岸地域の男へのインタビュー[7]を読んだって教えてくれたわ。

―とにかく― わたしは言ったわ。 ―女友達が一人、わたしのことを待っているんです。奨学金は一ヶ月半です。だから、後で時間があるどうかわかりません―

―俺らみたいな犬どもはそそるからな。あんたは勉強どころじゃないだろう。だがどうってこともないだろう? 誰も済んだことの取り返しはできないんだ。だがコンドームを使いなよ―

そのとき、わたしたちはブルックリン橋を渡っていたの。アティリオはわたしが驚いていないか横目で盗み見ていたわ。

―ここはどでかい街だよ― 彼は溜め息をついた。 ―ブエノスアイレスみたいだが、ブエノスアイレスっ子《クレピー》[8]のクソったれは大していない。ほとんど誰も、英語もグアラニー語も話せない。だから、スペイン語で話しなよ—

わたしたちは家に着いて、アティリオはレストランの二階の一室を貸してくれたわ。アティリオもそこで寝ていたの。

—エアコンは壊れてるんだ—　彼は八月の湿度に関して慰めてくれた。　—月曜日には直しに来てくれる予定だ—

とにかく、わたしはシャワーを浴びてからレストランに降りたわ。土曜日だったから、賑わってた。お客さんたちは食べて、言い争って、ビールを浴びるように飲んで、据え付の悪いビリヤード台の縁に置かれたビールのジョッキはぐらついていて、テレビからはシェービング・クリームや洗剤、保険、犬の餌、トヨタの車、マヨネーズの宣伝が響いていた。耳にＢＩＣ[9]のボールペンをはさんだアティリオは、レジの番をしながら、黄色いヒゲが生えた太ったチカーナが厨房で焼く料理を、ビールを勉強して社会学を台無しにする元気のなさそうな黒人のウェイターに渡していたわ。トイレの近くのテーブル（強烈な松の匂いがしてた）に座らされたわ。彼は牛肉とフライポテト、サラダ、ギリシア風パンが乗った大皿と、よく冷えたジョッキを持ってきて、大きな赤いチェック模様のテーブルクロスの上に置いてくれたの。それを見て、お腹が減ったわ。

—おい、サッカーはどうなってる？　スタジアムに行かなくなって随分になるんだ。アルーアはスペインに行って、金持ちになった。ブラジルだったらペレの再来だと言われただろうよ！　俺らはおかま野郎呼ばわりしてたんだがな。考えてもみな。何も変わってないに決まってる—

—だけど、黒縞《オリンピア》は汎米大会で優勝しましたよ—

—そんなことは痛くもかゆくもない！　黒縞《オリンピア》は傭兵軍団だ—

—でもアティリオさん、そんなに大げさに言わなくても。それはまさにわたしたちを仲違いさせる、先祖返り的な態度です。自分の味方じゃない者は敵だ、って—

—あんたは単なる哲学者だ。情報処理を勉強しろよ、未来の科学だよ。今勉強しておきな、そしたら食いっぱぐれることはないだろ。頭の狂った雌どもは日々子供を産んで、もうこの世界は手狭だ。折角のアメリカ留学だ。何か実用的ことを勉強しなよ—

—でも、あちらで必要とされているのは人です。どこにも住民がいないんですから—

—慈善家だな、慈善家！　親父さんと同じで、夢見ることしかしないんだな。サナブリアは何てやつだった！　クソったれの共産主義者だった—

—共産主義者ではありませんでした、アティリオさん。終身二月党員でした—

—つまり、共産主義者ってことだ。デタラメを言うなよ。青だか赤だか、そういうことだ。だが、親父さんはいいやつだった。俺は大好きだったよ—

—ありがとう、だけどお父さんは共産主義者ではありませんでした。ミサにだって行っていました。最後の国民会議ではアララコ[13]さんに投票しました。あなたは急進派[14]ですか？—

—何を期待してるんだ—

—では、赤党員ですね—

—絶対にご免だ、俺はセーロ[15]だ—

—それは政党ではありませんよ、アティリオさん。セーロはサッカーチームです。あなたの理論からすると、あなたも共産主義者ですね—

—すぐ横柄な口を利く。偉大なアドリアノ[16]のことを聞いたか？　喧嘩をしないように赤青の縞模様[17]を考案したんだ—

—聞いたことはあります。すべては時節柄の社会問題ですね—

—もういいから食べな。ジャイロは嫌いか？　あとで四二番街[18]に連れて行ってやるよ。今日は土曜日でとてつもなくひどいぞ。どんちゃん騒ぎが見れるぞ……それでコッチ[19]はすべて白人化したいと言ってるのを考えてみろ！—

—とても美味しいわ、アティリオさん。でも、とても疲れているんです。このまま寝ると思います—

—部屋にテレビを置いてあるよ。今夜は、ロベルト・カバニャス[20]の試合があるんだ、全部スペイン語だぞ―

―ありがとう、でもわたしは英語を練習したいんです―

―じゃあ、HBOチャンネル[21]がよいね。『類猿人ターザン』だ。ボー・デレクはいい娘だな、ケツはえらく小さいが、あそこは狭い……。英語はどこで覚えたんだ？―

―文化センター[22]です……―

―今は英語を教えているのか？　俺の頃は、フェスティバルをやっていた。三人のユダヤ人がギターや楽器の伴奏なしでグアラニー語でポルカを歌って、グリンゴが一人でバラライカを弾いてた―

―どうだったのかは知りません。今は英語を教えています。TOEFLの対策もやっています―

―全部帝国主義のクソったれだ―

―だけど、アティリオさんは進歩主義者じゃないですか！―

―だいたいな。去年はトヨタを持っていたが、今はインパラだ―

―わたしはあなたの使った、帝国主義という言葉について言っているんです。もちろん、情勢があります―

―それはエミリアノ[23]をギターの代わりにバラライカで弾くってことだ―

―ロシアの楽器ですね―

―言っただろう。ちょっと待ってろ、あのクソっ。ベトナム帰還兵だからって、どこでもタダで酔っぱらえると思ってやがる―

アティリオは三週間、何十年もの厳しいニューヨークの地下生活から引っ張り出してきた中南米風の皮肉で楽観的な理論をわたしに聞かせ続けたの。学校の方で、ようやく部屋を用意してくれたわ。台湾人との相部屋だった。アティリオとは電話で話しはしたけど、コースの終わりまで会うことはできなかったの。お別れの挨拶にレストランに行ったわ。ほとんど空っぽだった。スピーカーからはミルトン・ナシメント[24]のサンバが鳴り響いていたわ。アティリオは両腕を広げた。

―もっとここにいるつもりはないのか？―

―わからないわ、アティリオさん。とても印象的だったけど、わたしの家族はあっちにいるんです―

―残念だな。あっちで社会学をやるなんて、どうなることやら。まあ、少なくとも親父さんは理髪店をやっていた。あんたは美容院で働くかね？―

―本当のところは、お父さんは教えてくれなかったんです。わたしにもっと大志を抱いて欲しがっていました―

―医学でもやればよかったのに。医者は決して飢え死にすることはない。ここでどれだけ金を貯められることか。カマロ[25]を乗り回すことだってできただろうよ―

―それじゃあ、アティリオさん、あなたはどうして帰らないんですか？　今はドルがこんなに高いんだから、レストランを売ればひと財産になりますよ―

―アルティガスが言ったように、俺にはもう祖国がないんだ。ゲーテ学校[26]の前に建つ銅像は好きか？　何たるロドー[27]の像なんだ！　羽だらけのアルティガスだぞ！　トラの像だぞ！　なあ……、あらゆる小鳥が頭に糞を垂れ、犬が小便をして行くんだ、決して一人にはならない―

アティリオはどことなく酔っ払っていたわ。夜が更けるまで独り言を続けていたけれど、わたしは急がなかった。用意は全部できていたから。最後に彼は泣いたわ。信じられなかったわ、伯父さん。男の人が泣くのを見たことがなかったの。ましてやパラグアイの男が泣くなんて！　太った女の調理人はわたしたちを軽蔑した眼で眺め、黒人のボーイは笑いながらオランダ[28]の「建築」の曲にあわせてステップを踏んでいた。

―アティリオさん―　わたしは言ったわ。―わたしに何かできることはありませんか？―

彼は十四枚の紙ナプキンで涙を拭いて、無言で頭を横に振ると、しばらく黙り込んだわ。

ようやくわたしをカマロに乗せてくれたけど、その日に乗り始めたばかりだったの。もう自由の女神像は見ました、そんな状態で運転するのは慎重じゃないですよ、って言ったわ。どうやってたどり着いたかはわからない。彼がビールの匂いのする汗をかいて、冷えたビールの缶を額にあてていたのは覚えているわ。彼はわたしに、はるか上にある、とてつもなく明るい石の松明を指差した。それからこう言ったわ。

—気をつけて帰るんだよ。色々とすまなかったな。たぶん二月三十日だってことに気がつかなかっただろう……—

1 著者による抜け目のない冗談。独立をカレンダーには存在しない日と同等に扱うことで、ラテンアメリカの独立の年代記における国外の政治経済的な権力をからかっている。

2 アスンシオンの主要なサッカーチームの一つ。その本拠地がオブレロというバリオにあるために、庶民的であり、労働者階級に人気を集める傾向がある。

3 肉、トマト、玉ねぎやヨーグルトなどを用いたギリシャ発祥のサンドウィッチ。ニューヨークの労働者には人気がある。

4 トウモロコシやキャッサバの粉を中に含んだソースに他の食材を用いたパイ。

5 「パラグアイのスープ」とも呼ばれるが、液体ではなく、むしろトウモロコシの粉や玉ねぎ、卵やチーズなどの食材でできたパイやパンの一種である。

6　パラグアイの作家で社会学者（一八八三〜一九二〇）。パラグアイの大学教育に社会学を導入し、三国同盟戦争の敗北の後、ソラーノ・ロペスのイメージの復権に加わった。

7　一九八二年にコロンビアの作家ガルシア＝マルケスがノーベル文学賞を受賞したことを滑稽に言及している。確かに一九八三年の一月号にプレイボーイ誌はジャーナリストのクラウディア・ドレイフュスとガルシア＝マルケスとのインタビューを掲載している。本書の時系列に一致しないのは著者のミスであろう。

8　アルゼンチン人に対してしばしば軽蔑的に用いられる名称。グアラニー語に起源があり、文字通りの意味は「薄汚い足」。

9　ボールペンのブランド。

10　サトゥルニーノ・アルーア（一九四九〜）。パラグアイのフットボール選手。セーロのために七三年まで、また七九年と八一年にもプレーした。その間にはスペインのレアル・サラゴサでプレーした。

11　パラグアイでは、「傭兵軍団」という表現は愛国心の欠如を意味する侮辱として見なされる。その表現は三国同盟戦争の後、反ソラーノ・ロペス勢力であるパラグアイ部隊にまで遡る。その勢力のメンバーは、パラグアイ人でありながらパラグアイに在住していなかったのである。

12　パラグアイの二つの主要な政党である、自由党とコロラド党のイメージカラーをそれぞれ表している。

13　パラグアイの耳鼻科医で、二月革命党とパラグアイ医師協会の代表を務めていたアラリコ・キニョネス医師に対する不敬な呼び名。

14　リベラル派。

15　サッカーチームとしては、セーロはもちろん公的な政治に関わってはいないが、しかし民衆の心理としては少なくとも労働者階級的で、アンチ・エスティブリッシュメントの傾向が強い。

16 セーロの代表を一九二〇年から二二年まで、二五年から三三年まで務めた、パラグアイの知識人でジャーナリストのアドリアノ・イララ（一八九四〜一九三三）博士を指す。

17 赤と青という色はクラブ・セーロのユニフォームの色であるが、同時に二色は自由党の色である青とコロラド党の色である赤をそれぞれ示している。

18 四十二番通りは、ニューヨークのマンハッタンの地区の名前。現在は経済の中心地だが、六〇年代から八〇年代にかけては売春宿の巣窟であり、ポルノグラフィーや密輸品の売店が並んでいた。

19 エド・コッチはニューヨークの市長を七八年から八九年まで務めた。

20 セーロでプレーしたサッカー選手。八〇年代には、ニューヨークのコスモスでプレーしていた。

21 ホーム・ボックス・オフィス（ＨＢＯ）のこと。映画を見るためのケーブルテレビ。

22 アスンシオンのパラグアイ・アメリカ文化センターのこと。現在のパラグアイでも重要な機関である。

23 エミリアノ・フェルナンデス（一八九四〜一九四九）はパラグアイのミュージシャン、作曲家、詩人。

24 ブラジル音楽の代表的な歌手で作曲家。

25 北米のブランドである、シボレーのスポーツカーのモデル。

26 アルティガスのモニュメントはいつもゲーテ学院の前にあり、ブラジル通りとファン・デ・サラサール通り、アルティガス大通りの交差する場所である。

27 アティリオはおそらく、ウルグアイの作家ホセ・エンリケ・ロドー（一八七二〜一九一七）とフランスの彫刻家、オーギュスト・ロダン（一八四〇〜一九一七）を混同している。もちろん二人のどちらもその彫像を立てていない。

28 どうやら、黒人が音楽にあわせて踊っているアティリオの店で弾かれている曲とは、作曲家のシコ・ブアルキの「建設」であるようだ。この曲は転倒して死を迎える建築作業員の運命を語っている。

第六章

何週間もが過ぎていった。アマポーラは家で洗濯するために服を取りに行っては、その中に詩を見つけていた。

―あなたは文学者ですから― そう言ってイライザに渡していた。ある日、イライザは好奇心に駆られてその詩を読んでいた。彼女は途中で読むのを止め、それをアマポーラに返した。

―お友達宛てだわ― 彼女は興奮してつぶやいた。

一方、ブエノスアイレスでは、先住民の仮面のように泰然自若とした面持ちの、八十歳代に近づいた、出来は悪いが慎重そうな終身役人が、あたかも無名の地方教区司祭がローマ法王を迎えるかのようにギュンターをもてなしていた。

―危機はどうにかなります― 彼は執務室で、喘息気味の溜め息をついた。―資金受取の減少は外国企業の資本投資の停滞によるものです。もちろん、低調な外資導入の活動も一つの小さな要因でしょうが―

―小さな？― ギュンターは言った。 ―冗談はよしてください。私がデータに目を通していないとでもお思いですか？ もう、国際収支の赤字はこれ以上一年も国は持ちこたえられない状況ではありませんか？ そうして、結果として年度予算がインフレ財政となります。一九八〇年度の国内総投資額が国内総生産の三十パーセントだったことを考えてもみてください―

―三十・五パーセントです― 役人はリューマチでしなびた指の間で、ギュンターが贈った名前入りの金色のパーカー万年筆を輝かせながら、力無く郷愁とともにつぶやいた。**ここ最近の日々は、このような感じで時間が呻き、空間が青ざめた思い出のごとく回り、雲が暗い涙を浮かべ、ラジオが孤独で悲しく、苦々しい音を出す。わたしにはもはや思い出も希望もほとんど残っていない。すべてから遠く、わたしは自分の中に停泊している。わたしには自分の影に話しかける声すら残っておらず、しわがれた気難しい言葉はあなたに似ている。いつもあなたの名前が呼ばれる。愛しい人、どうしてわたしたちを引き離すことができるのかしら？ こんな乱暴で、長い、悪い方法で。わたしたちは少しキスしあったり、手をつないで行ったり来たりしたり、沈黙とパスポートを分かちあったりすることで、誰も傷つけていないわ。愛しい人、どうして今は、毎朝が同じ孤独と夢なのかしら？ 愛しい人、どうして風も黙り、手着かずの灰色の石のような景色しかないこの窓以外に、窓がないのかしら？ 愛しい人、どうして歩道、公園、正午、奇跡**

や飾り気のない会話がないのかしら？　愛しい人、どうして人生はこんな風なのかしら？　愛しい人、どうして日々がこんな風に動きもせずに過ぎていき、まだわたしたちが自分の方へと出て行くことができないのかしら？　この誰のものでもない、音楽も手もないこの監禁生活の中で（どのようにしてかはわからないけれど）まだ脈打っている、恋に落ちた小さな自由の方へと！　ここ最近の日々は、このような感じで時間が呻く。静かにあなたを思い浮かべる。待ちながら。この不眠と悪夢という待ち時間の中で、あなたも不安がっていると想像する。何も持たずに。思い出の中のわたしだけと一緒に。涙の上にまだ一緒にいる、わたしたちだけ。愛しい人、どうして今日は日曜日なのにわたしたちは一緒に外で走ることができないのかしら？　愛しい人、どうしてこの不在にもかかわらず、月曜日に夜が明けてもドアは閉まっているのかしら？　ここ最近の日々は、このような感じで時間が呻く。もうわたしには言葉がない。苦痛と沈黙の音節しかない。錆びた蝶番の日々しか。この無限の悲しい孤独しか。時間が呻くここ最近の日々しか。[1]

―税収入が国家予算の経常経費を賄い切れない情勢下では、どうも内国借款と、外国からの借款に依存する以外の手段はなさそうですね―

―私は数字なしで話すことはできません―　ギュンターは唸るように言うと、密輸品の純正ハバナ葉巻に火をつけた。

―予算の総収入は九百億ないし八百九十億弱だと見積もっています―

―その内、資本導入は何パーセントですか？―

―およそ百六十億です―

―十八パーセント！―　ギュンターが吼えた。　―昨年度予算で計上した数字の二倍以上じゃないですか！―

―大蔵省はその増額を中央銀行の財源からの取り込み、すなわち債券発行等をもとに見積もりました―　ギュンターは煙をふかしながら笑い、役人は彼を悲しげに見つめた。　―どうしろと言われるのですか？　適切な利息の中長期借款を得るには、申請手続にあまりにも障害があるというのは明白です。世界銀行で流行った、財政赤字に融資しないというバカげた理論の責任者はあなたです―

―バカげた？　冗談を言ってもらっては困ります。それがなかったら、我々はもう破産しているでしょう。あなたがたはもっと実利的にならなくては。**もしもわたしにこの愛がなかったなら、それを作り上げていただろう。誰もこの炎なしに生きることはできない。素晴らしい夜明けを想像する生まれながらの盲人のように、誰も自分を騙すことはできない。この愛は、不安の中で、柱の間に釘付けにされ、世界から追放され、追跡され、誹謗され、脅迫に傷つき、声も知らせもない謎のように独りで、日に嫌疑をかけるハゲタカから隠れているわたしに、あらゆることに対峙する力を与えてくれた。誰もこの炎なしに、この不死身の燃焼なしに、この死を憎む連帯**

した熱なしに、わたしたちの目を開くこの春なしに、わたしたちの毛穴を開くこの忠実な芳香なしに、わたしたちの唇を開くこの響きのよい光なしに、わたしたちの人生の扉を開くこの愛なしに生きることはできない。わたしはあなたを作り上げるだろう。星とヒバリを身にまとい、花びらとキスを頭に抱き、水のように寛大で、夜のように甘く、日のように若く、ワインのように愛するあなたを夢見ながら。愛しい人、あなたを愛するためならば、わたしは世界を作り上げるだろう。あなたが音楽で満たしに来なければ、わたしは時間も空間も想像できない。あなたの腕の中で、わたしに火をつけて。わたしはあなたの愛を糧にし、あなたの静かな愛の中で優しさを知り、あなたの愛によって空気よりも自由に輝く。思い出のようにわたしの体に縛り付けられているあなたの両腕は、暗闇を追い払うこのランプで、わたしの眼の中で生きながらえている涙というこの鍵だ。この終わることのない湿った孤独の中で、やっとわたしは自分の足取りや書いたもの、夢を読んでいる。あなたをわたしのそばに、再び、そして永遠にわたしのものとなったあなたを見つける。微笑んで、わたしの魂までやって来るあなたを見つける。わたしはそのとき、すべてを見つける。希望を、命を、伸ばされた手を、縁のない秋を、友情という太古の川を、心からの、絶対の自由を、あなたのキスを、あなたの身のこなしを、あなたの沈黙を。[2] わたしにこの杭を打ち込み続けないでください。火曜日に嘘をつき続けないでください。死亡記事でわたしを傷つけ続けないでください。わたしのドアを閉ざし続けないでください。わたしの昼食を抜き続けない

でください。わたしの昼寝を邪魔し続けないでください。もう、わたしは見ることも、自分を見ることもしたくありません。この悲惨な窓を取り外してください。この日常の鏡からわたしを消してください。ここに夜を消してください。人生を返してください。この不眠はここで終わりました。ここには詩人は誰もいません。ここにいるのは、独りで苦しむ囚人、心から孤独な一人の悲しい女です。計り知れない愛をもって、待っているのです―

―大蔵当局は、経常経費予算の十三パーセント削減の対策を打ち出しました。国庫はすでに、中央銀行に対して途方もない負債を抱えています。これは最も短期な外債金額に相当するものであることは、ご存じでしょう―

―そこで、新たな増税政策に依存しなければならなくなる、と―[3]

―他に何ができるというのですか、ギュンターさん？　埋めあわせなしにさらにモノやサービスの財源のために通貨を発行することですか？―

―しかし、すでに政府の大赤字財政のせいで、大変なインフレを被っているではありませんか―

―では、秘策がおありなのですね―

―いや、ありません。とは申しても、私もこの国に家族がいますので……、つまり、多少はワシントンで何らかの影響を与えることは、いつだってできるのです。私はあなたがたが人情劇に無関心ではないと存じ上げています―

―姪御さんの件で、やはりそう出られるとわかっていましたよ！　私には何もできません、単なるキャリアの役人ですから！　政治には首を突っ込みません―

―突っ込まないですと？　あなたがたにとって、金のない一人の女の子が何だっていうのです？　なぜこんな取るに足らない問題で、一国の大事な財政を危機の淵に置かなければならないのでしょうか？―

―私にはわかりません、ギュンターさん！　コリエンテスの当局者はその子があなたの身内だということすら知らなかったのです！　私に責任はありません。私たちは何年もの長い間、何も問題なく話しあえる関係を保ってきたのに、今こんなことを出してくるなんて……―

―これは私たちの間だけの話にしておいていただきたいのだが……。かわいそうな私の姪は、噂のような子だと思われますか？―

―何ですと？―

―いや……、ちょっと変わった子だと？―

年寄りの役人は、大昔からの疲れを浮かべて微笑んだ。彼は喘息の発作を恐れるかのように、苦しげに溜め息をついた。ようやく、小声で答えた。

―そうであり、そうでなくもあります。万年筆をありがとうございます―

1　この一節は、著者の『詩歌集』の「大使館の詩」の第一の詩である。
2　この一節は、著者の『詩歌集』の「大使館の詩」の第一の詩である。
3　インフレーション、財政赤字、対外債務は当時のアルゼンチンの経済資本の問題であった。

第七章

トト・アスアガはイライザがグッゲンハイム賞を受賞し、コリエンテスへイエズス会様式のバロック芸術研究に関する予備調査に行くところだと知ると、自分の大学で国立人文科学財団が主催する夏季の教授向けセミナーに彼女を名誉講師として招待することを決めた。イライザは、コリエンテスではサリアー＝キロガ家の悲劇、ララインの死、ソレダーの投獄といった複雑な問題が待っていると疑っていなかった。彼女はトトの招待を承諾したが、それはこの名誉を自らくだらないもの呼ばわりしているあまりにも長い履歴書に付け足すためではなかったが、特に行きたいというわけでもなかった。理由は他にあった。トトは日記を付ける類の人間の一人で、たまにマテ茶の葉を金属製《ボンビージャ》のストローで吹くように、ページを破り取ってはイライザに送っていた。インフレーション、彼は書いていた、数字でいっぱいのこのグラスは、土曜日にはおまえに潰瘍を生じさせ、肝臓を質の悪いワインで痛めつける、おまえの記憶や少し黙っていたいという願望を壊すことはありえない、おまえはそれが紫やピンク色の投票でも、すでに四つん這いで歩いている革命でも、正気を失った独裁でも何とかできないと知っている、おまえはあらゆる詩が何の役にも立たないと知っている、そして続く、このようなことが言われないのはどうでもいい、重要なのは風なのだ、こちらでは詩は売れず、あちらでは自主検閲される、重要なのは風なのだ。クソっ、たまに俺は血を吐く、夜が始まると聞く者は誰もいない、家ではみんな眠っていて、油で汚れたカーテンで息を詰まらせた窓は早く寝に行く、明日はまた仕事だ、クレジットカードがそれを待ち受けていて、その微笑みを浮かべた口の奥が十九パーセント写真写りのいい牙で俺たちを誘惑する、突然誰かが、詩人とその読者以外はすべてクソ食らえという気持ちで、窓を開け、尻をさらけ出し、分けられたスイカのように赤い空以外には信用も絵葉書もなく、この詩とすべてを書いた。どうして詩は生き延びているのか？　それはもしかすると、我々に残された唯一無料のものだからか

もしれない。[1]

その理由は、トトが癌を患っているということだった。

―みんなそう言っているが、嘘だ。ひどい胃潰瘍なんだよ―

―いつ退職するの？―　空港に駐車されている錆び付いたライトバンに少し驚きながら、イライザは尋ねた。

―がらくた、マラカイーボのやつら風に言えばポンコツは嫌いか？　俺みたいに退屈している同僚二人と狩りに行くために買ったんだ、わかるだろう？　車の方は、いつも思春期の二人の娘が使ってる。晩婚だったのはよくなかったな、ってときどき思うよ、わかるか？子供がいないきみは幸せ者だよ―

―あたしは子供が欲しかったけれど、もう慣れたわ―

―しかし、お偉いさんは大いにきみに突っ込んでるはずだ、ごめんよこんな言い方で、えらい要職にあって、がっついてるんだから。まあ、きっと俺は羨ましくてこんなことを言ってるんだ、くそ、きみがこんなに綺麗だから。このロイ・ロジャース空港への通路はいつまでたっても建設中だ、見てごらん、エセイサ空港よりもひどいだろ？　腐るほど石油があるのに……、何に金を使ってるんだ？　バプテスト教会から税金を取りさえしないんだ、どれほど保守派かわかるだろう、おかげで俺たち大学は赤字で年がら年中大変なんだよ。ここだ、見えるか？　その停止標識の向こうだ。俺は何を話していたんだっけ？―

―何か道路についてよ―

―いや、何てきみは綺麗なんだろうっていうことだ。どうやったらそんなに若々しくしていられるんだ？　聞かせてくれよ、ナンパしてるわけじゃないんだ。俺はもう勃ちすらしないんだから。レセプションばっかりでうんざりしてるんだろう、何とか夫人……、あのクソったれは何という名前だっけ？―

―ギュンターよ、知ってるくせに―

―あっちでもレセプション、こっちでもレセプション、誰々夫人はあっち、誰々マダムはこっち。しかも、ようやくフォークの使い方を覚えたことを見せびらかせたいアメリカ人《グリンゴ》にだ―

―ちょっと、あたしだってアメリカ人よ―

―いや、それは違う、俺は二級品について話しているんだ。チューインガムを噛んでいるあの田舎者どもだ―

―あたしには田舎者とは思えないわ。あたしたちには誰かを軽蔑する権利はあることはないと思うわ……何ていうか、ひょっとしたら自分たちを軽蔑しないためかもしれないわよ？

あたしたち自身を―

—きみは正しいよ。説教をしてくれんだな—

—ごめんなさい— イライザはライトバンの薄明かりの中で顔を赤らめた。 —こんなこと言いたくなかったの。何ていうか、あなたはあたしにとってとても大切な人よ。でも、正直言ってあなたたちょっと……—

—おまけに、いつも言っていることだが、きみは接続法を覚えそうにもないな。「あることはないと思う」とは言わない。「ないと思う」だ。聞いたか？「ないと思う」だ—

—バカなこと言わないでよ。自分は三十年の間に英語も覚えなかったんだから—

—必要じゃないからだ、仕事で使わないからな。手紙は秘書が直してくれるし、ミーティングでは我慢してくれる。だから学部長に選ばれんだ。俺が一番バカだから。しかし、きみは知らなきゃだめだ！ 恥ずかしくないのか？ なんでスペインのスペイン語全開で話すようになったんだ？ 誰から習った？ あのドイツ人のバカか—

—……—

—きみの亭主のことだよ—

—彼のことにこだわってるのね—

—レセプションでは色々言われないとは言わせないぞ—

—言われないわよ。ちょっと、彼をそっとしておいてやってよ—

—飛行機では飯を食ったか？—

—軽食《タパ》よ、サンドイッチ《ボカディージョ》だけ—

—ムデハル語で話さないでくれるか、理解できん—

—ありがとう、お腹は空いてないの—

—スタイルを保つって話か！　もしよければ、この近くのメキシコ料理にでも入ろう。キャンパスの食堂はもう閉まるから—

—しばらくファヒータを食べてないわ—

—停めるか？　美味いファヒータを出す—

—ええ、停めましょう。でも、お酒は飲まないわよね？　酔っ払いの運転はいやよ—

—マルガリータ一杯だけだ—

—いいわ—

—マルガリータ二杯—

—だめよ。それじゃエンジンをかけ直して—

—わかったよ、一杯だけにする。全く、口が悪いんだな。まともに喋るのは簡単だっていうのに。遅いし、寒いし、雨が降ってる—

彼はレストランのドアを開けてやった。すべてが揚げ物の匂いをしていた。イライザはくつろいでいた。列車の座席のような、向かいあって据え付けられた、シカゴ派[2]の食卓に座った。マルガリータはダブルだが味に締まりがなかった。一方、ワカモレはタマヨ[3]のキュビスムの野菜並みに辛かった。いつもフリオ・イグレシアスは俺のお気に入りの歌手じゃないと思っていた[4]。いつもだ。あまりにも商業的で、あまりにもわざとらしいし、あまりにもフランコ贔屓だ。今日はハロウィン、あのあまりにもテキサス的な魔女の祭りだ。妻はシーツでインディラ[5]みたいに変装し、ドラキュラとストロベリー・ショートケーキ[6]の仮装をした娘たちがキャンディーを集めるのについて行った……トリック・オア・トリート！　俺は家に一人でいて、トリック・オア・トリートを言いながら他の仮装した子供たちが呼び鈴を鳴らすのに邪魔されながら、オハイオ州の友人でディドロ研究者のハミルトン・ベックがネブラスカのロチェスターで飲み方を教えてくれた、唯一の百パーセントスコッチ、ブラック・ブルのグラスとともに座ってテレビを見る。テレビではイグレシアスがエルサレムの印象的な夜のスタジアムでパラグアイのグアラニア歌曲「イパカライの思い出」[7]をイタリア語で歌っていて、画面にはダラスの中継テレビ局の文字が（視聴者がマスターカードで買ったビデオカセットレコーダーでこの歴史的なリサイタルを違法録画している場合に備えて）被せられている。イグレシアスはエルサレムの女の子たちにグアラニー語でクニャタイ[8]と言う。彼女たちの顔はその言葉を聞いて微笑む。金髪に黒髪、青い眼に黒い眼、イスラエル、ベネズエラ、スペイン、アメリカ、ミシオネスのユダヤ人たち。彼女たちの顔は一

様に微笑んでいる。そして一人の女の子がステージに上がって、セファルディ語[9]しか話せないが、通じている。いつもフリオ・イグレシアスは俺のお気に入りの歌手じゃないと思っていた。今は間違いなくそうだ。

―ああ、有名なリンチ夫人がオクラホマに！　よし、とうとうきみを連れて来ることができたぞ―

―大袈裟に言わないでよ、あたしがそういうのいやなの知ってるでしょ―

―感じていることを言わせてくれよ。美味いだろう？―

―とっても美味しいわ―

―聞かせてくれよ、何してるんだ？―

―特に変わったことはないわ。知ってるでしょ、来週コリエンテスに行くの。義妹が住んでるのよ、それにグッゲンハイムの奨学金で本を書きたいの―

―ああ、知ってるよ……、コリエンテスか！　ぞっとするよ！　呆れた！　なんで東京やホノルルに行かないんだ……、アカプルコはどうだ？　呆れるよ―

―それでトト、あなたはどうなの？　病気だってのは本当？―

―言っただろう、癌じゃないよ。噂に過ぎない。潰瘍があるだけだ。だが、来月に死ぬのは本当だ、俺ももう年だから―

—来月に死ぬって何年も前から言ってるじゃない。あなた何歳なの？—

—歳を重ねて、六十の三歳だ—

—人生は六十三歳から始まるのよ—

—俺のは違うね。もう人生をめちゃくちゃにした。酒は毎日、運動は全くなし、肉ばっかりで、繊維質はほとんど食わない。ジャンヌ・ダルクみたいになるのがオチだ。怒りっぽいのとカロリーの取り過ぎで火刑にされるんだ。俺は来年死ぬ。だからこんなにも、きみに今来て欲しかったんだ—

—いつ定年退職するの？—

—一九八四年だ—

—そうだと思ってたわ。人生が終わるって思ってるのね—

—いや、まさか—

—じゃあ、何か計画でもあるの？—

—何も—

—ねえ、トト、からかわないでよ—

—チャスコムスに戻るよ。家の壁を塗りに、かもしれん。スペイン語のテレビ番組を見て、ゼラニウムを植えたり、賭けごとに夢中になったりして—

イライザは大学キャンパス内の快適なホテルに落ち着き、学術関係の予定をすべて終わらせ、鷲のような目とハイエナのような笑顔の総長から一番やる気のない学生まで、あらゆる人を魅了した。カクテルパーティーでは、誰かが彼女に近くに住んでいるアルフォンシン[10]の娘のマリア・イネスを紹介した。トトの若い一人の同僚が、ブラディー・メアリーを片手に、人込みを利用して、イライザの書いたマチャードに関する本を引用しながら彼女の尻に触った。イライザはその日を機嫌よく受け入れたが、リラックスすることはできなかった。トトがアヒルを撃つのに使っている猟銃で喉に一発撃ち込むと確信していた。彼女は、あたかもノアの洪水を超えて来たかのようにゲルマン的な自信をたたえている夫のことを恋しく思っていた。

曇った埃っぽい日曜日に、彼は同じライトバンでカメと油田しか見えない、厳しく荒廃した平野を通り、イライザを空港まで送っていった。涙をこらえながら、彼女はマドリードを、学生時代の疲れ果てたハラマ川[11]ではなく、パコ・イバニェス[12]が歌うものを、不安な人々のものを、怒りと理想のスペインを、ソフィア王妃[13]のスペインを思い出して行った。彼女はトトがもはや生きる気力を持っておらず、不毛な温室の屋根瓦に夢と、ピンク色をした牛のバイオリン奏者、空中ブランコでのキスを覆い隠されてしまったのだと悟っていた。分かちあわれたスイカのように赤い空も、覆い[14]隠されてしまっていた。そして、空港で彼を抱きしめたときに、これが最後の抱擁だという確信が彼女を震わせた。彼女は境界について書かれた、ボルヘスの古い詩[15]を思い出した。そして、これが悲しい、マンリケ風[16]の境界、自分の人生がもう一つの運命、トトの不条理な人生との間に引かれた境界になるのだろうと考えた。ピッツバーグで父親の死に際に、母親が妹と彼女に繰り返していたフレーズを思い出した。**天国とは満足して死ぬことである。**

そうして彼女は、ただ単にチャオと言わずに、彼を学期末にコリエンテスに来るようにと誘った。

1　この一節は、著者の『詩歌集』の「私たちに残された唯一の無償のもの」の第一の詩である。
2　十九世紀の終わりから二十世紀の初頭の北米の多くの商業建築で著名なスタイルの総称。
3　ルフィノ・タマヨ（一八九九～一九九一）、メキシコの画家。
4　この一節は、著者の『詩歌集』の「フリオ・イグレシアス」である。
5　インディラ・ガンディー（一九一七～一九八四）はインド初の女性首相。六六年から七七年まで、また八〇年から八四年まで首相を務めた。ハロウィンの十月三十一日に暗殺された。
6　アメリカ合衆国で人気がある人形。八〇年代に子供向けのテレビ番組の登場キャラクターとなった。
7　アルゼンチン人のスレーマ・デ・ミルキンが作詞し、パラグアイ人のデメトリオ・オルティスによって作曲された著名なグアラニア音楽。

8 グアラニー語で「女の子」。

9 一四九二年にスペインを追放されたディアスポラのユダヤ人をセファルディと呼ぶ。その後も彼らはスペイン語を移住先のトルコ語やバルカン諸語などを取り入れて発展させていき、現在に至る。この場合、「セファルディ語」という名称は誤りで、「ユダヤ・スペイン語」や「ラディノ語」あるいは「ジュデズモ語」などの呼び名が妥当である。

10 ラウル・アルフォンシン（一九二六〜）、八三年から八九年にかけてアルゼンチンの大統領を務めた。八三年に軍事政権が倒された後の最初の大統領となった。

11 マドリード郊外の川で、スペイン内戦で最も残忍な戦闘が起こった場所の一つ。

12 スペインのシンガーソングライター（一九三四〜）、左派の思想を持っていた。フランコ政権に対する反対者で、フランスに国外追放されていた。

13 スペインの王妃（一九三八〜）で、国王ファン・カルロス一世の妻。独裁者のフランシスコ・フランコの死の後、二人は七五年に王位に就いた。ソフィアは文化の振興で知られている。

14 この単語は、画家マルク・シャガールの好むモチーフを組みあわせてできている。

15 アルゼンチン人の作家、ホルヘ・ルイス・ボルヘスの二つの同じタイトルの異なった詩「境界」に対する言及。最初の詩は一九五八年に書かれ、後に『エル・オトロ、エル・ミスモ』（一九六九年）に収められた。二つの目の詩は『創造者』（一九六〇年）に所収された。

16 『父の死に捧げる詩』で著名な中世スペイン語の詩人ホルヘ・マンリケ（一四四〇頃〜一四七九）流の方法。

第八章

弱者の歴史は、金属と純然たる血から、力ずくの言葉と苦悶で、自由を奪われたランプと眠らぬ心、一羽の鳩とともに書かれていく。[1] もしかすると永遠に、そしていまだに、寒さが必要で、寒い、しかしながらなんと遠い昔の詩が突然やって来るのだろうか！　なんと連帯した死がやってこようとしているのだろうか！　天国の聖体の一欠片が空からズボンの中へと降りてきて、人間のズボンと自分のシャツを身につけると、その計り知れない愛で風に求愛した。コムネーロス[2]たちの祖国の夜はガラスと微笑む曙光の中、明けた。若者たちがいる限り、血潮がその名を壁に書くだろう。ギュンターは、弁護士会の会長との面談があった。かつての急進党員の孫たちは、七つの夜と七つの顔を持つ永遠の将軍以外の統治者を知らなかったが、ブロッホが言うように希望を持ち続けていた。彼らは社会的な欲求不満、みだらで脂ぎった出世主義者たちに牛耳られているクラブ、投獄や拷問を強いられていた。尊厳をもって生き延びるためにその不確かな民主主義的理想郷にすがりついていた。他の道は残されていなかった。カライたちが船を焼いたように、彼らは戦いながら一体となった感情を分かちあっていたが、彼らのそれは九十分になって試合をひっくり返すセロ・ポルテーニョだった。面談は四時だった。ギュンターはオメガの腕時計に眼をやり、ボルボを全力疾走させた。到着して、気ぜわしく呼び鈴を鳴らした。ジャスミンが香る玄関で、ジャーマン・シェパード犬に伴われたメイドが彼を通し、会長はすぐに来ると伝えた。自家製の執務室は少々乱雑ではあったが、大臣室よりも格式があった。堂々たるチャコの元帥[3]の油絵に、ジョン・ケネディーの鉄製の胸像。イライザだったら、大司教が欲しがっているファン・ラモン・ヒメネスの本が書棚にあるのをすぐに見つけただろう。弁護士が物静かに入ってきた。小柄で太り気味ではあったが、その存在は場に白熱した強さをもたらした。ギュンターは動じることなく、男（自分の息子といってもおかしくない年頃だった）が、不敗で頑固な、ついに決勝に進出したセーロ・ポルテーニョの来たるべきリーダーたちのような人間だと悟った。彼のその非の打ちどころのない髪型から鏡のように光るモカシンに至るまでの、極度に小ざっぱりした身だしなみがギュンターの注意を引いた。わざとらしい上品さではなく、自然な感じだった。弁護士の大きなコーヒー色の目は、彼のことを世界銀行総裁としてではなく、投獄された一人の少女の身内として見ていた。ギュンターはここにやってきてから、初めて尊敬の念を覚えた。

――親愛なる会長殿、お会いできて嬉しいです……。あなたのお祖父様がいなければ、私の奨学金は……――

―私の祖父は私の祖父であり、あなたの姪御さんはあなたの姪御さんです、先生―　弁護士は優しく遮った。　―姪御さんのために、私に何ができますか？　**愛しい人、あなたが知っているように、この孤独の中でラジオがわたしと一緒にいてくれる。でも、十二時半には、ニュースが始まる。全部の放送局が政府の公式ニュースを流すの。ダイヤルを動かしても、何も動かないわ。単調で石化した、それしかない、過剰な声。わたしはラジオを投げ出す。トイレの水を流す。そして、未来が始まる**[4]**―**

―ええ、私のニバクレ族[5]の法律についての基礎知識はゼロを二乗したようなものです。基礎知識と言いますか？　英語由来ですね。つまりルディメント―

弁護士は二メートルの背丈の北からの来客の学者気取りに苛立ち気味に微笑んだ。

―ラテン語です。つまりルディメンタム。ですが、ラテン語について議論するためいらっしゃったのではありませんよね―

―ええ―　ギュンターは続けた。　―電話で前もってお話しした通り、大臣と最高裁の新しい裁判長とも話しました―

―私の電話線は、あなた方が言うように盗聴《タップド》されています。政府に知られたくなければ、電話では重要なことを話さないでください―

―妻もそのようなことを言っていましたが……―　ギュンターは彼がホラでも吹いている

のかと、半信半疑で言った。 —私はこの国の政府に対して何も反対していません。姪を連れて帰りたいだけのことです。彼らも私が姪を連れて帰りたいというのは知っています。それを電話でいうことの何がいけないのですか？ **裏切られた春、土の色をした血の大地、寂しげな目の隈、『カサブランカ』と『ヴィリディアナ』への旅、桃のようなあなたの肌への消防梯子、地下室や隅っこにいるという辛い自覚、声の中の紋章、亡命した音の出ないギター、午後の静けさ、スクリュー船に乗ったサングラスをかけた少女、黙り込んだ老人、二度のどうしようもない大戦、門番という濃い風の通り道、水と希望の正確さ、壊れた水時計、わたしのもの、わたしのもの、わたしのあらゆるものからあなたに書く。あなたを愛している**[6]—

弁護士は数分間黙ったままでいた。何か飲み物はどうかと尋ねた。ギュンターはウィスキーを頼んだ。家の主人は品揃えのよいバーカウンターからグラスと一本のブラックラベルを取り出した。ギュンターにウィスキーを渡すと、自分はコカコーラの缶を開けた。

—なぜ、特別に私を訪ねて来られたのですか？—

—あなたは弁護士会の会長で、積極的かつ公正なことで有名な方です。そして、政治犯の弁護や取り扱いは非常に熱心で公平だとうけたまわっています。何人かの司祭たちや妹の友人、それに五月広場の母たち[7]は全員、あなたのことをミター・カライ、唯一の希望[8]だと呼んでいます―

―それだけのことですか？―

―はい、そうです。もちろん謝礼は払わせていただきます―

―私が言っているのはその件ではありません。どうもあなたは気がついておられないように思うのです―

―何にですか？―

―何にですか、とは？　独裁政権だということを理解していらっしゃらないようだ。ここでは法の支配が存在しません。我々弁護士に何ができるというのでしょう？―

―ええ、ですが、私は州都では曲がりなりにも効力があると思います。それに姪はそこで逮捕されたのです―

―そんなことはお忘れなさい。唯一効力があるのは暴君の意思です。永遠が姪御さんを捕らえ、自分の好きなときに釈放するでしょう。

わたしはあなたから去るだろう、わたしの祖国よ、もしかすると随分と長い間。あなたに説明しなければ。わたしは去るのではなく、あなたの卵からもぎ取られるの。でも、あなたの小鳥たちや木々を、川を、正確な放物線を、あらゆる分かちあわれた希望を持って行くわ。あなたの貧窮と唇と一緒に行くわ。わたしの祖国よ、声に出してもう一度あなたの名前を言うわ。わたしのことを認識してもらい、わたしの中のあなたを認

識してもらうために、肩にあなたの朱色の薄板をかけよう。わたしは去る、でもあなたと一緒に。これが残る方法なのだから[9]—

—弁護士会の会長の口から、そのようなことを聞くのは悲しいものです。ルーマニアのブカレストでは、あなたと同様の職にある者は……、控え目に言ってもかなり当局的です[10]—

—私は東がどうかは知りません。ここがどうかは知っています。あなたが法的措置で姪御さんを釈放できるとお考えだとすれば、気違い沙汰です—

ギュンターは唾を飲み込んだ。ヨガの熟練者のごとく脚を組み、エルビス・プレスリー風の前髪をした落ち着きのない男から視線をそらさずに、ウィスキーの残りをゆっくりと啜った。

—それは驚きだ— 彼は諦めたかのようにつぶやいた。 —私はあなたがいくらかの希望を与えてくださるかと思っていました—

—もちろん希望はあります。しかし、決して法的なものではありません。したがって、初めの一歩として二度と私に電話で話さないでください—

—私は政治に首を突っ込むつもりは毛頭ありません。ましてや騒ぎを起こすやつらと共謀するなんて、もってのほかです！—

—我々は誰とも共謀しません。このことは勝手に腐ります。それに、あなたが政党についておわかりかは計り兼ねます——

——ソレは急進党員ですか？——

——そうではないと思います。我々は悪党ともファシストとも付きあっていません。きっと、無所属のマルクス主義者なんでしょう——

——マルクス主義者？　それは犯罪でしょう！　あなたは新聞に丸め込まれておいでだ。**日常の死はわたしを説得できないだろう。わたしの家からその灰の符号を、そのコウモリのような吐息を、黄色い噴火口を遠ざけてちょうだい。その陰鬱な使者たちが、窓や地下室、市場や土曜日の中で自分の仮借ない臭気を湿った物陰で広げているということは、もう知っている。わたしは命に賭ける。何も言わずに贈賄するスパイや、残忍なハウンド犬、裏切り、不名誉や悪評をものともせずに。挨拶という日々の商取引をものともせずに。わたしは命にかける、新しさと可能性を、ブドウの周期的な微笑みを、小川の秘められた静かな郷愁を、大河の海のような静かな郷愁を、海の地球のような静かな郷愁を、この粘土細工の夢を！　何人かの内密の陶工たちが、日の輪郭を思い描いている。どうして喜びは永遠に禁じられなければならないのかしら？**[11]

——なぜ喜びは永遠に禁じられなければいけないのでしょうか？　なぜ、考えることが犯罪だと考えるのでしょうか？　なぜ、思想に枷をはめなければならないのでしょうか？　法においては、我々は事実のみを裁くべきなのです。成し遂げられて確認された事実です。ここには自由を殺す法律があって、さらに悪いことにしょっちゅう嘲笑されるのです―

―ええ、そのようなことを聞きました。まあとにかく、我々高級官僚は少々頑固なのです。私の望みは、姪を連れて帰って、できる限り早く職場に戻り、妹を安心させてやることです―

―それで我々が、具体的には私が、どうすればお役に立てると思われますか?―

―人身保護令状を出していただければ……―

―もうやりました。弁護士会で通常とる手段です―

―そうなのですか? アマポーラからは何も言われませんでした。とにかく、どうもありがとうございます。上手くいきそうですか?―

―いいえ。すでに法廷で棄却されました―

―国外追放にさせることはできませんか? **わたしはラジオでグアラニアの歌を聴いている。芳しい名前をしたあの男**[12]**が、このように小さな国を一掴みの思い出のように優しく折り曲げて、心の中に入れて、旅行できるように、凝縮したのにはびっくりさせられる!**[13]―

弁護士はギュンターのグラスに目をやった。空なのを見て、ウィスキーを少し注いだ。自分にはさらにコーラを注いだ。再び話し出すのに時間を要した。

―この国は― 彼は低い声で溜め息をついた。 ―悲劇的で、けちで、常軌を逸していて、騒然として、腐敗した、不運な、田舎者で、時代遅れの、暴力的で、危険で、貧しい、臆病な、孤立して、友人もいない、無視され、殴りつけられ、残忍に罰せられ、迫害され、世に知られない、夢半ばの、腐ったギターを穴の開いた手に持った、憎らしくて、耐えがたい国です――

長い沈黙があった。男はあえいでいた。ギュンターは声も明かりもない長いトンネルから出てきたかのように話したが、老け込んで見えた。

――それでは……―― すでにいくらか酔っ払った彼は、唇を引き剥がすように尋ねた。 ――どうしてこんな国をそんなに愛しておられるのですか？ どうしてですか？ ちくしょう、どうしてそんなに愛しておられるのですか？――

1　この一節は、著者の『詩歌集』の「古い血」である。
2　植民地支配者に対する、アスンシオンの独立運動組織の反乱（一七二三～一七二五）に言及している。
3　ホセ・フェリックス・エスティガリビア将軍のこと。
4　この一節は、著者の『詩歌集』の「大使館の詩」第二編である。
5　チャコの先住民族。
6　この一節は、著者の『詩歌集』の「大使館の詩」第三編である。

7 政治的な逮捕者の弁護、また行方不明者の居場所を判明を目的としたアルゼンチンの組織。
8 グアラニー語の単語を二つ組みあわせたあだ名。ミターは「男の子」、カライは「祝福された」。カライは歴史的にはトゥピ・グアラニーの大衆を煽動する預言者や巡回説教者である。
9 この一節は、著者の『詩歌集』の「大使館の詩」第四編である。
10 この小説の時代では、ルーマニアは全体主義的な共産主義の独裁者に統治されていた。
11 この一節は、著者の『詩歌集』の「大使館の詩」第二編である。
12 グアラニア音楽の創始者でパラグアイ人の作曲家、ホセ・アスンシオン・フローレス（一九〇四～一九七二）への言及。
13 この一節は、著者の『詩歌集』の「大使館の詩」第五編である。

第九章

イライザはその頃、オクラホマの旧友トトのことで深く悲しんでいた。彼は故郷チャスコムスの焼肉《アサード》やゼラニウムからはるかに離れて、容赦なく規則正しい化学療法を受けながら最期を迎えようとしていた。赤い髪と首をしてジョン・ウェインのような尻をした騒がしい女と、スペイン語では一言も父親と話したがらない思春期の少女たちのそばで、何年も平凡なアカデミックなしきたりの中で惰性的に過ごし、アルコールとタバコのせいでひねくれてしまっていた。彼は何年もシベリアの雪とサハラの太陽の間を行き来していたが、そこでは吹雪と埃が無力感と嫌悪感という牙でついに魂に穴を開けようとしており、アヒル狩りの後に広大なぬかるんだ人工沼の上で日が暮れるときの意気地のない緩慢さで人は死ぬに任せるに至るのだった。

イライザは、いつか自分の人生を小説にするのならば、その伝記作家はいくつかのエピソードを隠さなければならないだろうと考えていた。こんなにも多くの癌患者がいると、真実味がなくなるだろうからだ。身内の者や親しい友人が癌で死ぬのを見た多くの人たちのように、イライザは父親の癌が末期になったときにタバコを吸うのを止めた。

痛ましい末期の苦悶は七ヶ月も続き、彼女は幼少期を過ごした町まで毎週末行くことを余儀なくされた。ピッツバーグまでは車で五時間ほどかかった。ニクソンの時代のことだった。彼女はすでにギュンターと結婚して十年以上経っていた。メリーランド大学で教授に昇格したばかりであった。この大学から動いたのは、一九六九年の一学期間のサバティカル休暇のときだけだった。パロ・アルト[1]での客員教授としての招聘に応じたのだが、それは前年にバークレー[2]で起こった革命を肌で感じたかったからだった。

一九七五年に、彼女はギュンターとともにブカレストに引っ越すために、二度目のサバティカル休暇を早めて取った。

ギュンターは仕立ての好いスーツを着て黒いカバンを持った典型的な重役（結局のところ、国務省の国際経済専門家は一種の重役ではないか？）の生活を送っていたが、一九七六年十二月には、自分の家から九千キロか一万キロ離れた真冬のブカレストで、アメリカ合衆国大使の優雅な公邸に閉じこもっていた。使用人から職員まで、みんな親切に接してくれたが、彼は自分がよそ者のような気がし、何よりも孤独に感じていた。それが初めての海外赴任だった。イライザは最初の一年間は一緒に滞在したが、教授の仕事を続けるために帰国しなければならなかった。

ギュンターはフォードから本省帰任の辞令をすでに得ていたが、老齢の大使がその年の半ばに心臓発作を、その後に卒中を起こして病院で亡くなったばかりだった。ギュンターは彼の次の階級だったため、後任の大使が赴任して正式に信任状を出すまでの約二ヶ月間、大使の代理に任命された。

ギュンターは自分の専門分野以外は大したことはわからなかった。専門分野は、英語とほんの少しのフランス語で、現地の官僚の相手をするには十二分以上に役立った。ルーマニア語を話さなかったので、新聞も読まなければテレビも見なかった。亡くなった大使の豪華だが悲しげな寝室や、イライザとは寝すらしなかったベッドで、梅酒を飲んだり、アガサ・クリスティの古い小説のページをめくったり、地震[3]の被害を受けた建物や、冬の空、灰色の鳩、枝だけになった木々、通りの電線の下で唸るオレンジ色の錆びた路面電車を見たりしながら日々を過ごした。

彼は日が暮れるとラクレス・ポワロの冒険に没頭できないので苛立っていた。彼の部屋は、ブカレストのどこでもそうなように、明かりが不十分だった。ルーマニアでは電力が不足していたが、それは十分に雨が降らず、発電用の貯水池にほとんど水が溜まらないからであるようだった。十二月の薄闇は午後三時には街に迫り、その一時間後には共産主義国の古びた団地の灰色の漆喰の壁のところまで来ていた。微細な曇ったマントが歩道を覆い、黄色い街灯の冷たい輝きを隔離するのだった。

共産主義者どものせいで盲になってたまるものか、とギュンターは考えていた。おまけに、ユダヤ系の反体制派の一人の若者が大使館に保護を求めているという話を聞いていた。男はその年の初めに、政府を笑い者にする非合法小説を出版して、陰険な迫害を被っていると感じていた。二流印刷会社の校正係の職を追われ、パスポートの発給も拒否されていた。

フン、とギュンターは迷惑げに叫んだ。**ベンジャミン・フランクリンは、二十人の詩人よりも一人の優秀な教師の方がいいと言っていたものだ。**

しかし、この噂は広がり続けた。もしかすると当局自らによる工作もあったのかもしれないが。ギュンターは間もなく、狂信的な何者かからの脅迫を匿名電話で受けるようになった。政治亡命者を受け入れないでいることを非難する者もいれば、彼を擁護しようとしていることを非難する者もいた。実際のところは、ギュンターは日夜公邸の門を開けておくように命じていたのだ。

匿名電話はさらに増え、秘密警察と思われる私服のちんぴらが、大使館の周辺を二十四時間うろつくようになった。イギリス大使官邸でのクリスマスイブの内輪での晩餐会に出席するために出かけたときは、ギュンターはすでに武具を携帯してから一週間になっており、ルーマニア人の運転手の代わりに、大使館付き海兵隊士[4]を使っていた。

クリスマスイブはヨーロッパより何時間か遅れてアメリカ大陸にやって来ることになる。ギュンターは使用人がタキシードにアイロンをかけている間に、イライザに電話した。彼らは政治亡命の要請者について婉曲的に話した。ギュンターはこのことを先に手紙で語っていた。だが、イライザが**パンチョ**、**気を付けてね**、と言ったとき、彼女が何について言っているのかはすでにわかっていた。イギリス大使官邸で彼を待っていた年代物のスコッチ[5]を飲んでも、電話を切ったときの苦い味をぬぐい去ることはできなかった。

イライザの父親は、オークランド地区にあるピッツバーグ大学の付属病院で、最期の七ヶ月間を過ごした。彼はそこで半世紀にわたって学はないが熱心な事務員として働いていた。イライザはこの大学で奨学金を次々と得て、すべての学位を取得した。

晩年には、老人は大学の付属部門であるアファーマティブ・アクションの事務所で働いていた。女性や少数派人種といった不利な条件下に置かれたグループの人々に対する公平な機会の確保に努める機関で、彼のような怒りっぽい民主党支持者でアメリカ聖公会信者のアイルランド人にとっては適職だった。

イライザは病院の廊下で、一人は郵便配達人でもう一人は警官である父親の二人の弟や、別の州に住む遠い親戚たちとまで抱きあっていた。彼らはみんな父親と同じく騒々しくて感傷的だったが、イライザや母親ほどほっそりとしている者はほとんどいなかった。イライザの母親はほとんど目立たないほど物静かな黒人で、一九八二年には、まだピッツバーグで歯医者をやっている離婚して子供がいなく、再婚もしていなかったイライザの妹の家に住んでいた。

あの沈んだ春、イライザは四十五歳になっていたが、当時からすでに歳よりもずっと若く見えていた。父親はこんなにも美しくて輝くばかりの彼女を見るのが、悲しみを隠して笑いかけ、楽しいことを話し、病室をよい趣味の花で飾ったりするその気丈さが大好きだった。ギュンターは老人に気に入られていて、ときにはもう一人の娘の、歯医者の方が美人だと冗談を言った。困難ではあったが、決して不幸ではない、苦痛の七ヶ月だった。

イライザは地元の聖公会系の高校を第二次世界大戦が終わった年に卒業した。同じ年の秋に大学に入学した。大学の三年目をマドリードで過ごし、そこでアルゲリェスの夕焼けが彼女の記憶の中に、子供の遊戯のような忘れがたい無邪気さとともに刻まれ始めた。彼女はピッツバーグに戻ると、スペイン語科を成績優良で卒業し、修士課程を始めた。妹が結婚すると、イライザは両親の家から五番街の女学生寮に移った。毎日シャディサイドの糸杉や松の下を四十分かけて歩き、教授補佐としてスペイン語を教えたり、ゼミに参加したり、オークランドの図書館で勉強したりした。

修士課程の二年は、二十三歳の魅力的な緑色の瞳にしては比較的静かで禁欲的な生活だった。

この時代に、イライザはどの教授の指導を受けることもなく、自力でマチャードを発見した。まずは修士論文を『孤独』[6]について書くことに、その後博士論文をその詩と散文全体で書くことに決めた。スペインに戻るという目的で、カリフォルニア大学マドリードでのプログラムの奨学金を獲得した。彼女の妹の早婚で大変苦しんだ母親は、反対しようとした。しかし父親はいつものように支持し、一九五一年の秋、彼女は再びアルゲリェスに居を定めていた。

もう少し成熟し、スペイン語も上達すると、彼女は当時の貧しくて文化的な刺激もないマドリード[7]で、学生や若い詩人たちがやっていたような悲しく自由奔放な生活に同化した。その中の詩人の一人と恋に落ち、クラスメートたちが二学期の末にアメリカに帰ると、彼女はその男と一緒に、オリーブ油で揚げたニンニクの臭いがするサンベルナルドの彼のボロ家の屋根裏部屋に住んだ。

イギリス大使のスポッフォード・ヘルツォークはやもめで、ギュンター同様に死にそうなほど退屈していた。何年間もリスボンで大使を務めたが、**俺がカトリックだからに違いない、**と言っていた。ギュンターよりも長くブカレストにいて、ルーマニア語の単語をいくつか発音することができた。酒を飲むのが大好きだったので、彼らは頻繁に会っていた。

その夜、彼は自分の大使館の書記官とスウェーデン大使館の文化担当官の女性とそれぞれの配偶者も招待していた。カップルたちは若く、ギュンターとは馬があっていた。

デザートの方が料理よりも多い、典型的なイギリス風の食事の後、ギュンターとヘルツォークは、暗黙のうちに例のユダヤ人のことだと想像されるだろうと考えて、重要な事柄を話しあうという口実で書斎に二人きりで閉じこもり、ウィスキーを飲み続けた。他の招待客は暖炉の前に残って、ビートルズのレコード音楽を聞いた。

　ギュンターはヘルツォークに内密の話をした。彼は助平親父で、ギュンターはアイダホ出身の赤毛でそばかすだらけの秘書との純然たる肉体関係の情事の進展状況をいつも彼に語っていた。内心では、ヘルツォークはギュンターが近いうちにワシントンに帰任することを知っており、少なくとも英語を話すその赤毛の女を受け継ぐという希望を抱いていたのだ。

とても形式を重んじ信心深い母親を喜ばせるために、イライザは二歳年下の青年に結婚するように求めた。

　結婚式はボロ家に近いブラスコ・デ・ガライ通りにある、広大な無人の教会で挙げられたが、イライザにはあまりにも無愛想で陰気に思われた。軍人の未亡人である青年の母親はメリーリャから、イライザの両親はペンシルベニアからやって来た。みんな緊張していた。カトリックの儀式と言葉の壁はその不幸な日をより冷たいものにしていた。

　イライザは大学の正規課程に入学手続きをし、バリェカス[8]にあるオプス・デイの学院での英語教師の職を得た。

二年もしないうちに、詩人は最初の文学的挫折をアルコールで慰め始め、法律の勉強をやめ、住んでいるところから近くにあった、アルベルト・アギレラ通りのファランへ党[9]員の公証人役場での職も失った。

イライザは母性本能がなく、二十六歳で自分があまりにも老けていると感じ始めた。彼を過保護にせず、創造的な仕事において励まし、不毛な悪友の集まりから引き離すために奮闘していた。同時に、授業や義務的な黙想修業にも退屈していた。クー・クラックス・クラン[10]の信奉者で神秘的な蛇のような院長に、講義の席で毎日のように、**オプス・デイでは、私たちは黒人にさえも手を差し伸べているのです**、と模範として黒人家庭の生徒たちの前で引きあいに出されるのにうんざりしていた。ピッツバーグに引っ越すよう夫を納得させるのは簡単だった。

彼らは一九五四年に、オークランド南部のギリシア人と黒人の多い地区に住居を定めた。彼女はすぐに母校の博士課程に再び受け入れられた。彼女の両親は、奇妙な娘婿が英語で挨拶すらせず、本とレコード、酒瓶に埋もれて部屋に閉じこもってばかりいるにもかかわらず、娘が近くにいるのでとても幸せだった。

イライザはさらに二年ほど彼に耐えたが、詩人がモルヒネの過剰摂取で二度目の自殺を試みたときに、離婚を申し出た。

青年はラテン系のミュージシャンと画家のグループと一緒にヴィレッジに移って行った。ニューヨークでも英語を覚えなかったが、奇跡的なことが起こった。極めて独創的でエロティックな異性愛を燃え上がらせた詩集を書き始めたのだ。もはや女とは寝ず、酒を飲むのもやめてはいたがピッツバーグのムラート女から着想を得たのは明らかだった。その詩集はマドリードで賞を獲得し、詩人は間もなくそこに戻り、とある新聞の日曜版に掲載され天の詩人と評された。

イライザは一年半の間、両親の家に戻った。アントニオ氏についての論文を書き終わり、一九五七年に優秀な成績で博士号を取得した。

メリーランド大学はイライザに助教授の職を申し出たが、それは人事委員会が読みもしなかった論文の内容によってではなく、世界一官能的な唇で発音するという非の打ちどころのない言語運用能力によるものだった。

その年の秋に、イライザはワシントンの学長の家で、セロリに二級品のチーズを塗って食べるという最悪な癖があると思われる、背が高くて学者気取りの、独身の経済学者と知りあった。

大使公邸へ戻るとき、ギュンターは海兵隊員に公邸があるブロックを一周するように頼んだ。彼は秘密警察の殺し屋が街角で半時間毎に〝自発的に〟交替する数学的な規則正しさを面白がっていた。彼のオメガはちょうど午前二時を指していた。〝衛兵交代〟を見ることができるかもしれなかった。しかし、誰も見かけなかった。クリスマスなので、やつらはそこら辺に酔っ払いに行くことを決め込んでいたのかもしれなかった。

大使館の大きな鉄の門を通っていたとき、ギュンターは庭の前の茂みの中で何か異様な音がするのを聞いた気がした。

彼は海兵隊員にエンジンを止めるように命じたが、ライトは消さずに、運転席で待たせておいた。震えながら車から降りると、一方の手でコートのポケットの中の凍りつくように冷たい拳銃の台尻を握りしめながら、茂みへと向かった。そこで彼は、二人の殺し屋が、口にハンカチを詰め込まれた、ウディ・アレンのような滑稽な眼鏡をかけてぼろを着た小男と組みあってもがいているのを見つけた。

ギュンターはぶっきらぼうに近寄ると、英語で怒鳴った。

―その男を放せ！　ここは大使館の敷地だ！―　殺し屋たちはルーマニア語で罵り、小男は飛び出しそうなほど目を見開いて、さらに呻き声を上げた。ギュンターは一瞬迷ったが、拳銃を取り、もはやこの場に及んでは何語でも同じだと思い、グアラニー語で付け加えた。

―俺は怒るぞ、わかったか―

ギュンターは彼らの度肝を抜いたのがグアラニー語だったのか、拳銃だったのか、あるいは海兵隊員が海兵隊員の顔つきで自動小銃を手に近づいてきたという事実だったのか、わからずじまいだったが、彼らはウディを放すと大急ぎで逃げ出した。

ギュンターは内政干渉で訴えられ、一週間以内の国外退去命令を受けた。

―私は出て行く、だがユダヤ人と一緒にだ―　彼はそこで、大した確信もなく言った。しかし、ルーマニアの当局は国内で騒ぎが大きくなるのを避けようとしたので、通行許可証の手続きを四十八時間もしないうちに行うことができ、二人は新年になる前にワシントン国際空港に降り立った。

―あなた、英雄だわね！―　空港でイライザはとびっきりの皮肉な微笑みを浮かべて言った。　―何を感じたの？―

―シャックリだ―　ギュンターは言うと、彼女を抱き寄せて、鼻を耳の後ろに押し付けた。本当のところ、彼女の首筋に匂うシャネルの香水は、アイダホの女がいつも振りかけていた調合物よりもはるかに女性的に思われた。

翌月には、熱情的な人権擁護派の勇士として選挙戦に出馬していた新大統領が宣誓を行っていた。[11]ギュンターは前の週に『ニューズウィーク』誌の表紙を飾っており、新政権はその年に改選されなければならなかった、世界銀行総裁への彼の立候補を後押しした。

1 カリフォルニア州の都市。サンフランシスコの近くにあり、スタンフォード大学で有名。
2 カリフォルニア州の都市。カリフォルニア大学バークレー校では、六〇年代に大規模なベトナム戦争に反対する学生デモが校内で起こった。
3 一九七七年にルーマニアの一部を強い揺れが襲い、甚大な被害と千五百人の死者を引き起こした。
4 アメリカ合衆国の軍隊のうちでは、海軍が特にその勇敢さ、肉体の持久力などで名声を博している。
5 スコットランド・ウィスキー。
6 マチャードの重要な詩。一九〇三年に出版された。
7 スペイン内戦の後の時代のマドリードを指している。五〇年代でも街は文化的にも経済的にも困窮していた。
8 オプス・デイ。カトリックの属人組織で、大変に保守的な性格が強い。フランコ時代の体制を強力に支援した。
9 フランコ統治時代のスペインで、公式の政治組織だったファランへ党に由来する。
10 北米のレイシスト団体。アメリカ合衆国南部で黒人の抑圧に巻き込んだ。
11 一九七七年のアメリカ合衆国の大統領の発足を指している。ジミー・カーターは他の国々における人権を強調する意図を示していた。

第十章

精神を確信ではなく、不条理の中で教育するのだ。革命とは疑う権利である。あなたの横に、思い出と平行するわたしの場所を作ってちょうだい、切望に燃え上がる地平線のように長く、あなたの密かな手の愛撫のように温かく、あなたの髪の毛の急流のさえずりのようにわたしのものである場所を。あなたの横に、わたしの苦痛を横たえる場所を、痛みの救護施設を、戦闘からの避難所を、死者を忘れる場所を作ってちょうだい、わたしの短い歴史のすべてとわたしの傷、電圧棒や疥癬、欲望の螺旋と記憶の山脈のすべてのための場所を。あなたの横にわたしの場所を作ってちょうだい、わたしがあなたの横にいて、同じ眼差しで一緒に見て、同じ静脈から一緒に血を流して、祖国を人民の武器で形作るための場所を、同じ夢のための同じ報復のための場所を作ってちょうだい。あなたの寝床にわたしの苦悩が収まる場所を作ってちょうだい、あなたの魂にわたしのキスをしまっておく場所を作ってちょうだい、わたしはあなたから小鳥か歌を作って、あなたを愛している、とときどきあなたに言いたいの[1]。ギュンターは、ゴンサレス将軍（サナブリアの理髪店の常連客だったセーロ・ポルテーニョの幹部）もまた、フランシスコ・ハビエルという名前だと知り、ささやかな親近感と自己満足感を覚えた。

イライザは騎兵師団司令部に電話し、ギュンターのゴンサレス将軍との面会を申し込んだ。面会の日は翌日に取り決められ、予測しにくい軍隊の閉塞性にしては適度に楽観的な兆候だった。

ギュンターは少なくとも約半世紀前に兵役を務めてから、官僚以外の軍人とは個人的に付きあった覚えはなかった。よきドイツ人として、若々しい喜びをもって、最近奪還したばかりの砂漠で、あの厳しい規律の夏を楽しみ、准尉の階級と教官の熱心な推薦を受けるという名誉を得た。

ときどき彼は、もし自分がパラグアイに住み続けていたなら、ひょっとすると工兵科の軍人としてのキャリアを続けていたかもしれないと考えることがあった。官僚としてのギュンターへの批判の中の一つは、彼が銀行を兵舎であるかのように指揮しているというものだった。彼はそのことに内心気をよくしていた。ワシントンでは、パラグアイ人は機転が利かないがロバのように働くという評判だった。

ギュンターもその例外ではなかった。彼はそのことを男らしい虚栄で、つまりよき兵士の完璧な美徳でもって容認していた。無愛想さと尊大さのせいでルーマニアでの短い外交官としてのキャリアは早々に失敗したが、レーガン時代の政界では彼のイメージを確かなものにもした。[2]

ソレダーはいつでも出所できると言われていた。ラインの死について覚えている者はほとんどおらず、事件は謎に包まれたままになっていた。事件は強い政治色を帯びており、ギュンターの内気な姪はコリエンテスで最も知名度の高い女性の一人となっていた。

イライザはアマポーラをボルボに乗せて連れて行き、中央警察署で朗報を待った。**悲しいほど一様な時間の上で交差した、火曜日と祝日という瓦礫の間で、あなたから遠く離れてはいても、大きな濡れた目をした愛しい人よ、悲しみはわたしを打ち負かせないだろう。**[3]

ギュンターはタクシーで騎兵師団司令部に行った。彼は午前も半ば、約束の時間より十五分前に着いた。受付のゴンサレスの私設秘書が若い私服女性なのが気になった。後に、彼女が将軍の姪で、社会学の学生であると教えられた。

将軍は手始めに、無駄にする時間はないと唸った。背は低いが筋骨たくましいメスティーソで、仕立てのよい軍服を着ていた。広くて日あたりのよい執務室の中を、ギュンターが弁護士会の会長の家でしか感じたことのなかった、自然な清潔感と秩序が支配していた。**いつになったら我々は、浜辺や山を越えて、新たな仕事や知識の誕生を迎え、暴君や悪魔の逃亡や、迷信の終わりを歓迎しに行くのだろうか——まずは——神の降臨を！**[4]（アルチュール・ランボー）。**地理さえもその色を変えるだろう。木はもっと緑色に、小鳥はより鳥らしくなり、川はより幸福**

に、丘はより美しく、女はより輝くばかりに美しくなるだろう。そして男はより子供のようになるだろう。誰も忘却とはどのようなものだったか覚えていないだろう。恨みを吐く時間はないだろう。愛、仕事、命、詩によって結ばれた手という昼の月以外の月もないだろう。開くことのできない本はないだろう。半透明な空気の中で途切れる歌もないだろう。夢見ていたようにキスすることができない唇もないだろう。人間の些細な習慣のない神々もいないだろう。そうやって、我々はともに自分自身の方へと行くだろう。抱擁と芳香、音楽に酔いしれながら。人の太陽の下、親しい祖国と一枚の大きな旗のように穏やかに、伸び伸びとして。地球は税関や憲兵、国境のない広大な朝となるだろう。一様に星がきらめく川となるだろう。生命のように強靭に、希望の砦が、この夜明けの切望が、我々を打ち立てて集める。無敵となり、我々の不在の足跡から解き放たれる。そして記憶の中で、未来をゆっくりと編むのだ。[5] 座るや否や、ギュンターは名前の一致を話題に持ち出した。

―閣下、私たちが同名なのはなんという偶然でしょうか！― 彼は馴れ馴れしく言った。

―将軍とだけ呼んでください―

―何と仰いましたか？―

―将軍とだけ呼んでください― ゴンサレスは苛立たしげに繰り返した。 ―私はあなたの上官ではないので、閣下と呼んでいただく必要はありません―

―わかりました、閣下、失礼しました、将軍。あなたを見ていると徴集兵時代のことを思い出すので。ああ、なんと美しい時代だったことか！―

ゴンサレスは静かに咳をして、戦車の格納小屋が見える大きな窓ガラスに映っている冬の草木の緑をしばし眺めた。ギュンターは彼の目を見抜くことはできなかったが、白い影が彼の黒タバコのような声を横切った。**待ち時間は長く、きみという僕の夢はまだ終わっていない**[6]（エウジェニオ・モンターレ）。この不在は無駄に時間を使う、なぜならきみが僕と一緒に行くからだ。**僕の孤独はきみでいっぱいだ、なぜならきみが僕のことを覚えてくれているからだ。僕の沈黙は鉄の枷なしに夜明けを迎える、なぜならきみがその心を捕らえてくれるから。朝の最後の街角で待っていてくれ。僕を人生から追放することはできないだろう**[7]。

―では先生、お役に立てることがありますか？―

―失礼しました、将軍。貴重なお時間を取らせたくはありません。ただ、ソレダーのためにご尽力くださったことに対してお礼を申し上げたかったのです。あなたの誇り高き行動はワシントンで職場に戻ってからも決して忘れません―

―ご心配なく、友よ―　ゴンサレスは、農民が立派な身なりの人々に揶揄されたときに用いる猫のような抜け目なさとともに言った。　―あなたのためにするのではありません。サナブリアのためです―

ギュンターは当惑して黙り込んだ。

―それは……―　しばらくして、彼はどもりながら言った。　―はい！　妹は大変喜び、感謝しています！　亡くなった夫があなたの理髪師だったと申しておりました―

―私の友だった。いい人でした―

―はい、もちろんですとも、将軍―

―かわいそうに、少し狂信的でしたが―

―そうですね、でもセーロ・ポルテーニョのファンはいつもそうです―　ギュンターは長い青白い指を動かしながら朗読するように言った。　―セーロ・ポルテーニョはいつも愛好家を熱狂させます。道理で〝チャカリタの大竜巻[8]〟と呼ばれるわけです。あなたは立派な指導者です―

―いや、私は彼がセーロ・ポルテーニョのファンであることを言っているのではなく、無政府主義者だったことを言っているのです。少々狂信的でした―

―ええ、もちろんですとも、閣下、失礼しました、将軍。私には、こんなにもたくさんの面白い活動があるのに、人々がなぜ政治に足を突っ込むのかがわかりません。私は常に本能的な嫌悪を感じてきました―

―度胸が必要です。バカげたことではなく―

―問題なのは、哀れなサナブリアは無学だったということです。公証人の職務も一度も終えませんでした―

―いや、それはなんら関係ありません。私は、修士号一つを含めた三つの学位を持っていますが、自分が彼よりも優れているとは思いません―

―そんなことはありません、将軍。私はあなたの素晴らしい経歴を存じ上げています。比較になりません。「着衣のマハ」[9]を『マファルダ』[10]と比べるようなものです。きみの中で僕の日暮れは忘れられ、もう誰が去って誰が残るかもわからない[11]（エウジェニオ・モンターレ）。この家はいつの日か、その戸を開けなければならないだろう。人間の広い風が、鍵のないこの家を愛するだろう。群衆の手が、その鍵をばらまくだろう。突然、この窓には夜明けの光が溢れるだろう。すると、希望という自由な敷居を通って出入りがされるだろう―　日曜日の前庭のように。出て行く者たちよ、僕たちは花で飾られた唇とともに出て行くだろう。入ってくる者たちよ、僕たちは手を広げて戻って来るだろう。わかるだろう。この長い徹夜の祈りの中、きみは僕に付き添っている。きみとだけ、僕は出入りすることができる。僕の家は、朝を告げる少年の眼差しと遠い沈黙の秘められた捕虜、あらゆる小雨と郷愁の皮膚が眠っているその男の家だ。僕の家は、侮辱された直径というよりは、この錆び付いた時間、巨大な夜だ。だが、自由の同義語は僕たちで、きみがそれを占拠すると、夜が明ける。[12]

—私の子供たちは、服を着ていても裸でもマファルダが大好きです。サン・マルティン[13]が言っていたように、公爵夫人はイエズス会士と姦淫することしか知らないのです。あなたに言うことが一つあります。サナブリアには天性の知恵がありました。あなたは彼のことをよく知らなかったようですね—

—ええ、あまり—　ギュンターは顔を赤らめた。　—しかし、私は好感が持てました。お人好しでした。残念ながら、娘をちゃんとしつけられなかったようですがね？—

—どうしてそう言われるのですか？—

—それは……、変なことに首を突っ込んだからです。まずはヘイグの件、その後にはあの中米人の変死……私は、彼女は何の関係もないという確信がありますが！　……それに、女友達とのあの変なことでしょう？　妻にはワシントンに素晴らしいカウンセラーの知りあいがいます—

—まあ、サナブリアは根っからの跳ねっ返り者でしたからね。二月党が与党になれば、また反対側に回っていたでしょう。その娘は父親ほどではなさそうです。吠える犬は噛みません—

—問題は、子供たちのイデオロギーが管理されないときにあります、将軍。私がブカレストにいたときは……—

―あなたはお子さんが何人いますか？―　ゴンサレスはギュンターを遮った。

―実を申せば、養女が一人いるだけです。ソレダーが新しい世代で唯一の白系のギュンターです。ですから……―

―私は彼女をよく知りません。理髪店でちょっと見かけたことはありますが。彼女のことは覚えています。母親のように金髪ではないが、非常に可愛らしくて行儀のいい娘さんでしたね。あなたはよくご存じですか？―

―いえ、そこまでは―

―アマポーラから、彼女がワシントンで一度、夏を、つまり冬をあなた方のところで過ごしたと聞きました―

―はい、しかしあまり話をしませんでした。今度は連れ帰って、しつけ直します―

―それは結構です。しかしあまり細かい心配をされぬように。反逆は青年期にはあたり前のことです。私はひどかったものですから、士官学校に入れられました。**わたしは手錠をはめられた。そうすれば屈辱を与えられると考えたのだろう。何の手錠だ？　わたしはあなたのえくぼを祝う。他に喜びはない。それがわたしの手錠なのだ**[14]―

―もちろんですとも、将軍。軍隊ほど厳しくしつけるものはありません。ソレダーを兵役にやることができなかったのが残念です！　あそこでは最も悪い本能まで叩き直しますから！―

―ふむ……。さて先生、私は人を待たせているようです― ゴンサレス将軍は腕時計を見た。―他に何か？―

―いいえ、将軍閣下。どうも本当にありがとうございました。聖母様のご加護がありますように。妻とアマポーラが警察署で待っています。おそらく今日出所するのでしょう？―

―そうだと思います。**きみを一緒に連れて行こう、なぜならきみは僕の魂、僕の歩み、そして僕の羅針盤、僕のあり方、まだこの世界にいるという僕の意識だからだ、遠い目をした愛しい人よ。星図や指一本ぐらいの小さなイカ、秘密の金色の製図法、優しさという究極の天文学のように、人生を一緒に歩もう。夜が明けるのはきみの目の中だけだ。愛撫するのはきみの手だけだ。僕にキスし、僕の名を呼ぶのはきみの唇だけだ。きみを一緒に連れて行こう！ きみがいなければ、僕は行くことも残ることもできないから**[15]―

―我々はあなたに借りがあると承知しております、将軍―

―いいえ、決してそんなことはありません。命令は常に行政から出されます。私は職務を果たすだけです。私は政治家ではありません。あなたがたは私に何の借りもありません―

―ご謙遜に深く感じ入ります、将軍。アマポーラは、亡きサナブリアの大きな夢は、あなたが……ええ、何かとても高い地位に就くことだったということをいつも思い出しています。

おわかりでしょう。軍人が政治家よりも立派な統治者だということは多々あります―

―場合によります、先生。人は自分がやれることをやるべきです。我々軍人は兵営に残らなければなりません。私には野望はありません。それに……―

ギュンターはしばらく将軍が言葉を続けるのを待ってから、用心深く尋ねた。

―それに、どうされたのですか?―

―まあ、私はどうも少々病気らしい。永遠の罪たるタバコです! あなたはタバコをお吸いになりますか?―

―ええ、たまにウルトラ・ライトの葉巻を―

―タバコはお止めなさい、友よ。お勧めしません―

彼はギュンターと硬く握手し、勢いよく執務室のドアを開けた。紅顔の従卒《じゅうそつ》が直立不動の敬礼をした。ゴンサレスはギュンターに付き添うようにと命じた。

―はい、閣下― 青年は神の命を受けたかのように、断固とした声で叫んだ。

―それでは、ギュンターさん、さようなら。この青年が私のヘリコプターまでお連れします。行き先を言い付けてください― ゴンサレスは再び握手をすると、その手を離すことなく、自分より頭一つ高いギュンターの耳元に唇を近づけて、小声で付け加えた。―……そしてもしも我々がもう会えないならば、私が親父さんのことが大変好きだったと、伝えてください——

きみのためならば、愛しい人よ、すべてを捧げるだろう。完全に。きみの求めることも、求めないものも。すべてを。きみを愛している、それだけで十分だ。それ以外のものが詩なのだ。[16]

1 この一節は、著者の『詩歌集』の「きみのそばに場所をあけてくれ」である。

2 レーガンのイデオロギーは保守的で非常に反ファシスト的であり、そのためにギュンターのルーマニアでの業績は大統領とその顧問に強い印象を与えた。

3 この一節は、著者の『詩歌集』の「大使館の詩」第四編である。

4 ランボーの散文詩『地獄の季節』（一八七三年）からの引用。

5 これはランボーの前述の引用をエピグラフとした、著者の『詩歌集』の「自由の詩」である。

6 イタリアの詩人、エウジェニオ・モンターレ（一八九六〜一九八一）の「囚人の夢」（一九五六年）からの引用。

7 これはモンターレの前述の引用をエピグラフとした、著者の『詩歌集』の「大使館の詩」第七編である。

8 この言葉をギュンターに言わせることで、著者は彼の人格をからかっている。サッカーチームのセーロは「オブレロ地区のサイクロン」というあだ名を持っているが、しかしギュンターはアメリカ合衆国の文化に染まっているので、「サイクロン」を「トルネード」と取り違え、一方ではオブレロ地区をアスンシオン近郊のリカルド・ブルガダ「墓場《チャカリタ》」地区と混同している。

9 マドリードのプラド美術館に展示してあるスペインの著名な画家、フランシスコ・デ・ゴヤ（一七四六〜一八二八）の著名な作品。同じ画家の同じ美術館には、『裸のマハ』があり、それぞれ同じ美しい

10 モデルが着衣と脱衣で描かれている。
アルゼンチンのイラストレーターのキノによるコミカルなコマ漫画のよく知られた女の子のキャラクター。

11 モンターレの詩、「税関たちの家」の最終節からの転用。

12 モンターレの前記のエピグラフとともに、著者の『詩歌集』の「大使館の詩」第十編である。

13 ホセ・デ・サン・マルティン（一七七八〜一八五〇）は、スペインの植民地支配に対する戦争を主導した人物の一人。彼の有名な言葉と本来関わるはずのない事物が組みあわされている。

14 この一節は、著者の『詩歌集』の「妻たち」である。

15 この一節は、著者の『詩歌集』の「大使館の詩」第八編である。

16 この一節は、著者の『詩歌集』の「エピグラム」である。

第十一章

アマポーラとイライザは、コリエンテスの中央警察署がほぼ夜明けに公衆に対して門を開けたときから、ひっそりとした片隅の鉄製のベンチに座って静かに待っていた。彼女たちは運転免許証を更新したり、罰金を支払ったり、セレナーデの許可を求めたり、納税申告書用紙を買ったり、ポスターを張るための認可を求めたりする見知らぬ大勢の人々の顔が行き来するのを眺めていた。

アマポーラは震える指で、カアクペの聖母マリア[1]の大聖堂で祝福されたロザリオの玉を何度も数えながら、あらゆる願をかけていた。

正午近くになり、イライザは空腹を感じ、アマポーラに何か食べたくはないかと聞いた。義妹は小声での祈りをやめることなく、未亡人の黒いベールを被った頭を横に振った。

そこでイライザは立ち上がり、ミンクのコートを着て、ヴァンドーム広場で買ったカルティエのショルダーバッグを肩からかけ、読みさしのベロー[2]の小説をベンチに置くと、アマポーラに席を取っておいてくれるように頼んだ。

街では冬の日差しにもかかわらず、強い風が吹いていた。イライザは本能的にコートの襟を立て、手袋をはめた。ポケットに手を入れ、軽快な歩調で昔の市立劇場の横に面した通りを歩き、警察から二ブロックのところにある、アメリカ式ファーストフードを出すバーへと向かった。そのルドバー[3]という名のバーの正面には、英雄の霊廟[4]がそびえ立っていたが、そこではコリエンテスの英雄や亡命中に亡くなった近隣諸国功労者たちが永遠の眠りについていた。霊廟の階段では、素足の貧しい子供たちの一群が密輸ものの日本製の時計を呼び売りしていた。

イライザはルドバーに入った。持ち帰り用にサンドイッチとコーヒーを頼んだ。チケットを渡されてから、随分と待った。その店は中心街の役人たちのお気に入りで、客でいっぱいだったからだ。常連客の中には、イライザを執拗な好奇心とともに見ている者がいたが、それは彼女のミンクのコートがありふれた正午にはあまりにも高価だったからかもしれない。そのことは彼女を少し惨めな気分にさせていた。南ではそこまで寒くはないのに、不用意にも他のコートを持ってきていなかったのだ。ようやく制服を着た女性店員がカウンターの上に差し出す昼食の小袋を受け取った。イライザは、電話はあるかと尋ねた。店員はバーの奥の電話を指し示した。イライザはコインを何枚か入れて、家に電話した。ギュンターがすぐ出て、安堵の溜め息をついた。イライザはまだ変化はないということを語り、ゴンサレス将軍との面談はどうだったかと尋ねた。**素晴らしかったよ**、とギュンターは言った。イライザは笑顔で電話を切った。彼の声からは、喜ばしい事態の成り行きに満足しているのは明らかだった。**あの子を連れてすぐ帰っておいでよ**、とギュンターは言った。**途中で何も買うんじゃないよ、こっちにはシャンパンがあるから**。

イライザはルドバーから小袋を持って出た。コーヒーが冷えてしまうとわかっていながらも、霊廟の方に向かって通りを横切るという誘惑に勝てなかった。それはフランス風の霊廟で、聖ジュヌヴィエーヴの丘に建ったものに着想を得て、前世紀にイタリア人建築家によって設計された。今では市役所のボランティアたちの刷毛によって灰色に塗りたくられ、そのロマン主義的なドームの優雅な十字架は冬の空を指し示し続けていた。イライザは階段を上った。木目のある分厚い木でできた高い玄関の大扉はいっぱいに開かれ、両側に灯明が点るもとで二人の正装した若い衛兵が銃を肩に直立不動の姿勢で立っていた。薄暗い廟内では、かすかに蝋が燃える臭いがしていた。派手な服装をした中年の観光客のカップルが、ポルトガル語で彫像の歴史的意味や主祭壇の聖の青色の服装について盛んにしゃべっていた。神殿の中央の、ドームの真下では、楕円形の納骨堂が開いていた。

ここに〝建国の父たち〟が眠っているんだわ、とイライザは考えた。むしろ母親たちによって再建された一つの国（アルゼンチン、パラグアイ、ウルグアイ）の男たちばかりだわ！レシデンタ《女性支援隊》たちの骨はどこにあるの？　**ほらご覧なさい、仲間よ、祖国が燃え上がっている。我々にあなたの眼差し、あなたの乾いた水がめ、疲れた鋤とあなたの額の汗を貸してくれ。炎のレシデンタ、清廉な手をした女よ。あなたの息子たちは遠征の後方に残ってしまった。あなたの目の中には、捕らえられた月と涙がある。我々は、木でできたあなたの体が新たな時代の輝かしい母胎であって欲しいと思っている。悲しみのレシデンタ、黙ったレシデンタ。あなたの弱々しく長い、流浪の旅を続けてくれ。あなたが斃れた英雄から旗を持っていくのを忘れないように、我々が歌っ**

ているということを忘れないでくれ。覚えていてくれ、友よ、戦いに勝った、血まみれの勝者だった我々のことを。そして、聞いてくれ、友よ、種をまいてくれ、我々は地下で待っているのだから。[5]

イライザは食事の入った小袋と手袋を納骨堂の手すりの上に置いたが、霊廟の中は晴れて乾いた外よりも寒かったので、コートは脱がなかった。彼女は荒石積みの手すりに肘を付いて、下に積み重なっている棺を眺めた。一つひとつの棺には、それぞれの英雄のブロンズの名盤が付いていたが、イライザの大きな緑色の目はかなりの近視だった。彼女はそこに眠っている英雄たちの中にパラグアイ人が二人いることを知っていた。一人はエウセビオ・アヤラ博士[6]で、チャコ戦争中に国民を指揮した自由派の大統領で、国のためにカリフォルニアほどの広さの領土を取り戻したが、亡命先で死亡し、いまだにそこで眠っていた。イライザはショルダーバッグの中の眼鏡を探し出してかけると、ブロンズの名盤を読み取ろうとした。ようやくもう一人の名盤を見つけた。フランシスコ・ソラーノ・ロペス元帥[7]で、その遺体はコロンブスのように二つの霊廟に埋葬されていた。[8]

アスンシオンの市役所は、この国立霊廟に眠る遺体こそが正当なものであると断固として主張していた。ロペスは一八七〇年にパラグアイ北方の国境の戦場で亡くなると、ただちにその場で未亡人[9]のイライザ・リンチ夫人によって、ブラジル兵たちに遺体を冒涜されないように埋葬された。彼のものとされるその遺体は六十年以上後になって掘り起こされ、アスンシオンの霊廟におごそかに移葬された。しかし、一九七〇年代、カタルーニャ人の考古学者が率いるヨーロッパのイエズス会の科学者たちのチーム[10]によって、アスンシオンの遺骨に対する綿密な鑑定が行われ（先住民の少女のものだということが判明した）、北の最後の戦場となったセーロ・コラー地域で根気強い捜索が実施された。そして、三年にわたる困難な捜索の後に、いくつかの骨が見つかり、最新の人類学的調査の結果、本物の元帥の遺骨であると証明された。パラグアイ当局はこの科学的な発見を非国民的な侮辱とみなして、イエズス会士を顕微鏡と遺骨の箱とともに追放してしまった。シモン・カセレス大司教はイエズス会調査団の一員だったが、ロペスの遺骨を自分の大司教区の霊廟に一時的に保存すると申し出た。

　イライザは、一八七〇年三月一日に大統領元帥が、南北アメリカ史において、ルーズベルトとアジェンデ以前に敵と戦いながら現職で亡くなった唯一の国家元首になったことを知っていた。世界最大の帝国であったビクトリア朝に五ヶ年間にわたって抗戦した後[11]に、ロペスはその大多数がトラに扮した子供や女性で構成された、ぼろを着た兵士たちの前で斃れた。**予は国とともに死す**！　彼は止めの一撃を受ける前にこう叫んだが、その叫びはこの静かで冷たい石の壁に今もなお残響しているかのようだった。**アメリカ大陸が祖国であると言う**[12]**ボリ**

バルの声が聞こえんことを。マルティのカイマンワニ[13]が祖先の川を航行して来んことを。インディオのファアレス[14]が放浪のラバの背に乗って来んことを。スクレ[15]が星と歌で武装した山から降りて来んことを。ミランダ[16]の赤い栗毛の角笛が鳴り響かんことを。オイギンス[17]が英雄の怒る額に稲妻を呼ばんことを。割れた国の一片、亡命の夜のサン・マルティン。永遠に続く太陽を讃える現代のイエズス会の巨人たち。そして、古い血のキャラバンを忘れるリンカーンの祖国。今、我が東[18]の少女アメリカよ、今や祖国か死かだというこだまが響く大砲となった、永遠のアルティガスの喉。山間部のサンディーノ[19]のライフル銃、夜明け、音楽、そして十字架。一人の騎手が埃の世界の中を高らかに近づいてくる。サパタ[20]だ！　貧民の兄弟、民衆の寛大な大将。彼らが今、その預言者の声を、その高らかな声を、その仮借ない激しい証言の声をかけに来る。そして、彼らが人民のフランシスコの、人民のソラノの背後を守る間、ロペスはおまえのものでもあり私のものでもあるすべての者たちの祖国という理想を抱く。セーロ・コラー、おまえは歴史の底知れぬ道を裸で歩く。熱き過去の子午線、嵐となったサソリ。三月一日にはおまえに命を捧げた者たちが斃れた。そして生命は祖国が戦いながら死んだ日を見つけた。偉大なる祖国よ！　明日我々は解放され一つとなったアメリカとなるだろう。アメリカ全体がその弱い言葉で抗議したロペスの時代。商業が我々の律動と顔を変えにやってきたロペスの時代。銀行家の腐敗した刃の剣がやってきたロペスの時代。太陽が死に次ぐ死によって疲れ果てたロペスの時代。

イライザはアルゼンチンの独裁政権下の将軍たちがマルビーナスや他の戦場で戦死するとは想像はできなかった。アヤラと彼の自由党の同志、ホセ・フェリックス・エスティガリビア元帥もまた、祖国のために生きて死んだが、彼らこそは栄光とともに新しい帝国[21]との戦いに勝ったのである。だが、イライザは最古老の元帥に神秘的でロマンチックな連帯感を覚えていた。それは、彼がパリの社交界から、自分と同じ緑色の瞳と苗字を持った（彼女はそのことを自分で偶然に発見した。というのギュンターは決して歴史について話してはくれなかったからだ）アイルランドの貴婦人を連れ帰ったからだけではなく、銀盤写真が黄ばませることができなかったその眼差しにあまりにも悲しげな炎を浮かべた、あのヒゲを生やしたジャガーが魅惑的な伝説を残したからだった。天使と悪魔の、甘くて激しい、カトリック的で革命的な、国際色豊かでありながら未開の、カスティーリャ的でありながらフランコ贔屓の、女嫌いで、ディオニュソス的でありながらアポロン的な、ラテンアメリカの英雄かつ非英雄的なその伝説は、北の歴史家たちには間違えずに評価することは不可能である。なぜなら、善人と悪人、文明人と野蛮人を分別するための図書館的で迷信的な基準を打ち壊すものだからだ。あそこに保存されている遺骨は、彼のものであり、そうでもなかったが、まだ消えてはいなかった。**我々はここから彼らに歌いかける。**[22]**祖国はその名のもとにある。勇敢で栄誉ある同志たちの名のもとに。ここから言葉と音楽、深淵を通って。未亡人の、ラッパを吹か**

れたおまえの言葉。カヴィチュイ蜂、賛歌、歩哨。我々は同じ叫びの者たちだ。同じ太陽が我々が生まれるのを見た、ここで、ページとともに！　タラベラ[23]、闘士の詩人たち。我々には燃えたぎる血という根がある。祖国は終わることなく、時間のない詩だ。我々は決しておまえの死の韻文や、詩という日々の死を忘れないだろう。一つの拳の中におまえの眼差しの半分がある[24]。おまえは岩の、はしけ船の、夜の、接舷の模範だ。船乗りの血を引く義勇兵たちよ、進め！　おまえの背の、血を流す脇腹の弾丸。イグナシオ・ヘネスと英雄的な戦士たち。戦うとき、我々はおまえの肌だ。悲しみに握られたおまえの拳。我々はおまえの血管とゲバラ・リンチの奪われた遺伝子の熱き壷だ。民間に広まったおまえの顔には眼が一つない、なぜなら見つめるからだ。夜の一つ目の巨人、我らが友よ、地球のように、二心なく我々を見てくれ。人民のように勝利をもたらし、神のように三者からなっている。彼らは鉄の天使のようにいるために行ってしまった。今日はクルパイティ[25]の戦いの日で、我々はともにいる！　ホセ[26]よ、おまえとともに戦いに行こう。なぜならおまえの中には、希望、最後の努力、日の出とギターが収まるからだ。そして、いつもの仲間の我々は、今のように、おまえとともに混血の、ジャガーの、復活したクルパイティにいるだろう。アルティガス、ディアスにフローレス！　三人のホセは東に向いて開いた窓だ。その後ろには、新たな人類、喜び、正義の裁き、石像、水の境界、そしに夏が続く。フランシスコの、ソラノの、そしてロペスの名のもとにあらんことを！

イライザは寺院の鐘の音に驚いた。彼女はショルダーバッグにあわせたカルティエの小さな金の腕時計を見ると、コートに腕を通しながら走って外へ出た。玄関の衛兵の間を急いで通ったときに、その礼装が騎兵隊のものであることに気がついた。州で最も精鋭な騎兵師団の司令官である気高いゴンサレス将軍が、無政府主義者の理髪師との友情に忠実であることを望んだのは、決して知られることのない理由からだったのではないかと考えずにはいられなかった。

古い劇場の脇を、冷たく輝くミンクのコートを翻す緑の眼をした混血の美人に驚いて道を開ける通行人の間を、あえぎながら走っていたイライザは、その謎のはっきりとした答えはサンドイッチの小袋を置き忘れた霊廟の骨壷の中にしか見つけられないだろうと考えていた。

彼女は遠くから、中央警察署の門のところでソレダーの毛布を首に巻いているアマポーラの姿を見た。息を切らして近づくにつれて、彼女はアマポーラの悲痛な叫びを、その引きつった顔を、粗末な六フィートほどの長さの木棺の密閉された縁を、限りない愛情を込めて愛撫する、そのなす術も知らぬ指を感じ取った。息を切らして近づくにつれて、彼女はアマポーラの悲痛な叫びを、その引きつった顔を、粗末な六フィートほどの長さの木棺の密閉された縁を、限りない愛情を込めて愛撫する、そのなす術も知らぬ指を感じ取った。息を切らして近づくにつれて、彼女はアマポーラの悲痛な叫びを、その引きつった顔を、粗末な六フィートほどの長さの木棺の密閉された縁を、限りない愛情を込めて愛撫する、そのなす術も知らぬ指を感じ取った。

1　アスンシオンより少し離れたところにあるパラグアイの聖所。伝説によれば、十六世紀に聖母の奇跡的な出現があった。

2　ソール・ベロー（一九一五～二〇〇五）、アメリカ合衆国の小説家。一九七六年にノーベル文学賞受賞。

3　ここではパラグアイ人の読者に共謀の目配せと小説の深謀を理解するための重要な鍵が出現する。このフィクション上のコリエンテス州のルード・バーに対応するものは実際にはアスンシオンのリード・バーであるのだ。

4　また、このコリエンテス州のフィクション上の場所は、アスンシオンの現実の場所ではリード・バーのそばにあるパンテオン・ナショナルに相当する。

5　この一節は、著者の『詩歌集』の「レシデンタ」である。

6　パラグアイの指導的政治家（一八七五～一九四二）、一二年から一三年、三二年と三六年の間にパラグアイの大統領を務めた。彼の埋葬地の霊廟は架空のものである。

7　パラグアイの大統領、カルロス・アントニオ・ロペス（一七九二～一八六二）の息子のフランシスコ・ソラーノ・ロペス（一八二七～一八七〇）は父に続いて大統領となった。一八六二年からその死まで独裁的に統治を行った。

8　ロペスの廃墟が二つのパンテオンの中にあるというアイデアは著者の発明によるものであり、

コリエンテス州の小説としての枠組みを利用するために構築された。

9 広い意味での未亡人である。なぜならリンチとロペスは実際には結婚していなかったからである。この事実はアスンシオンの上流社会の噂好きな人々をそそのかしていた。

10 このグループとパラグアイの当局との論争は作者による創造である。

11 歴史家の間で論争がある、パラグアイの信条に対する言及。イギリスのビクトリア女王が三国同盟戦争を支援していたという説である。パラグアイのロペスはイギリスの貿易の拡大の障害と見られていたからである。

12 この一節は、著者の『詩歌集』の「ロペスその二」である。

13 キューバの作家で独立運動の主要な指導者（一八五三〜一八九五）。ワニのイメージは、キューバの形が爬虫類のように見える事実による。そのために、この文章では表明された汎ラテンアメリカ的な解釈を、地政学を通じて借りているのである。

14 ベニート・フアレス（一八〇六〜一八七二）、サポテカの先住民出身で、メキシコの大統領として一八五八年から六二年まで、また六七年からその死まで大統領となった。彼は六二年から六七年まで、フランスの干渉に対するメキシコの抵抗のリーダーであった。

15 アントニオ・ホセ・デ・スクレ（一七九五〜一八三〇）、ボリーバルと同盟を結び、ボリビアとエクアドルの独立闘争のリーダーとなった。

16 フランシスコ・デ・ミランダ（一七五〇〜一八一六）、ベネズエラの独立闘争のリーダーだったが、彼の人生の最後では同胞の多くやボリーバルに拒絶されてしまった。

17 ベルナルド・オイギンス（一七七六あるいは七八〜一八四二）、チリの独立の名士。

18 バンダ・オリエンタルのことを指す（現在のウルグアイ）。アルティガスはその独立のために戦った。

19 セサル・アウグスト・サンディーノ（一八九三〜一九一九）、ニカラグアのゲリラで政治的なリーダー。アメリカ合衆国の軍事的支配に対して戦った。

20 エミリアーノ・サパタ（一八七九〜一九一九）、一九一〇年に勃発したメキシコ革命の反乱勢力の主要な指導者の一人。

21 これはチャコ戦争と同様に三国同盟戦争の結果、パラグアイは帝国主義の野望の餌食になったという含意がある。ここではイギリスの役割と、アメリカ合衆国の石油企業、スタンダード・オイル・カンパニーがチャコに石油があると考えて援助を与えたことなどを示している。

22 この一節は、著者の『詩歌集』の「ロペスその二」である。

23 すでに引用した、ナタリシオ・タラベラのこと。

24 この「おまえ」とは、成功した戦闘のうちに片目を失った司令官、イグナシオ・ヘネスを指している。

25 クルパイティの戦い（一八六六）、三国同盟戦争でパラグアイの決定的な勝利となった。パラグアイの運命の頂点と考えられ、その後は全体的な敗北へと悪化していった。

26 三つの重要なパラグアイの歴史的・文化的な人物への同時の言及。パラグアイで最後の日々を過ごしたウルグアイの独立指導者ホセ・ヘルバシオ・アルティガス、クルパイティで勝利した司令官のホセ・エドゥビヒス・ディアス（一八三三〜一八六七）の死はパラグアイの大義に対する重大な打撃だった。ホセ・アスンシオン・フローレスは、グアラニア音楽の導入とパラグアイ音楽の作曲家で、彼の音楽的な形式は国家に深く根差している。

第十二章

――たとえば、この詩はカスパー・ハウザー[1]のものよ。**彼は裸の枝に雪が降るのを見た、そして、玄関の暗がりで暗殺者の影を見た**[2]**（ゲオルク・トラークル）。わたしは彼が邪悪な目をしてやって来るのを見た。彼のポケットで手錠が音を立てるのを聞いた。傷を負った死刑執行人の湿気にわたしは陶然とした。小鳥たちは朝になってもまだ歌っている**[3]。わかる？ ソレダーはこのノートにお気に入りの詩を書き取るのが好きだったの。ドイツやフランス、イタリアの詩人のものがあったから、どうして翻訳をつけないのか尋ねたわ。そしたら彼女、テクストは銘句のエピグラフだからその必要はないって言ってたわ。あたしたちの二言語併用と同じことよ。

ソレダーの葬儀の後、イライザはベロニカと彼女の祖母が住んでいる別荘に残って、コーヒーを飲んでいた。石灰で塗られた壁は白くなっていた。暖房はないが、居心地はよかった。ベロニカは、ソレダーがギターを弾いて録音したミトの「距離」という曲のテープをかけた。**きみの髪は金属、色、時間の滝だ。霧雨がやって来ると郷愁がきみを満たす。きみは自分自身で**

はなく、その影のようだ。きみの肌はもはや魔法の帰還という忘却だ。南の星々は静かに死んだ、古いカラベラ船の灰のように。眼差しと戦慄がきみの魂に宿る。冬は風を見て泣いている。きみがどうだったかを、思い出させてくれ。[4] その歌はベロニカに、兄のアルベルトと祖父、そして（聖ヨハネが『黙示録』で言っているか言っていないかのように）口から出た諸刃の剣で両親を殺した恐ろしい空色のジャガーのことを思い出させていた。

――それは注目ね、ライザ。ソレダーは最後の日々には、国外追放されると考えていたみたいなの。洗濯するための服に隠して先週あたしに送ってきた詩では、亡命や、旅や長い国外追放の後の帰還が詠われてたわ。ほら、これよ。少し皺になってるけど、彼女の字よ。あなたが読んで。あたしは当分の間、読み返せそうにないから――

今のところは前夜祭だ。活力と真の愛情のあらゆる引き潮が我々のところまで流れるがままにしよう。そして、夜明けには、燃えるような忍耐を備え、輝かしい街へと入るだろう[5]（アルチュール・ランボー）。**あなたは長い郷愁を耐えなければならないだろう。憂鬱な孤独を。包囲された熱を。あなたは湿った沈黙に慣れなければならないだろう。動かない窓に。空いたベッドに。あなたは通りを敏速に行かなければならないだろう。騒々しいタクシーの間を。ここぞとした歩行者たちの間を。あなたはこの苛立ちを甘受しなければならないだろう。忘れられた釘のように、打ち込まれて、錆び付いて。永遠にではないだろう。一つの人生だけのことかもしれない。あな**

たの、一つの人生、だがそれは実際は人生ではない。あなたの洞窟の中ではこだまなしにあなたが夜を明かすことはない。あなたは息をしている。あなたの見捨てられたインクはもはや書けない。暗くなる。あなたの視線のない目は見つけない。彼らは思い出す。あなたの失われた手の中には愛撫はない。手すらもない。永遠にではないだろう。まだ明日ではない。まだ風や太陽があなたに恩赦を与えるかもしれない。あなたは自分の名前を、自分の女友達を、自分の詩を、自分の血を、自分の日課を取り戻すことができるかもしれない。わたしと来てちょうだい。愛がなければ、あなたはこの不在を生き延びることができないのだから。わたしたちはともに日々をいっぱいに開きましょう[6]。

―この嘘と歪曲、偽造の時代には―　砂糖壷をイライザに渡しながらベロニカは言った。

―ソレダーのような態度は模範的で、その登場人物たちの死亡は、その人間性と知性を際立たせているわ。あたしたちは、現代の世界の住人であって、人類の解放のためのあらゆる苦痛と闘争と同一視され、同時に芸術家として完全にして強烈な存在を与える彼女の霊廟が、大理石の家じゃなくて、教室や、印刷所、紙とインクであって欲しいと思ってる。六月のデモ運動で棒で殴られ、拷問を受けたあたしたち同士はみんな、彼女の名前を資本にしようとした〝主要紙〟の死亡記事を消したいの―

我々は自らのようなものを愛し、そして、風が砂に書いたことを理解する[7]（ヘルマン・ヘッセ）。

わたしたちは決してその顔を見たことがなかった。だが、黙って笑うその癖を覚えている。我々は決してその手を取らなかった。だが、その微かな手触りは旧い友だった。我々はその唇を知ることもなかった。だが、遠くの川から、記憶からすでに我々はキスをされていた。その不注意な足取りは我々の玄関を擦り抜けることはなかった。奪われることもなく、その日暮れは、親切に我々の個人的な梯子を上る。その沼のもぐりのやもめ暮らしは、我々のわずかな日常の儀式から立ち去ることもない。しかし、やってきたのだ。我々がその言語という持ち運ぶことのできる横笛を分かちあっていないにもかかわらず。我々はその挨拶の鼻にかかったこだまに専念することもしない。最近やってきたその喘息のような寓話を疑うこともしない。我々は腕を広げてやろう！

ここには一度もいたことがないのだから！　しかし、戻って来たのだ！　そうして、驚くこともなく、その影は我々の家を巡る。思いもしなかった隅々まで見分ける。夜にはいつものように、放浪の音節で我々に話しかけてくるだろう。我々は子供のように、冬は暴き出すものであり、その無限の足跡を星々という秘密の沈黙のもと占うということを語るだろう。[8]

―ソレダーはいつも文化的定住地に反抗していたわ。あの〝芸術家の生活〟という小世界に、賛辞と平凡な作品、貧相なイデオロギーの形成にとって支払済の、自画自賛といさかいと賛辞が、最も悲痛な不満を買う場所だって言ってた―　ベロニカは続けた。　―そのときが来れば、人類の自由のために同志たちと団結して、言葉か銃を振りかざしていたでしょうね。

—わたしたちの国では、誰かを愛したいと思うだけで人は革命家にならなければいけないわ、なぜならそのことすらもすべてを改革しなければできないのだから、[9] ってある日あたしに言ったの。主義主張や闘争をともにするという日々の課題の中で、あたしたちは気づかないうちに、まさに自分たちが攻撃していることそのものに陥ってるんだって非難してた—

イライザは、自分があの劇場での夜に、トラの皮をまとったギリシア女優に扮してラインを殺したのだと彼女に告白したい気持ちに駆られた。アルベルトを助けるのには間にあわなかった。ソレダーを助ける勇気もなかった。

ワインで、詩で、あるいは美徳で、おまえの好きなように[10]。だが酔っ払え（シャルル・ボードレール）。彼は一夜を、一つの手を、一つの壁を忘れてしまった。幼少期のある幸福な午後のことを忘れてしまった。一つのランプを、一つの机を、一冊の本を忘れてしまった。南のはるかなる顔を忘れてしまった。彼は新たな放浪の習慣に浸り、ゴシキヒワや渇き、別荘が彼に淡い血の友情を申し出る。それらは追憶の絶頂の中で空間を簒奪《さんだつ》する。音楽、人々、多忙さ、イメージ、取り返しの付かない不在、信号、コーヒーの香り、コイン、タバコ。すべてが距離をまとってここにある。だが、早起きして一人マテを飲むとき、何も変わっていないように思われる。彼はかつての朝の輝きを認める。これまでに一度も別れを告げたことがないかのように感じる。彼は亡命というゆっくりとした浸食や街の果てしない静けさに疲れ果て、帰国と叫び声、他の人生の間に住まれた人

生という酩酊を狂おしく切望する。そうすると、穏やかな郷愁に忙殺される。彼は物言わぬスーツケースに、綿密に荷造りをする。旅立つために準備はすべて済ませてある！　物をしまっている間、彼の眼差しには奇妙な微笑みが浮かんでいる。[11]

イライザは、ベロニカの顔に、そのぴったりとした赤いTシャツに透けている大きな乳首のように美しく硬い顔に、初めて涙を見た。

―最後に会った夜、あたしたちが最後に一緒にいたとき、あの場違いな行為の、学校の劇場であたしたちがやったあのバカげたことの前の日の夜に―　ベロニカは啜り泣いた。―ソレが言ったことを、絶対忘れないわ。**わたしは自分のしていることが本当のことだって深く感じているわ。いつか、もしかするとわたしが知ることなく、わたしが知らないし知ることもない誰かが、わたしの詩を読んで、わたしと同じ感動を覚えることができるだろうって感じているの、**って言ったの―

ベロニカは激しく泣き出した。あまりにも激しく泣きじゃくるので、イライザは何種類もの鎮痛剤を持っているにもかかわらずうろたえ始めた。彼女はソファーの少女の横に座ると、その手を取った。彼女はベロニカの爪が噛み過ぎたせいで、中には巻き爪になっていたり土気色になっていたりするものがあるのを見た。長い時間の後、少女は少し落ち着き、頬を伝う大粒の涙越しに悲しげにイライザに微笑みかけた。その顔と首は、激しい運動をした後のように赤くなり、緊張していた。彼女は恥ずかし気に笑い、ひどくしわがれてほとんど聞き取れないような声でどうにか言葉を終えた。

──結局のところね、イライザ、ひょっとすると人の心という荒々しく秘められたこの欲望は、希望よりも限りがないのかもしれないわ。ひょっとすると、愛は時間よりも長いのかもしれない──

戻ることに価値はある、たとえ我々が変わってしまったとしても[12]（チェーザレ・パヴェーゼ）。**こんなに久しぶりに、帰ってくるというのは素敵なことだろう。喜びも抑えがたく身内を抱きしめるということは。すべてがこんなにも変わった様を目のあたりにするということは。そして突然、我々は立ち去っていないと発見するということは**[13]。

両者とも、自分の人生の終章を立ち退かされるように生きることを拒んだ。トト・アスアガはオクラホマでの夏学期の授業を時間通りに始めた。ファン・フランシスコ・ゴンサレスはコリエンテスの騎兵師団を厳しく指揮し続けた。トトは一度もスポーツをやったことがなく、アルコールや脂肪分の多い食事を取り過ぎ、タバコも吸い過ぎていた。将軍は、タバコ以外の悪習を認めなかった。彼は禁酒家で、毎日一時間をジムとサウナで過ごし、頻繁に馬に乗り、巧みに飛行機を操縦し、体重も維持し、寡夫のごくたまの関係においても必ずコンドームを使っていた。トトの体は、精神を破壊し、魂をむしばみながら少しずつ腐ってゆき、タルサの外科医は彼の両脚を切断した。

ゴンサレスはそうではなかった。〝原因不明の内出血〟が原因で、投獄中によい待遇を受け、警察の総合病院において医師たちが緊急治療を展開したにもかかわらず、遺体となって家族に引き渡された若い詩人ソレダー・モントーヤ・サナブリア・ギュンターの身の毛のよだつような見出しとセンセーショナルな写真を、コリエンテスの唯一の夕刊が町中にばらまいていたその日の午後に、彼はピストル自殺した。棺を開けることも検死解剖を行うことも許されなかった。

政府の公報は、ゴンサレス将軍の自殺は不治の病を患っていたことが原因だとした。しかし、将軍の姪は、伯父は家族に無事で出獄させる約束をしていたソレダーの死という恥と不名誉に耐えきれなかったのだ、と社会学部で全員に語った。

ギュンターは凛々しい盛装の軍服姿の自分と同名の男の姿を見たかったが、棺はすでに閉じられてアルゼンチン国旗に覆われて、州政府庁舎の二月三十日ホールに移送されてしまっていた。ゴンサレスはその日の朝、ビニョーネ[14]の政令により昇進し、師団の名誉将軍に叙されていた。

アマポーラは兄に、理髪師組合の理事長から電話があったことを告げた。彼女は組合の秘書が騎兵師団司令部から、将軍の個人的な友人として誰かに話して欲しいという招待を受けたと言った。組合としては亡きサナブリアが適任だっただろうが、今となっては、ちょうどコリエンテスにいる義兄弟のギュンターが弔辞を述べるべきだろうと考えていた。

—頭がおかしいぞ—　ギュンターは驚いて叫んだ。　—俺は演説なんかできないし、セーロ・ポルテーニョのファンですらないのに—

彼らは時間に遅れそうだ。葬儀は午後の四時からだ。政府庁舎からの出棺は少なくともその一時間前になる。ギュンターとアマポーラ、組合理事長は直接墓地に行くことにする。ボルボではなく、サナブリアの友人のブラジル製のフォルクスワーゲンのおんぼろ車で。騒々しく埃っぽい道中、理髪師はギュンターに弔辞を述べるようにと執拗に頼む。彼はまるで今日が人生で一番大事な日でもあるかのように、大声で食い下がる。アマポーラはその優しい青い眼でギュンターに促すのがやっとだ。

彼らは墓地の横に車を停める。教会堂の中庭まで歩く。両側の歩道には多くの人々が集まっていた。リベルタドール・サン・マルティン通りには、整列した騎兵隊の軍楽小隊が、捧げ銃をして通例のショパンのものの代わりのベートーベンの葬送行進曲（フォルクスワーゲンのラジオによれば、将軍はこちらの方が好みだった）を演奏しはじめる瞬間を、厳粛に待っている。師団の若い徴集兵たちは、亡き上官に敬意を表して、剣付き銃を厳格に握りしめている。頬に涙を流している者もいる。

―何てことだ、神様が死んだわけでもないのに―　ギュンターは人込みの前から二列目で、アマポーラと理髪師の間で意見を述べる。

葬列は花輪で覆われた棺に続いてようやく終わりに近づいてくる。フランシスコ・ハビエル・ゴンサレスは軍楽隊が奏でる田舎風の牧歌的なブロッホ[15]の踊りの曲に伴われて、八頭の黒い雄馬と八頭の白い雌馬に引かれた霊柩車[16]で運ばれて来る。軽装歩兵の一隊が霊柩車を護衛している。その後ろに、州知事とその他の軍と教会の当局者たちが歩いている。その後ろに、連隊や新聞社の幹部や有力者、上流階級の名士たち、無数の聖職者が続く。ギュンターは花輪でも贈ってやれたと思ったが、一日に二つの葬儀はあまりにも過酷だった。彼はバリオスの踊りの曲をトランペット奏者が演奏している他の楽隊が発進したのに驚く。

棺台は、騎兵師団の兵隊とゴンサレスの娘たちが学ぶ修道女の学校の女生徒たちと、息子たちが学ぶ司祭の学校の生徒たちの果てしない三列縦隊に付き添われている。学生たちは糊の利いた制服に身を包み騎兵隊の厳しい軍事教練で鍛えられた兵士たちの横で歩調を乱さないようにしているかのように、粛々と行進している。ギュンターは、サルミエントがドミンゴ坊や[17]の死に際に、パラグアイ人とガウチョは戦争のためにしか役立たないと言ったのは正しかった、と不平を漏らす。

葬儀場には四つの葬儀用のアーチが掲げられた。その中の一本である「不死のアーチ」に、ヤシと月桂樹の葉で飾られたゴンサレスの棺が安置される。辺りの広場や家はみんな軍旗や小旗でいっぱいだ。隣接する角の物見台やバルコニーは、一流の貴婦人や二流三流の紳士たちに占拠されている。マントや胴着で盛装したやくざ者もいる。日が暮れて、通りや役所、主だった近隣の家に明かりがつく。花火の束が空高くに、天に、えも言われぬアンドロメダやアルデバランの星々の庭に輝く。

アマポーラと理髪師は感極まって泣いている。ギュンターはひどく笑いたくなるが、その最中に、式場の一番前の列にサリアー＝キロガ大佐が面会を断った太った州知事や局長たちや、驚くばかりの人数の将官たち、間違うことなく大使や領事と思われる外国人の民間人の姿を見る。だが、ワシントン領事の姿は見つからない。その代わり、自分とほとんど同じぐらい背の高い、厳しげで、グアイラ[18]の山の黄土色の山々の間のコオロギやホタルがいる夕暮れのように謎めいた一人の老いた司教を見て驚く。

そのとき、彼は理髪師の頼みを承諾する決心をする。

彼の順番は、最後から二番目に回ってくる。警察がゴンサレス家の小さな霊廟の周りに警戒線を張っていたが、それでも大勢の人々でひしめきあっていて、黒い分厚い雲の下は大汗をかくほど暑く、小雨まで降りはじめる。

ギュンターは弔辞の述べ方は全くわからない。理髪師が彼を肘で小突き、棺桶の横に立って弔辞を始めるように示した。ギュンターは口を開くが、国営ニュースのフラッシュに目がくらみ、咳払いして酒の一杯でも必要だと考える。それから、弔辞を始める。

―私は、フランシスコ・ハビエル・ギュンターと申します。そして、ゴンサレス将軍の個人的な友人を代表してここで謹んでお悔やみの辞を申し上げます。私はたった一度しかお会いしませんでしたが、同じ名前の者です―

彼はあらゆる演説は笑い話で始めなければならないという確信とともに辺りを見回す。無愛想な顔を見て、お門違いだったということに気がつく。そこで経済学者の顔をする。

―個人的な話をしたくはありませんが、ゴンサレス将軍は私どもの家族と友好的にお付きあいくださったということを申し上げるべきでしょう。もしかすると、そのためご友人から忠誠と愛情の証を示すように頼まれたのかもしれません。この私の証言は、二度孤児となられたご子息やご親族、同志の方々や、将軍が熱烈に愛されたセーロ・ポルテーニョのファンの方々、および将軍と生前親密な関係にあられたすべての皆様に深甚の弔意を申し上げるものです。私ども一家をも永遠に悲しみに沈めるこの日に、ゴンサレス将軍に対し人間的賛辞を呈したいのです。将軍が私たちを助けるためにあらゆることをされたことは信じて疑いません。ニュグァスの騎兵師団司令部で初めてお会いした際に、私は深い感銘を受けました。そして、私の姪のことを敬意とともに思い出してくださる方々は、誰しも将軍のことを忘れることはないでしょう。彼らは、ここにいる私たち多くの人々が何らかの教訓を得るために高い代償を払ったのだと思います。私は、個人的な話をしているだけで、理髪師組合や他の機関、ましてや私が総裁を務める世界銀行に迷惑をかけてはいません。事実、これからパラグアイのために何の役に立てるかを知るべく帰国するために、今朝辞表を提出しました。私は政治に関心を持ったことは一度もなく、大統領になって、そのわずかな年数の間に自分の行くところで賛歌を演奏されるために、一生ひどい犠牲を払う政治家たちのことも理解できません。私には、自分が四億のラテンアメリカ人の中の無名の一市民だと感じる方が、我々のいかなる共和国の大統領になるよりも有意義だと思われます。ですが、今ついに私はパラグアイに戻ります。なぜなら私の祖国だからです。雨が強くなる前に、これで私の弔辞を終わります―

　事実、人々は傘を開き、レインコートの襟を立て、隣接した霊廟の狭い軒蛇腹《コーニス》で雨宿りをしようとしている。まだコリエンテスサッカー連盟会長が弔辞を述べなければならない。葬儀の余興は途切れなく続く[19]。闘牛。盛装の仮装行列が植民地の馬上試合のように、踊りと即興での歌で戦う。中世のイスラム教徒やインディオに扮し豪華に飾り着けた五十頭の騎馬隊は指輪通しを競う。勝者によって銀の針に通された指輪は、郷愁とともに運ばれて婚約者に捧げられ、彼女たちはそれをベルトの結び目から受け取ると、胸の間に滑り込ませる。州知事が慇懃無礼に司教に言う。**永遠とはごく当然な考えだと思われませんか、猊下？**　司教は奇妙な微笑みを浮かべて頷く。**そうですとも、閣下。同じ肉体の中に二度愛を創造するという、肉体の復活ほど素晴らしいものはありません。**ある大臣の（ほぼ）処女のこの上なく美しい娘が葬儀の余興から眼を離さないままお辞儀をする。**司教様、お構いなければ、何と仰られたのかお聞きしたいのですが。**太った知事は暑さにあえいでいる。**いや、何でもありませんよ。感覚を止めてしまうほどに美しいこの葬儀の瞬間に、何らあなたの興味を引くようなことではありません。ご覧なさい、こちらへ全速力で馬を走らせて来る、あのインディオの槍を持った闘牛士《レホネアドール》を！**

汗に濡れて光る栗毛の裸馬の背に立ち、羽をまとってカアイグア族[20]の刺青をした一人の騎手が知事のいる椅子へと向かってくる。彗星のような尾をなびかせ、目もくらむような速さで駆けてくる。たくましい体幹と筋肉と性器を持ち、馬の背にそびえ立つすらりとした大男は、伸ばした片腕に、とても長いヤシの棘に通した赤い指輪を持ち、宙に振り回している。裸の栗毛馬は走る勢いを落とす。今やダンスのステップで進んでいる。その蹄はベートーベンではなくバリオスの拍子にあわせて響く。その鼻孔からは荒々しい紫色の息を吐いている。二つの煙の渦がその脇腹を打つ。渦は空想上の動物の彗星の尾を後ろに浮遊させる。馬とジャガーの頭だ。知事は怒りに青ざめて立ち上がり、仕込杖で宙を突きながら大声で警備員を呼ぶ。**悪魔め！　この大それた無礼者は何者だ！。こっちだ、警備員！　こっちだ、護衛ども！　こっ**

ちだ、鉄砲隊！　こっちだ、兵隊ども！　人間とジャガーの双頭を持つ半人半馬は演壇の前で急に止まる。後ろ足で立つ。鉤爪の形をした蹄で、宙を掻く。人間の部分が高みから身をかがめ、一匹の蛇を知事の鼻先に落とす。**撃てっ！　撃つんだ、この役立たずどもめが！**　怒りと恐怖に声を裏返らせた知事は命令する。撃てっ！　この出来損ないのクソったれどもめが！

　知事は突然の静寂の中で、我を失って叫ぶ。ようやく一斉射撃が行われる。弾丸が空気を切る音が聞こえる。煙と火薬の中の未開人の歯。その刺青が小雨と垂れ込み始めた薄闇の中で燐光を発する。持っていたヤシの棘で褐色の肌を喉から腹まで引き裂く。原始のキリストとイヴのように羽と鱗を撒き散らしながら、蝋の仮面を剥ぎ取る。ほとんどアルビノのような純白。白い肌。白い眼。ナザレのトラの救世主の長い髪！　その日の朝、同じ場所に埋葬された、ソレダー・モントーヤ・サナブリア・ギュンターがそこにいる！　カアイグア・グァラチ族[21]の酋長で魔術師、預言者！　**魔法使の女は、これを生かしておいてはならない！**　喉を枯らした鶏のような声で知事が叫ぶ。植民地征服者《コンキスタドール》やブラジルの奴隷商人も彼らを支配することはできなかった。カライの王女の馬もまた、完全にトルコ石色のジャガーへの変身を終えた。その口の奥は赤く湿り、牙は象牙色だ。その毛皮の斑点は満月のもとで金属のようにきらめく。コリエンテスの大司教はこの眩いばかりの出現に跪き、胸の十字架を臍の消えてしまったソレダーの、痛めつけられた光輝く体に恭しく捧げた。知事はトラの唸り声にネズミが金切り声を上げるように、命令を出したりわめいたりしている。新たな一斉射撃に、裸の詩人は指を鳴らす。トラがパニックで動揺している演壇を一足飛びに超え、上昇する。そして、今こそ彗星へと変身する。川を越え、そして東の山脈の彼方の空へと姿を消す。

1　十九世紀のヨーロッパの新聞が、カスパー・ハウザーの奇妙な事件とされる事件を報道した。一八二八年にドイツのニュルンベルクで保護された少年は、長期にわたって監禁状態にあったとされ、教育が施されていなかったが鋭敏な感覚を示していた。経歴の詳細が明らかになる前に暗殺されたとされる。

2　オーストリアの詩人、ゲオルク・トラークル（一八八七～一九一四）の「カスパー・ハウザーの歌」（一九一五年）の引用。

3　これは前述のトラークルのエピグラフとともに、著者の『詩歌集』の「自由の詩」第四編である。

4　これは著者の『詩歌集』の「隔たり」である。そもそもはミト・セケーラによって曲が付けられ、歌曲として発表された（一九七〇年）。

5　ランボーの散文詩『地獄の季節』（一八七三）の「アデュー」からの引用。この三番目の引用はネルーダのノーベル文学賞授賞式（一九七一年）の際の受賞講演で引用された。

6　これは前述のランボーのエピグラフとともに、著者の『詩歌集』の「大使館の詩」第四編である。

7　これはドイツ語詩人のヘルマン・ヘッセ（一八七七～一九六二）の詩「風が砂の上に書いたこと」（一九四二年）からの引用。

8　これは前述のヘッセのエピグラフとともに、著者の『詩歌集』の「亡命者」第一編である。

9　レネー・ダヴァロスの記事から引用された箇所。

10　シャルル・ボードレール（一八二一〜一八六七）の『パリの憂鬱』（六九年に出版）の「酔え」からの引用。

11　これは前述のボードレールのエピグラフとともに、著者の『詩歌集』の「亡命者」第二編である。

12　パヴェーゼの詩集『仕事に疲れる』（一九三六年）の詩「風景Ⅳ」からの引用。

13　これは前述パヴェーゼのエピグラフとともに、著者の『詩歌集』の「亡命者」第三編である。

14　レイナルド・ビニョーネ（一九二八〜）、アルゼンチンの最後の軍事政権の大統領。

15　エルネスト・ブロッホ（一八八〇〜一九五九）、アメリカ合衆国の作曲家。

16　この章の残りは、小説の鍵となるエピソードであり、パラグアイの作家、アウグスト・ロア・バストス（一九一七〜二〇〇五）の『至高の存在たる余は』（一九七四年）に対する優れたオマージュとなっている。

17　アルゼンチンの指導者、ドミンゴ・F・サルミエントの息子は、三国同盟戦争のクルパイティの戦いで、パラグアイの部隊の手にかかって殺された。

18　イビティルズ山脈を横切るパラグアイの地方で、アスンシオンのおおむね東に位置する。

19　ここで再び、ロア・バストスの『至高の存在たる余は』の引用に戻る。

20　おそらくカイングアを指している。グアラニーの民族で、植民地時代にスペインへの同化に抵抗したことで知られる。

21　カアイグア族の支流で、現在のアルゼンチンのミシオネス州、後にはパラグアイのグアイラ地方に居住した。

第十三章

何年も後に、それから幾年かの年月が経ち、若くはなくなり始め、日々の午後をチャーリー・パーカー[1]の古いレコードを聴いたり、アレハンドリーノ氏のゼラニウムの手入れをしたり、ベロニカの子供たちに英語を教えたりして過ごしているとき、イライザはいまだあの物語のすべての糸はマドリードに向かう運命にあると考えることになる。

あの一九八三年の冬の終わりに、ギュンター夫妻は数日間ワシントンに戻り、邸宅を不動産代理店に託し、行きだけの航空券を予約した。イライザはパンチョに最後にヨーロッパに立ち寄ることを提案したが、パリではなかった。彼女はカーサ・デ・カンポ公園のポプラ並木は八月中旬にはまだ見頃ではないだろうと考えていたが、穏やかではないが涼しい南の春に怨恨のない空の手と清らかな思い出の眼とともに着陸するために、マドリードというトンネルを通るというのは、マチャードも認めたであろう感動的な愚かなこと、あるいは美しい気紛れだと思われた。彼女はいかなる状況にある自分も想像したくはなかった。すべての状況は文学的で不条理に思えたからである。小説のような人生を生きたいとは一度も思わなかったし、一種の満足感とともに、今までそうしてきたと感じていた。随分と前のあるとき、ギュンターにそんなに文学が好きならば、どうしてリンチ夫人についての小説を終わらせるか、他の小説を書こうとしないのかと訊かれたことがあった。彼女は言語としての自分のスペイン語の資質は、抽象的に考えられるものである文学への関心よりも先に目覚めたものであるが、文学はもしかするとあまりにも孤独な芸術であるかもしれず、今や両方の言語でも十分に自発的に小説を書こうという気になれないのだと答えた。他の小説がみんな文学的に思えてしまうような物語を書こうとするほどにまで完璧主義者になるのを恐れているのだとも言った。ギュンターはいつものことながらわかってくれなかったが、幸いにもイライザは感傷主義者ではなかった。事実、彼女はこのマドリードへの立ち寄りを、小説の一章のようにはしたくなかった。反対に、マドリードではこの冬を派手な驚きもなしに終えられるのではないかと密かに期待していた。彼女は誰とも、ミゲロ、フスティやアントニオなどの旧友や、前の夫にも会いたくはなかった。いかなる文化的なイベントにも出席するつもりはなかった。ただカーサ・デ・カンポ公園の若々しい空気を吸ったり、池でアイスクリームを食べたり、遊園地の小さい電車に乗ったりしたいだけだった。本屋には足を踏み入れず、レコードも買わないつもりだった。ただアルゲリェスを歩き、フェルナンデス・デ・ロス・リオス通りにかつてのまま残っている、独身時代に住んでいた最初のアパートの前で、強くギュンターの手を握りたいだけだった。このろくでなしは、彼女が今でもどれほど彼に恋し続けているかを決して理解することはないだろう。

飛行機がすでにバラハス国際空港の上空を旋回しているとき、イライザはマドリードが思い出すのではなく、思い出すのをやめるのに理想的な場所だということに気がついていた。マヨール広場周辺の通りはチャマルティンのバカげた円錐形の建物までもが、少なくともアメリカ人の彼女にはあまりにも謎めいて古臭く思われ、思い出が記憶から剥がれていき、我々が一度はフネスと呼んだことのある、目に見えない多色の子供向けのステッカーがモザイク模様を成しながら、老人のように罅《ひび》割れて善良で平然としたあの壁に永久に残るような印象を与えていた。マドリードの老いはイライザを若返らせ、彼女はまだ長生きしたかったので、自分の思い出を旧友に対してするように預けておきたかった。着陸に向けてシートベルトを締めながら、彼女は雲のかかった絵のように、大司教の頑丈で思慮深い手や、オクラホマで最後の一杯であるかのようにマルガリータを啜るトトのアルコール中毒で苛立たしげな唇、温和で物憂げなアマポーラの眼、そしてコリエンテスの霊廟の手すりの上に置き忘れてきたハンバーガーの小袋を再び見たような気がした。

夫の声が思いに耽っていた彼女を呼び覚ました。

―さあ、何度も事故があったこの空港で、我々も同じ始末になるかな―　ギュンターが言った。だが、飛行機は通常以上に揺れることもなく、まずまずのスムーズさで着陸した。間違いなく自分たちは小説のような事件には遭わない運命なのだとイライザは考えた。だからといって、文学的ではない死には全く魅力を感じなかった。

予定通り、彼らはアルゲリェスの思い出とグラン・ビアのマティーニから等距離に位置するメリア・プリンセサの一室に落ち着き、そうして二人とも自分が別れを告げようとするものをゆっくり楽しむことができた。木曜日から日曜日まで、彼らは長い週末を過ごした。月曜日の早朝、イライザは荷物の用意を整えていた。彼らのアスンシオン行きの飛行機はその日の夜だったからである。ギュンターは朝食と新聞を取りに階下へ降りていた。部屋に戻ってくると、彼はブラックコーヒーとクロワッサンの載った盆をベッドの上に置き、『エル・パイス』紙の日曜版を開けて文化欄をイライザに見せた。

―ご覧よ―　ギュンターは写真入りの囲み記事を示した。　―きみのアイドルがマドリッドにいるぞ―

イライザは、フランスに住んでいるブラジル人の芸術家が、その日の正午にイベロアメリカ協力研究所[2]で最新作の版画を紹介する予定だということを読んだ。

―何て運がいいのかしら！―　イライザは言った。　―行けるわよね？　そう遠くない所だわ。今度いつ会えるかもわからないじゃない！―

―よかろう―　ギュンターは言った。　―だが、まずはチェックアウトした方がいい。どのみち荷物は受付で預かってもらえるから、夕方空港に行くときに取りに来よう―

研究所の四階の会場はあまり広くはなかったが、スペイン風オムレツ《トルティーヤ》とハモン・セラーノでむせ返るような、デオドラントを使わない腋臭の匂いが充満していた。ギュンターはパリのヌーディストの本屋を思い出し、リビオ・アブラーモに会うたびに肘で人をかき分けて通る破目に遭うと思った。イライザは背が低くはなかったが、二メートルの展望台を持ちあわせていなかったので、ギュンターに画家はこの人込みの中でどこに追いやられているか見つけてくれるようにと頼んだ。

―あそこにいるぞ！―　ギュンターはカトリック両王通りに面した大窓をロドリゴ・デ・トリアーナ[3]のように指差して叫んだ。　―あの髭面の横だ！―

彼は妻の腰を抱くと半メートル持ち上げた。イライザは文化大臣と穏やかに話しているブラジル人版画家を遠くに見た。ギュンター夫妻はさらに肘で人をかき分け、押しあい、ヒッピーの臭いサンダルを踏み付けながら、ようやくフランコ時代の帝国風のタペストリーがかかった大窓まで辿り着いた。リビオ氏と文化大臣の目は本能的にドイツ人の大男と派手な混血女《ムラータ》に向けられた。

―やあ、これは驚きだ！―　画家はとても驚いた様子で、笑いながら言った。　―ここで何をしてるんだ？―

彼はイライザにキスし、ギュンターと握手すると、状況を理解できずにいる文化大臣を紹介した。盆を持ったボーイが近づいてきたので、ギュンターはちゃっかりと冷えたシェリー酒のグラスを取った。

―まあ、あたしたちったらいつも妙なときにばかり会うみたい― イライザは興奮して言った。 ―通りかかっただけなの。今夜アスンシオンへ戻るわ―

―そうなのかい？― リビオ氏が言った。 ―前回、パリでは、その日の夜に出発しなかったと思うが―

イライザは真顔で黙り込んだ。リビオ氏は事件のすべてを知っているのだろうか？ ソレダーの死やゴンサレス将軍の自殺、ギュンターの辞職について話を聞いたのだろうか？ 彼女は画家にどれほどパンチョの行いを、その勇気を、その気前のよさを、ドン・キホーテ的な予期せぬ復活を評価して欲しかったことか！ イライザはあの小柄で柔和だが、他人と自分に対して、道徳的情熱に関して極めて厳しいこのラテンアメリカ人は、その亡命者の疲れた肩に、国民のひとりひとりが一握りの土のように、最も偉大な芸術家に授けるあの根源と良心の総和を背負っているの[4]だと考えていた。彼女は喉に耐え切れないしこりを感じ、瞬きもせずに、悲しげに濡れた、原石のままのエメラルドのような大きな眼で彼を見つめることしかできなかった。大臣は落ち着かない様子で、上着のポケットの中のパイプタバコを探しながら咳をした。

―では、友よ―　ようやくギュンターが、生のセロリをかじるときのあの鼻持ちならない独善的な態度で言った。　―前回は夕食にお誘いしたのですが、断られてしまいました。今度はグラン・ビア通りでパエリアでもいかがですか？―

―でも、パンチョ……―　イライザはどもった。　―リビオは大臣と先約があるかもしれないじゃない……―

―私はあなた方が仰るところへ行きます―　髭面の男が言った。

リビオ氏は笑いを堪えたが、そこには皮肉ではなく優しさがこもっていた。

―もちろん、ギュンターさん。私もあなたが言われるところに行こう―

フランシスコ・ハビエル・ギュンターは彼に二度と会うことはなかった。若くしてルーター主義を誓絶したギュンターは一九八七年の、ヤシの花さえ聖水で涼しく香る青々としたいかにもカトリック的な南国パラグアイのクリスマスの季節に、前立腺癌で亡くなった。老後の祖国での生活は厳しかったが、幸福な余生であった。イライザはその墓碑のもとに心をこめてトルコ石色のラパチョ[5]の木を植え、侘しく墓守をしながら爛漫と花が咲きほこる日を待つのだった。

1 アメリカ合衆国のジャズ・ミュージシャン。

2 スペイン外務省に関係した自立機関で、スペインとラテンアメリカ諸国の共同作業を促進することを目的としている。

3 マドリードの重要な道路。

4 著名なパラグアイの詩人、エリブ・カンポス・セルベラ（一九〇五〜一九五三）の同名の詩。その詩はとりわけ、亡命者の状況に関する感動的な観想を含んでいる。

5 この熱帯・亜熱帯の木は目覚ましい開花を見せるコノスルの典型的なものであり、この小説の締めくくりに相応しい。トルコ石色のバリエーションは最も珍しく優美である。

パラグアイ行政府

文部文化省

ファン・マヌエル・マルコス氏の著書『ギュンターの冬』を「教育的関心文献」として宣言する、

2012年7月30日付

省令第2152号

当省教育開発次官アレクサンドラ・ボガリン・ベニテス女史が提出した2012年7月26日付け覚書第163号は、ファン・マヌエル・マルコス氏の著書『ギュンターの冬』を『教育的関心文献（重要教材）』に指定し宣布すべく要請していることに**鑑み**、および

- 同著は年代学的にパラグアイ文学の　―現代およびすべての時代の青年層に対し―　豊かな倫理的ナレーションの技巧革新を教示する貴重な貢献をなす歴史的文献である他に、男女学生をして我がイスパノグアラニー系ルーツの神秘を悟らせ、その出会いが先祖伝来の系譜を認知せしめる為に非常に有意義であり、且つ同作品が流露表現する文化的および社会的尊厳の理念の形成、並びにその偉大な価値の理解啓発に資するものであること、
- 上記要請（覚書）は、事前に教育開発次官室管轄の「教育課程、評価、指導総局」の肯定的な見解・評価を得ていること、
- この種の文化事業の促進は当文部文化省の教育政策に則っているものであること、
- 一般教育法第1264/98号は“文部文化省の組織運営の当該最高権威は大臣の責任権限に属するものである”、と規定していること等々、以上の事由を**勘案**し、

以って文部文化大臣はその法的権限を行使し、下記を決定する

第１条：フアン・マヌエル・マルコス氏の著書『ギュンターの冬』を「教育的関心文献」として指定し、宣布すべし。

第２条：通知し保管整理せよ。

当写しは正に本文と相違ないことを証す

官房局長
（署名捺印）

オラシオ・ガレアノ・ペローネ
文部文化大臣（署名捺印）

CRITERIO
EDICIONES
（書　評）

1987年の“ブック・オブ・ザ・イヤー”に選ばれた『ギュンターの冬』はパラグアイで当時は未発表の叙述的技巧が駆使されている活気に満ちた万華鏡であり、80年代の独裁主義政権に抗するラテンアメリカの若者と知識人の理想主義と闘争の感動的な証言である。

保守的な経済学者ギュンターとその革命的な妻イライザのそばで、この小説の主役となっているのは、民主的な騎兵隊将軍や貧民の為に尽くす髭面の司教、そして国の変革という願望を象徴する黒人と白人の混血のアメリカ人女性など、未来から連れ戻したような民主的な登場人物である。

読者は推理小説、愛情の頌歌やパラグアイ人のイスパノグアラニーという神秘的なルーツに関する熟考、そして言葉の祭典であるこの文章に耽るように誘われる。

******

独裁政権への文化抵抗における最も輝かしい革命的な二つの運動、『クリテリオ誌』と『新パラグアイ歌集』における第一人者たる重要な代表的文学者であるフアン・マヌエル・マルコスは、禁固や拷問、亡命を前に屈服することはなかった。

その作品の範囲は詩や小説、エッセイ、演劇などの多岐なジャンルにわたっており、アメリカ、ヨーロッパやアジアの様々な国々において出版、研究、翻訳、表彰されてきた。

（原文）

Premiada con el Premio Libro del Año 1987, El invierno de Gunter es un vibrante caleidoscopio de técnicas narrativas inéditas en el Paraguay de la época y un conmovedor testimonio del idealismo y la lucha de la juventud y los intelectuales latinoamericanos contra las dictaduras de los ochenta. Al lado del conservador economista Gunter y su revolucionaria mujer Eliza, protagonizan la novela personajes que parecen arrancados al futuro, como un general de caballería de gestos democráticos, un obispo barbudo comprometidos con los humildes y una mulata estadounidense que simboliza el deseo de cambio de su país. El lector es invitado a sumergirse en la construcción de un texto que es simultáneamente novela policial, oda amorosa, reflexión sobre las raíces místicas hispano-guaraníes y una fiesta de la palabra.

Principal exponente literario de los dos movimientos más brillantes y revolucionarios en la resistencia cultural contra la dictadura: la revista Criterio y el Nuevo Cancionero Paraguayo, Juan Manuel Marcos no retrocedió ante la prisión, la tortura y el exilio. Su obra abarca loe géneros de la poesía, la novela, el ensayo y el teatro, y ha sido publicada, estudiada, traducida, y galardonada en varios países de América, Europa y Asia.

解説

本書はファン・マヌエル・マルコスが一九八七年に発表した『ギュンターの冬』(El invierno de Gunter) の全訳である。なお、底本としてはCriterio Edicionesから二〇〇九年に出版された英語とのバイリンガル版を用いた。パラグアイ文学の邦訳としては、一九八四年に出版された、アウグスト・ロア=バストス『汝、人の子よ』(吉田秀太郎訳) 以来二作目にあたる。

著者のファン・マヌエル・マルコスは、一九五〇年アスンシオンに生まれた。一九五四年から八九年まで続いたストロエスネル独裁政権下では、民主化を目指して活動を行っていたことから弾圧を受け、投獄や政治亡命、十二年におよぶ国外追放を経験した。その間にスペインのマドリード・コンプルテンセで哲学の博士号を、次いでアメリカ合衆国のピッツバーグ大学で文学の博士号を取得し、オクラホマ州立大学やカリフォルニア大学などで教鞭を取った。軍事政権が終わってからは、パラグアイに帰国し、北方総合大学（Universidad del Norte）を設立して自らが学長を務める中、現在に至るまで精力的に文化教育活動や学術的研究を行っている。なお、同大学は現在、国内最高峰の私立大学として知られている。文筆活動においては、文学批評家としてロア＝バストスやガルシア＝マルケスといったラテンアメリカの作家に関する随筆や、『詩集』（Poemas）や『詩歌集』（Poemas y canciones）を発表している。また、著者と親交の深かったアルゼンチンのフォルクローレ歌手メルセデス・ソーサなどで知られる、ラテンアメリカの新しい音楽・文学運動のヌエボ・カンシオネロに積極的に参加した。このような著者の経歴は、本作『ギュンターの冬』のいたるところに反映されている。

主要な登場人物たちは、著者の分身とも言えるような人々である。たとえば、主人公のドイツ系（パラグアイにはドイツ系移民が多い）パラグアイ人ギュンターは、長年国外に住み、元来政治には興味がなかったが、姪ソレダーの逮捕をきっかけに社会意識に目覚め、最後には祖国の役に立とうと職を辞して帰国する。アルゼンチン人の文学教授トト・アスアガは、アメリカで教壇に立っているが、一時帰国した際に訪れた学校の演劇で、反体制的とも取られかねない演目の上演を監督する。ルーマニア大使館時代のギュンターの孤独と、アメリカに住むトトの密かな郷愁は、マルコスの亡命及び国外追放時代のそれと重ねあわせることができる。ギュンターの妻で、黒人と白人の混血であるアメリカ人の文学教授イライザは、本作の随所に引用される哲学や文学、詩のテクストをゆるやかにつなぎあわせている。

本作で特徴的なのが、作品全体を通じて詩の引用が多くあるという点である。特に後半部分にはソレダーが書いた（と思わしき）詩が多く見られるが、この大部分は筆者の詩集『詩歌集』からの引用である。原文には元の詩のエピグラフの出典のみしか記されておらず、マルコスによる箇所は出典の明記はないながらもエピグラフと同様にイタリック体で記されている。これらの詩は物語に語りの重層性を付加している。マルコス自身の声であることはもちろんだが、それと同時に、弾圧に命を落とした活動家にして詩人であるソレダーの声でもあり、軍事独裁政権が支配する祖国から離れて住むギュンターやトトの声でもあり、そしてこれらの政治と歴史のうねりを目のあたりにするイライザの声でもあると解釈することが可能となっているのだ。

また、本作の中に色濃く存在している、イスパノグアラニー文化の影響にも触れておく必要がある。グアラニーとはアメリカ大陸の先住民の一つで、彼らの話す言語であるグアラニー語はパラグアイの公用語の一つとなっている。空色のジャガーは彼らの神話のモチーフである。

本書の刊行にあたって、本書が日本に渡る足がかりとなった、原訳者の坂本邦雄氏の功労は計り知れないものである。同氏には著者とのやりとりを仲介してもいただいた。日本ボリビア協会専務理事の杉浦篤氏は、コーディネーターとして並大抵ならぬ尽力をいただいた。東京大学大学院総合文化研究科の長塚織渡氏には、トレイシー・K・ルイス氏による英語版の詳細な註をもとに、日本の読者の作品理解の助けとなる註をつけていただいた。同研究科のホエル・サンマルティン氏には、マルコスの非常に技巧的な文章を正確に読み解く際に随分と助力をいただいた。最後に、本書の出版においてお世話になった悠光堂の遠藤由子氏と、監訳の話をいただいた詩人の細野豊氏にもこの場を借りて感謝の意を表したい。

二〇一六年三月　監訳者　久保　恵

ギュンターの冬

2016年7月31日　初版第一刷発行

著者　ファン・マヌエル・マルコス

原訳　坂本 邦雄
監訳　久保 恵

発行人　佐藤 裕介
編集人　遠藤 由子

発行所　株式会社 悠光堂
〒104-0045 東京都中央区築地6-4-5 シティスクエア築地1103
電話：03-6264-0523　FAX：03-6264-0524
http://youkoodoo.co.jp/

制作　三坂 輝
デザイン　株式会社 キャット
印刷・製本　株式会社 シナノ

ISBN978-4-906873-60-9　C0097